脇田裕正 著 HIROMASA WAKITA

春山行夫と戦時下のモダニズム

数・地理・文化

A PORTRAIT OF THE MODERNIST: YUKIO HARUYAMA AND JAPANESE MODERNISM

小鳥遊書房

目次

一．引用文の旧字体は新字体に改めている。旧仮名遣いは現代仮名遣いに改めている。

一．引用文の読み仮名は適時省略しているが、必要と思われる箇所については省略していない。

一．引用文を省略する場合、（省略）を用いた。

一．引用元の頁数は引用文の後に（　）で漢数字で示した。

一．註は（1）のようにアラビア数字で付し、巻末にまとめてある。

はじめに

その墓の新しさ——モダニズムを見送る春山行夫

巣鴨駅から徒歩五分。商店街を抜けた先に染井霊園は唐突に姿を見せる。都立の霊園としてはもっとも規模が小さい。「染井霊園」という名称は昭和一〇年（一九三五）に決まった。文学史的にいえば染井霊園は日本におけるモダニズム運動の終わり頃に誕生したことになる。モダニズムの時代に作られたこの霊園に春山行夫は眠っている。明治三五年（一九〇二）に生まれ、平成六年（一九九四）に死去した春山は欧米の革新的なモダニズム文学をいち早く日本に紹介した詩誌『詩と詩論』の編集で知られているが、近代日本の文学者のなかでは間違いなく長命であり、激動の時代を生き抜いたことになる。

雑司ヶ谷霊園ほどではないが、染井霊園にも二葉亭四迷や岡倉天心などの著名な文学者や研究者、政治家、軍人の墓が立ち並んでいる。それらの墓を横目にしながら春山の墓にたどり着くことになる。染井霊園に眠る著名人たちの苔むす墓に対して、その墓は新しい。その新しさは春山行夫の死の新しさを印象づけている。

明治という登り坂から敗戦という途方もない降り坂へ。そして高度経済成長期という登り坂から平成という降り坂へ。折々の時代を春山は登り降りしつつ、師といえた西脇順三郎を見送り、近藤東、北園克衛、村野四郎といった友を見送り、田村隆一や鮎川信夫のような春山の詩論から多大な影響を受けた戦後詩人たちも見送った。もちろん、ジェイムズ・ジョイスもヴァージニア・ウルフもT・S・エリオットもW・H・オーデンも見送った。自らもその一員であった「モダニズム」の終焉を自らの死で正式に終わらせた感がある。生の終わり、いかなる感慨が春山を襲ったのか。私たちの誰かが春山自身からその人生の軌跡を詳しく聞くこともできたはずだが、不思議と誰もそのことに思い至らなかった。春山の生きた時代について考えることは、私たちの時代について考えることでもあったはずなのに。

多少とも日本のモダニズム文学の歴史を知る者なら、春山行夫の存在を知らぬ者はいないだろう。先述した一九二八年に仲間と創刊した詩誌『詩と詩論』は、日本のモダニズム文学の記念碑的な詩誌であり、創刊からしばらくすると『詩と詩論』の編集を春山は単独でおこない、ジョイス、ウルフ、T・S・エリオットなど様々なモダニズム文学を次々に紹介することになる。一九三三年に出版された『ジョイス中心の文学運動』で春山は世界的に見ても非常に早い時期に欧米のモダニズム文学を総論的に論じるという離れ業をやってのけた。

一九七七年に出版され継続的に修正されている『日本近代文学大事典』（日本近代文学館編）の春山行夫の項では、戦前において「つねに現代詩の前衛の第一線に立って活躍した」と評価されている。もっとも、戦前の文芸批評家としての活動や、『詩と詩論』以降（戦後も含めて）の編集者としての活動についてはわずかな言及に止まっている。戦前の膨大な文芸批評家としての仕事から戦後の博物誌的なエッセイまで、春山行夫の活動に関する研究は西脇順三郎や北園克衛といったモダニストに比べて圧倒的に少ないのが現状である。[1]

本書は、一九三〇年代後半から四五年までの春山の軌跡を検証している。日中戦争から太平洋戦争終結までの時期、いわば戦時下において、春山はいかに活動したのか。一九三七年に近藤東などとともに『詩と詩論』（一九二八－三二）の後継誌である『新領土』（一九三七－四二）を春山は創刊する。ジェイムズ・ジョイスやT・S・エリオット、オーデンといった新旧様々な欧米のモダニズムの文学を積極的に『新領土』や『セルパン』といった雑誌に紹介し、そして論じながら、日本のモダニズム文学の可能性を模索することになる。[2]

『新領土』時代（日中戦争から太平洋戦争の期間）の春山はオーデンを中心としたニュー・カントリー派と呼ばれるイギリスの若き詩人たちの動向を注視した。とりわけ日本軍による中国侵略を批判したオーデンの中国旅行記に春山は強い衝撃を受ける。戦時下においても春山は、同時代の欧米の自由主義的な傾向を持った文学者たちの活動に知悉しており共感していた。

反ファシズム的な見解を一貫したオーデンたちの活動は、自由主義者でドイツ嫌いを公言していた春山に大きな影響を与えている。三〇年代末になると春山は国内外の危機的な情勢のなかで、政治と文学の関係に向き合わざるを得ないことを明確に認識し、国家が推し進める統制に対して文学者としての自らの無力さに直面しつつ、それでもなお自らが構築してきたモダニズムを基に戦争と対峙しようとする。春山は、日本のモダニストのなかでは例外的に戦時下においても合理的、客観的に時局に向き合おうとした。周囲の無理解を気にせず生粋のモダニストとして生きた春山行夫の一端が本書では明らかにされる。

たとえば一九三〇年代の半ばから春山は満洲という国家の新しさに注目していたが、春山の満洲論を詳しく見ていくと、『詩と詩論』時代のモダニズムの革新性とは何かという議論の枠組みと語彙の数々が、半ば横滑りして満洲の新しさを語るために使われていることが明らかとなる。文学のモダニズム的革新の言説が満洲の新しさを語るために援用される。さらに春山はモダニズム的な観点から、総力戦において用紙の配給を政府によって一元的に統制することの重要性を各種統計を参照しながら指摘し、海域や空域の支配が総力戦において非常に重要であることを欧米の近代海洋文学を参照しながら主張する。村野四郎や北園克衛のようなモダニストでさえも愛国的かつ精神論的な主張を展開するなかで、物量こそが雌雄を決することになる総力戦のリアリズムを戦時下の春山は一貫して主張していた。

モダニズムを貫徹することは、逆説的に戦争を合理的に効率的に考える為政者の眼差しと重なっていく。物量という「数」こそが戦争の勝敗を決することを春山はくりかえし主張し、太平洋を新たな地理的な観点から捉え、そしてモダニズム的な文化観から帝国日本の新しさを考察するようになる。戦時下の春山がモダニズムを貫徹することで、結果的にある種のリアリズム的な観点から戦争を洞察してしまうことになる。モダニズム／リアリズムではなく、様々な「イズム」は、社会状況によってどちらとも成り得てしまう。このようなイズムの横滑り現象は現代においても無視できない問題である。

戦時下になると多くの詩人が愛国主義的で精神論的なエッセイや詩を発表するのに対して、春山は自らのモダニズムの理念に基づき、具体的かつ実践的に時局について語り続けた。もっとも、春山も多くの文学者と同様に国策的な機関や運動への参加を余儀なくされる。日本文学報国会の理事に就任し、大東亜文学者大会の招致委員として活動し、対外的なプロパガンダのためのグラフ誌『FRONT』の編集に参加する。しかし戦争協力と並行して、春山は文芸批評から博物誌的な本、さらに絵本や児童詩を次々と発表するようになる。

戦時下の春山の詩や批評を丁寧に見ていくと、そこには一貫して反精神論的で反非合理的な見解が見られる。多くの文学者たちが竹槍で戦うことの意義を言祝ぐような非合理的な作品を発表するのに対して、春山は自らが構築したモダニズム的原理によって、詩や文芸批評のみならず、児童詩をも含むあらゆる作品で、総力戦において物量こそが勝敗を決定することを繰り返し主張していたのである。

抑圧的な状況下においても人は自らの意志を貫くことができるのか。これは現代においても重要な問題である。戦時下でもモダニズムを貫徹しようとした春山行夫の軌跡は、あらゆる意味で危機的な状況におかれている私たちの問題と重なっていく。モダニズムは決して終わった運動ではない、つねにすでに私たちの運動でもあることを戦時下の春山の軌跡は示していることが本書では明らかとなるだろう。

第一章 文学のモダニズムとモダニズムの文学

はじめに

一九二〇年代末から四五年まで春山行夫の文芸批評は、繰り返し印象批評を激しく批判している。春山より一世代前のフランスの文芸批評家であるフェルディナント・ブランチュエールからT・S・エリオットまで様々な欧米の批評家を貪欲に読み続けた春山は、文芸批評とは批評家という主体を可能な限り希薄化させ、吟味する対象そのものの構造の特徴を明らかにする営為であると考えていたからだ。とりわけ欧米のモダニズム文学から多大な影響を受けた春山は、文学批評とは、文学というジャンルの存在規定を原理論的かつ合理的に考察することを使命とすると考えていた。ほぼ同時期に文芸批評を書き始めた小林秀雄のように批評家としての己を主題化することや、文壇の動向をテーマとした時評的なスタイルの批評は、旧来からある批評ではあっても、春山が考える革新的な文芸批評ではなかった。

一九三〇年前後の春山にとって、欧米のモダニズム文学の革新とは形式面での様々な実験を意味した。欧米のモダニズム文学は、何を語るのかといった内容面よりも、いかに語るのか、その語り方としての方法論を何よりも問題としているように春山には思われたのである。形式面での革新こそが文学の革新であり、方法論の自覚化こそが日本の文学者にも求められていることを春山の文芸批評は繰り返し主張している。同時に春山にとって形式面での文学の新しさの探求は、文学を文学とする原理とは何かを探求することでもあった。様々な新しい方法論が欧米の小説で生み出されていることをその文芸批評で紹介することは、たんに流行を追っているわけではなく、それらの方法論こそが文学というジャンルの徹底した自律化を推し進めていることを、春山は日本の文芸批評家のなかでは例外的に深く認識していたのである。

一九二〇年代末から三〇年代初頭、文壇で隆盛を誇ったプロレタリア文学はマルクス主義という政治思想に従属していると春山は批判する。文学とは政治思想から切断されなければならず、さらにはロマン主義のような過去の文学からも現代の文学＝モダニズム文学は切断されなければならないと『詩と詩論』時代の春山は主張したのである。

文学の原理主義者ともいえる『詩と詩論』時代の春山の文芸批評は、ダダやシュールレアリストを凌ぐような過激な論争的なスタイルによっておこなわれた。その批判の矛先は小林から萩原朔太郎、そして保田與重郎にまで及ぶ。いわば近代日本の文学を作ってきた文学者たちを戦前の春山は批判し続ける。たとえば、萩原に対しては「御身の脳髄」は腐っていると罵倒した。その捨て身の文芸批評は多くの文学者を震撼（困惑?）させることになる。

チューリッヒ・ダダを思い起こさせるような『詩と詩論』時代に見られた反文壇的で過度の好戦的な

論調や、その詩論に見られる破格的な文の数々を掲載することができたのは、ひとえに『詩と詩論』という自らの拠点とする雑誌を持っていたことによる。『詩と詩論』創刊時、まだ二〇代半ばだったにもかかわらず、春山は雑誌というメディアの重要性を知悉していた。他人に阿る必要はなく、他人に読まれないことを恐れる必要もない。自分の雑誌を持つことは詩人としても文芸批評家としても、春山行夫であるために絶対に必要な条件だった。故郷名古屋で仲間と創刊した『青騎士』から、上京後、日本のモダニズムの本格的な到来を告げた『詩と詩論』、そして『文学』『詩法』『新領土』と、無名時代から文芸批評家として広く知られる存在となって以降も春山はホームといえる雑誌を作り続けた。つねに自らが安心して発言するための環境整備から春山の詩と批評は始まるのである。

本章では一九三七年に創刊され四一年に終刊した詩誌『新領土』に発表された春山の文芸批評について焦点を当てる。『新領土』が刊行されたのは日中戦争から太平洋戦争の初期にあたる。国家統制が徐々に厳しくなる時期に春山は『新領土』に主要な作品（批評と詩）を次々に発表していた。三〇年代末に春山が『新領土』に発表したエッセイを分析することで、『詩と詩論』時代のような文学に限定された前衛的な文学の実験としてのモダニズムから、文学に限定されない時代の環境の変化を合理的に解釈していく思想としてのモダニズムへと春山にとってのモダニズムが変化したことが明らかになるだろう。

一―一　「抒情詩の本質」――環境に適応するモダニズム

一九三七年七月七日の深夜、盧溝橋事件が勃発し日中戦争の泥沼に入る。その二ヵ月前、五月一日発行と奥付に記されている『新領土』創刊号の巻頭を飾ったのは春山の「抒情詩の本質」という文芸批評である。『新領土』に集まった詩人たちのなかで春山が中心的な存在だったことを窺わせる。その後には近藤東のエッセイが続き、さらに「イギリスの新人」という特集記事ではオーデンとスペンダーとC・D・ルイスの詩と詩論の翻訳や、アンドレ・ジッドの『ソビエト訪問記』に対するポール・ニザンといったヨーロッパの文学者たちの見解が紹介されている。

緊迫の度合いを深める国際情勢に対する欧米の文学者たちの動向が『新領土』創刊号では次々に紹介されている。「帰国したコクトオと語る」、「英米文芸通信」、「一九三六年の英詩集」といったタイトルを見れば、『新領土』が『詩と詩論』の後継誌であることは明らかである。欧米文学に関する情報量は『詩と詩論』やその後継誌『詩法』を上回るといってよい。創刊当時の春山は国際情勢の特集を売りにしていた総合誌『セルパン』の編集長でもあったが、『新領土』には、総合誌『セルパン』では紹介できない欧米の文学者の動向が紹介されている。生活の糧を得るための『セルパン』編集長としての仕事と並行しておこなわれた『新領土』の執筆と編集は、詩人として、そして文芸批評家としての春山行夫という存在にとって欠かせないものだった。

『新領土』創刊号の巻頭を飾った「抒情詩の本質」は、『詩と詩論』以来の一貫したテーマである「抒情詩」を批判する。ある人に宛てた手紙という形で、「抒情詩を君のように詩の本質だと主張すること」(六)は間違いであり、現在、新しい詩が生まれつつあり、「今日の詩人に抒情詩を受けいれようとしない自意識が起きている。これは一つの重要な事実なのだ」(七)と告げる。このような「自意識」を持たない詩人は、「ありきたりの抒情詩を書いているし、それを信仰している」(七)のだと春山は指摘する。

『詩と詩論』時代から春山は、詩作とは「信仰」のような非合理的な行為ではなく、自覚的に方法論を選択していく合理的な思考から始まるのだと考えていた。『詩と詩論』時代の春山にとってモダニズムの革新とは、合理的かつ客観的にこれまでにない新しい方法論を発見することにあった。「徒に新しい詩に反抗」（七）している詩人は旧態依然とした「抒情詩」を「信仰」してしまっている。「信仰」ではなく合理的な知性によって「詩を論じ、詩の手法を発展させ、詩を新しい領域と感覚によって生かしていく」（六）ことが現代の詩人に求められている。春山が考える明治以降の日本の「抒情詩」は、「猥雑な感情の散文的誇張によって、抒情的感傷をレトリックに転回しているより仕方」（七）がない状態に陥ってしまっており、さらに「抒情的心情には、一つのテーマ、一つのリズムだけしか存在しない」（八）のだと春山は語る。「抒情的心情」にも様々なテーマやリズムがあるはずだが、春山は『詩と詩論』時代の詩論と変わらず強引に「抒情詩」の画一化や保守性を批判し、「抒情詩」の詩人（おそらく萩原朔太郎）に向けて「君は君の内部に腐敗した抒情的衝動をつねに吐きだす泥のつまった牡蠣だ」（一〇）と述べる。[3] それに対してモダニズムの詩人は、従来のような「抒情的心情」による単一性（一つのテーマ、一つのリズム、韻文という形式）に基づいた詩の世界を批判し、詩に内在する多様性を積極的に肯定し、従来の規範に縛られずに「詩の手法を発展させ」ることができる。モダニズム導入以降の日本でも当然「抒情詩」は過去の詩にすぎない。現代においては「抒情詩を養育し、抒情詩人を自由に楽しませた文明を我々が失っている」（九）のだと春山は主張する。

モダニズム文学の形式＝方法論の革新は、詩だけではなく文学全体に革新をもたらしているという主張は『詩と詩論』時代の詩論と同じだ。しかし「抒情詩の本質」では、詩人は詩の世界に安住するのではなく、現実世界の変化を意識し、それを詩作に反映させることを強く主張している点で、これまでの春山の詩論とは異なっている。現代において詩人は、詩人自身を特権化した存在とみなすことはできない。時代とその環境の変化によって生み出される「新しい領域」で、詩と詩人はいかなる価値を持つのか、いかに詩人はその変化を詩に反映させていくのかを、現代の詩人＝モダニズムの詩人は求められていると春山は考えるようになっていた。

『詩と詩論』時代の春山にとっての「新しい領域」とは、詩の「領域」に限定された詩の新しさだった。それに対して「抒情詩の本質」における「新しい領域」とは、詩に限定されない現実世界の「新しい領域」を意味したのである。それを春山はイギリスの若きモダニストたちを通して知る。彼らは詩というジャンルを普遍的かつ特権的な領域であると自明視せず、それを懐疑し、現実の世界に自らの詩をぶつけるようにして新しい詩を生み出している。時代の変化や様々な環境の変化に適応しなければ詩も含めた文学の存在意義はない。「抒情詩の本質」では、現代世界の急激な変化への適応としてモダニズムは発生したのだと春山は指摘するのである。「モダニズムの発生は環境に対する適応性ということにある。現代にあって、適応性を持たざるものはすべて滑稽であり、喜劇性を帯びている」（八）のだと春山は考えるようになっていた。モダニズムとは文学に限定されることなく、広く現代世界の変容に適応していくある種の思想としてモダニズムを春山は捉えるようになっていたのである。もちろん、このような変化は一九三一年に勃発した満洲事変以降から徐々に推し進められていた国内のファッショ化と無縁であるはずはない。

一―二　文学のモダニズムから世界のモダニズムへ

「抒情詩の本質」で春山は、モダニズムが文学の世界に限定されないある種の実践的な思想であることを明確にし、「モダニズムの発生は環境に対する適応性」であると言う。『新領土』に関する包括的な研究書である中井晟の『荒野へ　鮎川信夫と『新領土』(一)』では一九三〇年代半ばの日本において「「環境」は、「社会」あるいは「政治」と同義であった」(一〇)と指摘されている。春山にとって「モダニズム」は、政治、経済、社会を含めた世界の急激な「環境」の変化に対する合理的な検討を意味したのである。前衛的な文学の実験としてのモダニズムから、モダニズムは文学をも包括するある種の現代思想となっていく。モダニズムによる「環境」の変化に適応していくことによってしか、これから「詩を新しい領域と感覚によって生かしていく」ことはできないと春山は考えるようになっていた。

一九三五年に第一書房の社主、長谷川巳之吉に請われて編集長になった総合誌『セルパン』の編集で多忙を極めていたにもかかわらず春山は『新領土』の創刊号で翻訳もおこなっている。アイルランドに生まれオーデンの仲間だった詩人のC・D・ルイスのエッセイ「詩に対する希望」である。ルイスは第一次世界大戦以後の新しいイギリス文学の詩人たちの思想的背景について論じており、イギリスの「戦後の詩は廃墟から生まれた」(二二)こと、T・S・エリオットからの強い影響を受けていることを紹介し、最後に「大戦は我々の青春を根元から引き抜いてしまった」(二三)のだと実体験に基づきながら述べている。ルイスが語るイギリスの若き詩人たちの第一次世界大戦の衝撃的な体験と「戦後の詩の廃墟」のリアリティーは、春山より一世代後の『新領土』のメンバーである田村隆一や鮎川信夫のような詩人たちが実感することになるだろう。もっとも、第一次世界大戦の廃墟が、モダニズムという新しい詩の源泉であったのに対して、日本のモダニズムが廃墟のリアリティーを体験するのは欧米のモダニストたちから遅れること三〇年後のことになるのだが。春山が廃墟からのモダニズムを体験するには年を取り過ぎていたが、ジョイスやエリオットを日本に紹介しただけではなく、ルイスやオーデンたちのようなニュー・カントリー派と呼ばれる明らかに左翼的な若きモダニストたちにとっての「戦後の詩の廃墟」の重要性を『新領土』で紹介したことになる。

前述した「抒情詩の本質」やルイスのエッセイの翻訳を通して春山は、オーデンたちのような廃墟からのモダニズムとは異なるにせよ、これまで春山が次々に紹介し論じてきたモダニズムとは異なるモダニズムがあることに気づいていた。ニュー・カントリー派の詩と詩論を読むことで春山は、現代の詩の意義は、時代に向き合うことにあることで初めて見出されるのだと考えるようになっていた。

『新領土』三号に安藤一郎の訳で掲載されたルイスのエッセイ「現代詩人の出発点」の冒頭では、「詩は魔法から離れた、それは宗教と共に成長した。それは理性の時代を通った。それはプロパガンダの世紀に於いて死ななければならぬか？」（一六九）と述べられているが、春山は「プロパガンダの世紀」を強く意識した詩を『新領土』に発表し始める。『新領土』二号に発表された「Politica」は、そのタイトルが端的に示すように、これまでのフォルマリズム的な作風から一変した国際情勢をテーマとした作品だった。

未耕作の馬鈴薯畑で
ランドン氏のヒマワリが散った

小麦色の少女が
スペンダーの「燃える仙人掌」を読んでいると

（中略）

カナリイ島衛戍司令官フランコ将軍が
革命政府を樹立した
プルゴスで練習しているハインケル五機
ピカソがプラド美術館長に任命された
オツエツキイノーベル平和賞を受く
ラツクルテエルアカデミ会員に当選
トロツキイメキシコに移住許可さる

（中略）

地中海に於けるイギリス海軍は
依然として鼠の如く沈黙
張学良赤化、対日即時開戦要求
南京厳戒令、蔣介石生死不明
西安上空を偵察するダグラスドルフィン

（中略）

ナチスの旗ひるがえる

ハイネの研究さかんとなり
(以下省略)　(八三)

トロツキー、ピカソ、オシエツキーといった反スターリニズムと反ナチズムを象徴する人々が登場し、張学良や蒋介石が日本に抵抗し、そしてナチスの旗がひるがえり、ユダヤ人のハイネの研究がおこなわれる。「Politica」は『詩と詩論』時代の詩には見られなかった緊迫の度合いを深める国際情勢が主題化されており、詩人としての春山の変化が如実に示された作品である。

文学の自律性を強く主張した『詩と詩論』時代の詩とは異なり、『新領土』では否が応でも政治と文学との関係について春山は考えざるを得ない。それは春山にとって反ファシズム的な観点から考えることを意味していた。『新領土』第二号の特集「政治と文学」に掲載されたC・D・ルイス「ハックスレイ氏への公開状」では、ファシズムに対する人民戦線の可能性が論じられ、ナチス・ドイツによる自由主義者、社会主義者、そしてユダヤ人の迫害が批判されている。「ファシズムに対抗するということは、ファシスト国家の国民に対抗することではなく、ファシスト政府に対抗せよという意味に外ならないのである」(二〇二)。「ファシズム政府に対抗」すること、それは帝国日本の現状に「対抗」することを示唆してもいた。

一九三〇年代半ば以降の春山は文芸批評家としても編集者としても活発に活動していたが、詩人としての活動は開店休業状態だった。『新領土』創刊とマルクス主義から強い影響を受けていたニュー・カントリー派の活動に刺激されて春山は詩作を再開した。もっとも『詩と詩論』時代の詩と『新領土』の詩は内容面で大きな違いがある。すでに述べた「Politica」だけではなく、たとえば『新領土』五号に発表された「犬と安息日」でも、「国際作家会議とジイドとは決別かな　ソビエト紀行修正じゃ愈々統計入りだ」（三一三）といった国際情勢について言及されており、さらに「政府、新事態に即し挙国支援を求む　臨時議会きょう対策を決定」（三一四）と続けられる。文芸批評と同じように詩においても現代世界の環境の急激な変容を反映させており、「詩人等がスタイルを議論する時期は去った」（三一四）ことを春山は自らの詩で認めてさえいる。同年三七年一〇月に『月刊文章』に発表した「詩が出来上がるまで」では、「詩を書く場合、自分にはいつも詩論的なものが背景に感じられる」（五三）と述べつつ、「最近では時事問題も詩の中にとり入れている」（五四）と語っており、自らの詩の変化を春山自身も認めていた。

『新領土』五号までに発表した春山の詩には、明らかに時代の変化に対する詩人としての態度が表明されていたことになる。反ファシズム的な論調を春山は明確に表明し、ファシズム的な傾向が強まる国内外の社会情勢を懸念していた。「詩が出来上がるまで」と同時期の『セルパン』九月号「編集者の言葉」では日本の中国侵略について、つぎのように述べている。

我々と同時代の思想家や文学者の大部分は、大戦後の欧州文学や思想によってはぐくまれ、戦争に対する個人的感情や、愛国主義や民族主義について、かなり多くの書物を読み、考えてきている筈なのであるが、今日のような場合になると、そういう一種の教養や感情がまるで働かないのは不思議なほどである。（一五六）

文学者や思想家でさえも、「愛国主義や民族主義」に対して冷静に考えることができず、「教養や感情」

が麻痺してしまっている「今日のような場合」の人々の心理状態を春山は批判する。「こういう心理が、恐らくこれからの人間をいままでとは別の方面に発展させてゆくものに相違ないが、その方向が現在いわれているような「日本的なもの」とは全然別なものであることはたしかだ。むしろ、それはヨーロッパ的なもの、乃至は世界的なものだ」（一五六）と春山は分析している。「日本的なもの」も「ヨーロッパ的なもの、乃至は世界的なものだ」と春山は言う。「日本的なもの」を特権視せず、世界（欧米）のなかでそれを捉えることで、「世界の全体的な動きが我々の直接の現実に迫ってきたということである。そしてそういう現実から生まれた西欧的な経験が、今日の我々自身の経験となりつつある」（一五六）という認識を持ちつつ、「日本的なもの」と春山は対峙するのである。

ファッショ化する日本の「方向」は、「日本的なもの」に向かうのではなく「世界的なもの」に進まなければならない。なぜなら世界から日本の状況を見れば、それが独自の「方向」ではなく世界と共通する「方向」であることがわかるからだ。だからこそ「大戦後の欧州文学や思想」が、いかに「生々しい現実」であるのかを日本においても認識する必要がある。西欧の文学や思想によって「日本的なもの」をつねに相対化する。『詩と詩論』時代からモダニズムとはインターナショナリズムでもあることを認識していた春山は、「日本的なもの」に対しての警戒心があった。総合誌『セルパン』編集長として欧米の国際情勢をつねにチェックしていた春山は、国内外の事態を俯瞰的に見ることができたが、「日本的なもの」に対する批判として、世界と連動する日本（日本は世界の一部である）の現状を詩のなかで描こうとした。

もっとも、『新領土』に発表されている春山の詩には、『詩と詩論』時代からの言葉とスタイルが用いられている。前述した「犬と安息日」の「ガラス窓のむこうに沼地が光るのは　ランプの美しさである露台にピアノが置かれて」といった箇所が典型だが、「ランプ」「ピアノ」「ガラス」といった『詩と詩論』時代から変わらぬ外来語を基本として『新領土』の春山の詩は構成されている。国際情勢について繰り返し言及し、時代の変化を詩に取り入れてはいるが、自らの詩の基本構造を刷新させるような変革がその詩に齎されることはなかった。

「モダニズムの環境の適応性」を詩作に反映させようとするが、オーデンの詩のように時代の危機に対して、詩によってのみ可能な方法と言葉で描き出すことが春山にはできなかったのである。たとえば、一九四二年一二月の『月刊文章』四(一二)に発表された作品「自然と社会」、「牡牛と牡牛と羊と部とはそれぞれ啼き声をあげて餌をたべている　鵲がポンプにとまることはあるが蝶が池のまわりを飛ぶのは見られなくなった」(六〇)という箇所は、明らかに『詩と詩論』時代からの春山の詩の特色である言葉の反復が用いられており、オーデンの詩のような時代の危機に対する緊張感といったものが見られない。

「Politica」に登場する「トロツキー」や「ピカソ」や「張学良」は、時代の変化を示す徴ではあるが、それらがオーデンの詩のように時代が急激に悪化していくことを鋭く示すことはない。『詩と詩論』時代からの語彙やスタイルに引きずられてしまっていた。新しい時代に対峙するために、これまでの自らの詩と詩論から切断していくような新しさを「Politica」に見出すことはできない。詩作において春山は、上京以前、故郷名古屋時代からの抒情性をどうしても捨て去ることができず、「Politica」でも、現代世界の急激な変容に注目しつつ、これまでの春山の詩の世界の基盤である「ランプ」や「ピアノ」といった過去の言葉を捨て去られることがない。「Politica」のような現代の緊迫した国際情勢がテーマとされていても、かつての春山の詩的世界を基にそれが描かれていることで、その緊迫の度合いは希薄化されてしまうのである。

もっとも、一九三〇年代半ば以降の春山は、日本の文学者のなかでは例外的にオーデンのような新しいモダニストたちの詩と詩論がいかに革新的なものであるのかを知っており、そして日本が世界に連動して悪い方向に向かっていることを明確に認識していたことも確かだった。三〇年代半ば以降のヨーロッパの自由主義的な文学者たちが、スペインにおける人民戦線のような左翼的な活動をなぜおこなうことになったのか、オーデンたちのようなイギリスの詩人たちは何を問題としているのか、それらの理由について春山は熟知していた。『新領土』や『セルパン』で紹介されている欧米の文学者たちの政治活動について、たとえば一九三七年のあるエッセイでは春山は「ファシズム諸団体の急激な拡大と、それに対抗した左翼諸団体との対立が、ついに、作家をして、社会的な関心と活動とも持たざるを得なくした」（『フランス現代文学の思想的対立』二九九）のだと指摘している。

このような欧米の状況は、春山にとって我が事でもあった。欧米の危機は日本の危機としても考えていた春山にとって、「私のようにフランス文学だけを特に「フランスの国文学」として見ないで、これを同時代の文学として、世界文学の立場から見ようと」（三九一）していたからだと述べている。「文学者が政治的、思想的な領域にとびこむ」（三九二）ことの是非を論じる時期はもはや去ったのであり、「文学者たちの思想そのもの、今日の思想の動きそのものを示そうと」（三九二―三九三）することが、現代の文学者に与えられた使命であると春山は考えていた。そしてその使命は、春山の場合、詩よりも広義の文芸批評によってより可能となる。[4] 春山にとって文芸批評こそが「文学者の思想」を示すことができるのであり、それは時代の流れに対する抵抗の源泉となるのである。

一九三〇年代半ば以降、国内ではプロレタリア文学が駆逐された状況において、欧米のモダニズムと同時に左翼的な文学者の動向を春山は『新領土』で紹介していた。『新領土』七号には春山の勤め先である第一書房から出版されたジッドの『ソヴィエト紀行修正』の広告が掲載されている。「人類の幸福と正義の為に！」(七六)という一文が記された大々的な広告だが、『新領土』で次々に紹介される海外の文学者たちは危機的な国際状況に対峙し、「人類の幸福と正義」について積極的に論じていた。一方、日本では軍部や政府による言論統制が急速に推し進められていた。欧米の反ファシズム的な主張を展開する文学者たちを『新領土』や『セルパン』で紹介することの危険性を熟練した編集者の春山が知らぬはずはなかった。それでも春山は三〇年代末まで、欧米の新しいモダニズム文学を可能な範囲で日本に紹介し、できる限り彼らの文学を、自らの詩と批評に取り入れようとしたことは高く評価されるべきだ。

海外文学の紹介だけではなく、春山は「詩論」という連載を『新領土』で開始する。オーデンのような新しい文学について言及しつつ、これまでの自らの詩と詩論についてそこでは検証されている。注目したいのは、『新領土』第一二号に発表された「詩論」である。「モダアニズム(ママ)」とは何かについて様々な資料を使って教科書的に説明しながら、自らが実践した『詩と詩論』時代のモダニズムを総括し、一九二〇年代と三〇年代のモダニズムの違いを春山は説明している。一九二〇年代の「モダニズム」について、つぎのように説明している。

一九二〇年代のモダニズムが、その最も強い刺激を受けたのは、一方に於ける技術上の進歩、実験と同時に、他方に於ける精神的態度の影響であった。事実上、一九二〇年代のモダニズムから、こ

の両者を区別することは、かなり困難な場合が多いこともたしかだ。(三七二)

『詩と詩論』時代の春山が多大な影響を受けた一九二〇年代の欧米のモダニズム文学の特色を考える場合、技術上の革新という形式面での変化と、その思想的な面における革新とを分けて考えることは難しいと春山は指摘する。F・R・リーヴィスの *New Bearing in English Poetry*(1932)を参照しながら、現代の詩人は「我々の時代に十分生きている人間のものの感じ方、表現の仕方を自由に表現した詩」(三七四)を書くべきだと主張している。「我々の時代に十分生きている人間のものの感じ方」を表現すると同時に、「表現の仕方」そのものも表現すること。いわばモダニズムとは、まず文学の形式面=「表現の仕方」に関する方法論的かつ技術論的な革新を意味する。それは「なによりも先ず詩人の詩に対する態度の変化を意味」(三七五)する。春山にとってモダニズムとは、詩や小説の「言葉の発音(phonetic sense)、意味、イメジ(ママ)、表現の形態」(三七五)といった広義の形式面での革新を意味したのである。

このような革新としてのモダニズムは、さらに「我々の時代」の「ものの感じ方」の変革を促していくことになり、伝統的な慣習や思考を批判していくことになる。ローラ・ライディング(Laura Riding)とロバート・グレイブズ(Robert Graves)の *A survey of Modernist Poetry*(1928)を引用しながら、モダニズムは「詩がその充分な意義を発揮することを妨げる伝統的な習慣を力強く排撃する」(三七四)のだと春山は指摘する。モダニズムとは春山にとって流行風俗に関する現象を指すのではなく、なによりもまず形式面と方法論における文学の革新を意味した。そしてその技術論的な革新としてのモダニズムは、結果的にせよ、様々な方法論を理知的に運用し「伝統的な慣習」を「排撃」することで、詩を解放する。詩とは誰もが書くことができることを明らかにしていくのである。詩は、絵画や音楽の同様に、明確な方法論を持った一つのジャンルとみなされることになるのである。グレイブズとライディングの議論を引用しながら春山は次のように述べている。

今日では詩人が歴史的、専門的努力なしで、天性だけで詩を書くことに成功することは極めて稀なこととなった。詩は昔は、宗教、各芸術、科学などのすべてを包括した人間的な活動を意味したが、現在では、極めて限定された種類の文化の、技術的な一文脈となった。ここに詩が《人間的なものから芸術（技術）》に変わった原因があり、さらに音楽、絵画、航空術、映画、近代テニスなどと同様、現代の特殊化され、専門家された活動となり、社会がその組織に於いて極めて横溢な領域を残しているに過ぎないものとなった。（三七五）

現代において詩が「宗教、各芸術、科学などのすべてを包括した人間的な活動」とみなされることはない。詩は「極めて限定された種類の文化の、技術的な一文脈」にすぎない。さらに言えば、モダニズムによって、詩も含めて文学は、極めて限定され、「特殊化」された文化の一ジャンルにすぎないことが明らかになった。「音楽、絵画、航空術、映画、近代テニス」と並置された文学（詩）は、ある時期の歴史的なジャンルでしかないことを、春山は指摘する。

『新領土』の連載で、春山にとってモダニズムが、「音楽、絵画、航空術、映画、近代テニス」、そして文学を含めて現代文化の多様性を象徴する概念となっていた。つまりモダニズムは、『詩と詩論』時代のような文学の実験に限定されたものではなく、現代文化の多様性の源泉として春山はみなすようになっていた。いわば文学とモダニズムの関係は逆転することになる。文学はモダニズムの一部であり、文学は現代文化の多様性を示す一つの要素として春山の前に現れている。

『詩と詩論』時代の春山にとってモダニズムは、方法論の革新的な実験の試みであると同時に、「純粋詩」のような詩の「完全性の理想」の探求でもあった。しかし三〇年代の終わり近くになると春山にとってモダニズムは「完全性」ではなく、「不同性 diversity」を肯定していく試みとなっていく。「詩論7」では批評家のノーマン・フォスターが一九三〇年に出版した『ヒュマニズムとアメリカ』を参照しながらモダニズムを「完全性の理想を排斥し、不同性 diversity を目論んでいる」(八-九)のだと指摘している。フォスターは「《人生には多種類ものものが存在する》」(九)と語っているが、三〇年代後半になると春山にとってのモダニズムは、あきらかに人間とその世界の多様性を合理的に肯定し、それを積極的に促していくある種の思想を意味するようになっていた。世界と人間の関係や時代と文学の関係を合理的に考えるためのモダニズム。フォスターの言葉を借りれば春山のモダニズムは、「成熟した合理性によって人間の中にかくされた不同性を発展させ、人間タイプの多面性を追求」(九)していくのであり、人間のみならず世界の「不同性」について、春山は戦時下においても注目し、それを積極的に肯定していくようになるのである。

「現代文化」における人間の「不同性」を、「合理性」によって肯定していくのが春山的モダニズムなのだ。それは、かつてのような文学の方法論を合理的に分析していくことから、世界のあらゆる存在(蝶、バラ、鉛筆、石炭、人間…)の多様性を合理的に肯定し、多様なモノとコトを春山なりにテキストのなかで再配置するきっかけをもたらす。
一九三八年から三九年頃になると春山は、モダニズムを通して「変化する時代」に注目し、その時代を生きる人間そのものの変容に注目するようになっていた。たとえば一九三九年『新領土』第三〇号の「E氏の狐狩り」では次のように述べられている。

ジャズの抒情歌が民衆の精神の糧となっている。科学は発見から発見へと進歩し、政治的、経済的変革は惑わしいスピイドで継起している。学者は駆け足で研究しなければならないから、スタイルを以て考え、感じ、書かれた他人の本などを読んでいるひまはない。こんな迅速にものごとが変化する時代に於ては、多くのものごとを知るということと、すぐれた深味のある教養を持つということとは、到底両立するものではない。(三〇二)

急速に変化する社会で文学はその変化に迅速に柔軟に適応できるのか。モダニズムは環境に柔軟に合理的に適応できると考えていた春山だったが、「こんな迅速にものごとが変化する時代」において、科学も政治も経済も今までとは全く次元がことなった領域に急速に変容しつつある現状において、人間そのものの変化に向き合う必要があると春山は考えるようになっていた。「いつの時代にも理想的な人間のタイプがある」(三〇二)が、「現代にはどういうタイプの人間が理想的であるというのだろう。この問題には答えられない。誰もそれを知らないからだ」(三〇三)。春山は、「ものごとが変化する時代」において、「どういうタイプの人間が理想的」なのかを考えるようになる。そして、それを基に、現代において批評家や詩人はいかにあるべきなのかを三〇年代末になると考えるようになっていた。

国内外の緊迫した情勢に直面した春山にとって、モダニズムとは、文学のモダニズムから、明らかに時代や社会におけるモダニズムへと変化していた。たとえば『新領土』三一号に発表された「文学士の風習」では、「純粋ということは混沌ということと比例する。人類の文化の発達ということは、人間が一層混沌を意識すること以外には認められぬ」（一二）と述べるようになる。一九三〇年前後、『詩と詩論』時代の春山の詩論は「ポエジイ」や「純粋詩」を対象とすることで、詩の「混沌」さを可能な限り排除し、最終的に文学の根源を問題としたのに対して、『新領土』では、「人間が一層混沌を意識」することで見えてくる現代社会の喫緊の問題に向き合うことが重要であると指摘するようになっていた。春山にとってモダニズムは「混沌」を理知的に批判し、そのうえで現状の「環境」を発展させていくための力となるのである。

不合理な危険な手段を容認しない代わりに、合理的な手段を以て環境の文化を高めるということはrevolutionを認めないで勤勉な努力によって現状をdevelopment（発展）させるという思想である。（一七）

不合理的で危険な手段によって「revolution」を試みるのではなく、合理的な手段によって「環境の文化」を「development（発展）」させていく。一九三五年二月『経済往来』（第十巻第二号）に発表した「合理主義の立場から「文学革命の方向とその原理」に答える」においてで、「革命という文字を文学に結びつけて考へることは、ともすると無役な理論の空論に終わりやすい。特に革命という意味が、社会革命と直接に結びつけられて考えられる場合には、その感が特別に深い」（二九八）と述べていたが、春山は文学においては革新的な実験＝モダニズムを許容しつつ、革命のような急激な社会変化を批判する。

戦前の春山は一貫して穏健な自由主義者といえたが、日本において穏健な自由主義者でありつつ文学においてはモダニストである人物として春山が挙げたのが西脇順三郎である。西脇は「理知の透明のほがらかさ」（「文学上の風習」一八）があり、ニヒルな懐疑主義や感傷主義を批判して、日本では珍しく合理的な詩と詩論を展開していたと春山は指摘する。

ファッショ化しつつある社会で、「理知の透明のほがらかさ」としてのモダニズムの重要性を春山は指摘する。モダニズムは、「あらゆる人間にとって同一の基準」で、あらゆる事を本当か、本当でないのかを判断することを批判する。なぜなら「同一の基準」とは、マルクス主義やファシズムのような統制的な理念であり、その一義的な理念は比較による優劣をつねに人々に希求させていく。そのような「強さと弱さとは、その段階を、比較の問題から、究極の問題へと進ませる」（二四）ことになってしまう。人間の「強さと弱さ」は比較されるべき問題ではなく、強さも弱さも個々に固有の価値を持つ。優劣の問題ではない。「ロオレンスにとっては個性であっても、あらゆる人間にとっても同様の個性となり得るかどうかは、ひとえにその個性の強弱の比較にかかっている」（二四）のである。一人一人の「強さ」や「弱さ」は「個性の強弱」に関わるのであり、他人との比較し、なんらかの規則によって個性の強さや弱さを断定してしまうのは単純で暴力的であると春山は考えていた。

文学のモダニズムから生きるためのモダニズムへ。日中戦争から太平洋戦争にかけての戦時下の春山の文芸批評は、これまでのような文学の新しさではなく、モダニズムを援用しながら「人類の文化の発達」

に注目し、現代社会の変化とその新しさに注目することになる。

これから見ていく戦時下の満洲や台湾の風物誌から、蝶や鉛筆に関する博物誌的なエッセイまで、文学に限定されない春山の実践的ともいえる「批評」は、オーデンのような新しい文学と連動しつつ、文学に限定された前衛的かつ技術論的な意味でのモダニズムから、強さも弱さも世界の多様性として合理的に肯定していく思想としてのモダニズムへの移動を示していたのである。第二章以下では、人間の「不同性」を肯定するような柔軟性を持つ春山のモダニズムの批評が、「現代文化」の究極ともいえる戦争について何を語り、そして春山はいかに行動したのかを検証していきたい。

第二章 外地と内地のモダニズム

二―一 新しい場所を求めて――春山行夫の「外地」とオーデンの中国

一九三七から三九年にかけて、春山は『新領土』のほぼ毎号に詩と批評を発表している。この時期の日本国内では、一九三八年四月には国家総動員法が公布され、戦争に日本は突き進んでいた。総合誌『セルパン』編集長として春山は、これまで以上に検閲に気を遣う日々を送っていた。

編集者としての激務の合間を縫って一九三九年、『新領土』第二八号に発表した「詩論（二一）」では、エドモンド・ウイルソンのエッセイを参考にしながら一九世紀的な批評と二〇世紀的な批評の違いについて語っている。一九世紀的な批評は、「あまりに歴史と小説の書き方に接近しすぎ、あらゆる観念を一般的な人間生活の目的と運命の媒介物としすぎた感があった」（一八八）と指摘している。その結果、「人間の日常生活の目的と運命」を主観的に論じてしまうことになる。これに対して二〇世紀の「我々の時代の批評は、文学、美術、観念、人間社会の標本を、超然たる科学的興味からか、乃至は超然たる美的鑑賞の立場から検討し直している」（一八八）。現代の批評は、「文学」から「人間社会の標本」をも含めて「超然たる科学的興味」から検討する必要があると春山は述べている。

そもそも春山の一九二〇年代末から三〇年代初めの文芸批評においては、詩を「超然たる美的鑑賞の立場から検討」することで、花や蝶を標本によって科学者が分類するように、理論的かつ原理的に分類して詩を含めた文学を体系的に捉えようとした[5]。その執拗なまでの文学の分類作業は、一九三〇年代半ば以降の春山の文芸評論では見られなくなっていく。第一章で見てきたように春山は文学を特権的に語るのではなく、「人間社会の標本」の一つとして文学を位置づけるようになっていくのである。文学もまた人間の活動の一つとみなすようになっていく。それは文学以外の活動を通して現代世界の変容について考えることの重要性を春山に気づかせることになる。

一九三八年から三九年前後の春山は総合誌『セルパン』の編集長として多忙な日々を送っていたが、一九三八年七月中旬から北海道へ伊藤整などとともに講演旅行を敢行した。『詩と詩論』時代から何回か関東近辺（鎌倉や千葉）への小旅行はあったが、この旅は上京後、初めての長期に亘る旅となる。北海道での見聞は『セルパン』九二号と九三号で「北海道の印象」というタイトルで報告されている。一緒に旅した伊藤整の案内で、札幌や釧路を訪れた先々の名産品や観光名所、そして気候風土を紹介しているが、これまでのような高踏的で抽象的な文学論や国際情勢に関するエッセイにはない愉悦が「北海道の印象」にはある。ちなみに伊藤整のエッセイ集『四季』（赤塚書房、一九三九年）は北海道での春山の様子を知ることができる資料だ。「根室」という章では、歓迎会での春山について、「人の好意を素直に受け入れてする春山君の挨拶は、かえってそばで聞いていて美しく、それでやっと僕もこの人たちと（歓迎会の参会者のこと、引用者註）一緒にいる楽しさをつかめた形だ」（一一二）と伊藤は述べている。論争家で知られた春山だが、伊藤が描いた北海道での春山の「素直」さは印象的である。

旅はあっという間に終わり東京に戻った春山は、『セルパン』編集長として現実世界に向き合うことになる。八月下旬、従軍ペン部隊が創設された[6]。文学者が本格的に戦争にかり出される嚆矢となるペン部隊について春山は『セルパン』九四号の「後記」で「今度の小説家の従軍はエポックメーキングな事実で、新聞ジャーナリズムがあれほど、感激と謝辞を捧げた出来事は、文学や思想の世界では、かつてなかったことだといっていい」（一五八）と述べている[7]。さらにルポルタージュは今後のジャーナリズムに必要なものであり、「日本というもの自身を知る上にも、日本を囲繞する諸国を知る上にも、特に東洋諸国のルポルタアジユ（ママ）が必要である」（一五六）と述べている。

注目したいのは国内の小説家や詩人や批評家が、これからは「報告文学」を書くべきだと主張していることだ。なぜ春山が「報告文学」の重要性を指摘したのかといえば、イギリスの若き詩人W・H・オーデンが「東洋諸国のルポルタアジユ」を出版していたからだ。オーデンは友人のクリスファー・イシャウッドと共に中国大陸を旅し、一九三九年に日本軍の蛮行を記録した旅行記である『戦争への旅』を出版したが、このイギリスの若き詩人たちの旅行記に春山は衝撃を受ける[8]。モダニズムの手法が存分に生かされた詩の数々と中国大陸の現状を冷静に報告するルポルタージュが融合した『戦争への旅』は、既存の日本の文学にはない新しさがあった。ペン部隊の文学者たちが、文壇の文学観で戦争を語ろうとするのに対して、オーデンのような詩人の斬新で生々しい旅行記を知っていた春山は、日本の文学者の閉鎖性と保守性を暗に批判し、日本においても海外のようなルポルタージュが書かれなければならないことを指摘するようになるのである。

一方に於いてルポルタアジュの典型となるような文学の生まれることも望ましい。実は所謂ペンの従軍部隊諸氏を送る言葉や抱負を読んで、一様に小説を書くとか傑作を書くとかという言葉にみたされて、すぐれたルポルタアジュを書くと言って出掛けた者がいなかったのは、一寸案外だった。

私はペンの従軍部隊は、むしろペンの従軍報道部隊として出掛けることの方が本当で、スペインでも支那でも、外国の文学者は大概ルポルタアジュのために出掛けている。（一五六、傍点原文）

ペン部隊の文学者が「一様に小説を書くとか傑作を書くとかという言葉」を口にしているが、これまでのような小説ではなく、「現地報告」としての「ルポルタアジュ」こそが現在必要とされていることを、前述したオーデンとイシャウッドの『戦争への旅』に言及しながら春山は主張する。春山は欧米の戦時下におけるモダニストたちの旅と従軍ペン部隊の旅を比較し、日本の文学者の旧態依然とした文学観を「一寸案外」という言葉で暗に批判したのである。

図らずも春山もオーデンのように中国に旅することになった。一九三九年一〇月に朝鮮半島経由で満洲から北京まで中国大陸を旅した春山は、北海道旅行と同じく『セルパン』と『新領土』に旅行記を発表することになる。つまり「報告文学」である。後から詳しく見ていくが、旅路で春山はつねにオーデンの『戦争への旅』を思い起こすことになる。満洲への旅は、これまでの自らの文学論の終わりと新たな「文学」

を模索する旅でもあった。

帰国直後に発表された『新領土』三三号のエッセイ「白色のギター」(執筆時期は不明)で春山は、現代の詩人は現代の諸問題に関心を向けなければならず、詩作とは現代の諸問題についての「写実的な再現」でなければならないのだと指摘するようになる。


現代に於いて詩の混乱は非常なものであるが、その混乱はある種の批評家によって、詩とはこの時代の感情、又は問題を純粋に反響した場合以外には、乃至は詩とはこの時代の持つなんらかのテエマ(ママ)の写実的な再現でなくては重要でないと考えられていることにある。(一三七)

詩の存在意義は、「この時代の感情、又は問題を純粋に反響」を聞き取り、「この時代のもつなんらかのテエマの写実的な再現」をすることにある。そのような現代の詩人の役割を明確化することができるのは、春山にとって詩人自身ではなく批評家だった。世界をも詩のなかに包括してしまおうとするような実験性と特権性は消失しており、「詩の生きる世界は日一日と狭くなってきた」(一三七)ことを春山は実感する。もし詩が生きられるのであれば、「時代の感情」に注目し「時代の持つなんらかのテエマの写実的な再現」としての詩が書かれなければならない。現実世界にいかに関わっていくのかが、現代の詩人とその詩に求められている。

『新領土』には、欧米の若き詩人たちの「写実的な再現」の詩が掲載されている。たとえば先の「白色のギター」と同じ号に掲載されたオーデンの「一九三九年九月」である。中井晟の『荒野へ――鮎川信夫と『新領土』⑴』によれば「一九三九年九月」が掲載された『新領土』三三号は、「衰えつつあった『新領土』の最後の輝きであった」（三四四）とされている。「一九三九年九月」は、スペイン戦争の人民戦線側の敗北やナチス・ドイツの台頭までの緊迫するヨーロッパ情勢を含めて、「この時代の感情、又は問題を純粋に反響」させた詩だった。中井がいう『新領土』の「輝き」とは、『新領土』の編集が一貫して反体制的（反ファシズム）な観点に基づいていたことを意味している。誰がこの作品の掲載を決めたのかは不明だが、春山はドイツ嫌いの自由主義者であることを公言していた。「私はドイツ嫌いである。ロシアも嫌いである」（「後記」『セルパン』一九三八年七月号、一六二）。一九三八年、雑誌『文学者』一月号に寄稿した「文化国策に寄す――文化省の野望――理論よりも実際的問題として」の終わりでも春山は「日本的文化国策」の未来について語っている。

ドイツ的文化国策は、一切が政府の指導であり、政府の任命した（例えば新聞の如き）当事者によって行われているようである。私は日本的文化国策が、将来どのような経路を辿って具体化するかを簡単に想像できないが、現在の儘の文化国体や文化人を基礎とするならば、その前途は必然的にドイツ的でならざるを得なくなるであろうと思う。この点、我々の所属する文化国体や、我々文化人の深い考慮を要する問題たることを付言しておきたい。（二一七）

「必然的にドイツ的でならざるを得なくなるであろう」と春山はいうが、実際には「日本的文化国策」は急激に軍部によって推し進められつつあった。これからの日本の文化政策を「簡単に想像できない」と言いつつ、ドイツのように言論活動の「一切が政府の指導」の下におかれつつあることを春山は実感しながら、「現在の儘の文化国体や文化人」がこれからどうあるべきなのか「深い考慮を要する」と述べている。三八年一二月頃には、これまで春山が積極的に紹介してきたフランスやイギリスの自由主義的な文学や思想とは対照的な「ドイツ思想の直訳的流行」（「「人間学講座」に対する疑問」二八三）に対して、そこには「無意識的に流れているドイツ・カルトの臭気」（二八三）を感じると批判的に述べている。

急激に言論統制が進むなかで、それでも春山を始めたモダニストたちは、『新領土』で出来る限り反ファシズム、反独裁主義的な論調を維持しようとしていた。当然『新領土』も国家に監視されており、たとえば前記の中井が指摘するように、前述した阿比留信によって翻訳された「一九三九年九月」は「伏字によって読みづら」（三四九）くなっている。

彼等の嘘

彼等の建物は徒に空を手捜りしているのだ・・

・・・・と云うそのようなものはありはしない

（一七〇）

The lie of Authority

「彼等の嘘」と「・・」と「・・・・」の箇所は原文では以下のようになっている。

Whose buildings grope the sky:
There is no such thing as the State

中井は原文と翻訳を比較し、「彼等の嘘」とは「The lie of Authority」であり、「当局の嘘」と訳すべきであり、「・・・・と云うものはありはしない」とは、「the State」という大文字から始まりのだから、「国家というものはありはしない」と訳すべきだったと指摘している。オーデンの詩を翻訳するためには慎重な対応が必要とされていた。[9] このような「伏字」と「巧妙な訳」に、総合誌『セルパン』編集長として検閲についての知識が豊富な春山が関与したのかは不明であるが、春山は「一九三九年九月」が掲載された三三号に「収穫期」Fragment と題されたオーデンの詩から影響を受けたと思われる詩を発表している。[10]

小麦の収穫が終わったら
ダンチッヒ問題が悪化した
（中略）
正午頃かな
太陽だけが機械のように動いている
ナチスの旗が理性のようにひるがえり
カトリックの鐘が愛情のようになりはじめる
（中略）

葉巻をくわえたグルーチョ・マルクスと
腕章をつけたチャップリンが
新しい歴史のコメディイに登場
タイトルは Great War II だ

都会にも砂漠にも珊瑚礁にも
ニュースと宣伝が幻覚を溢れさせる
経済の温度表があり
思考が世界にさよならをする
虚偽があらゆる人間をつつみ
抽象が氷のように消失する　etc.

（一四八）

ナチスの旗が理性のように広がる世界。都会から珊瑚礁まで「ニュースと宣伝が幻覚を溢れさせる」なかで「虚偽があらゆる人間をつつ」んでいく。オーデンに呼応するかのように「虚偽があらゆる人間」を包み込んでいく世界を描き出す。藤本寿彦は「アヴァンギャルドと戦争、あるいは反戦――戦時下の春山行夫を中心にして――」（『周縁としてのモダニズム――日本現代詩の底流』所収）のなかで、「収穫期」について、「生動する欧州の動乱をメディアの情報によって捕捉しつつ（中略）詩はその情報が指し示す地点を超えて、招来する世界を見据えている」（二一〇）と述べている。たしかに春山は来るべき世界の変容、それも悪しき変容を察していたように見える。

世界の変容を直に感じるためのチャンスが到来する。前述したように一九三九年一〇月末から春山は、「日本雑誌記者団満洲国調査団」の一員として朝鮮半島から中国北部を旅することになるのである。[11]

春山が中国に旅立つ前に、オーデンはすでに日本の侵略に苦しむ中国の現状を、*Journey to a War*（一九三九）で報告していた。オーデンが中国における「Jap」の蛮行を現地でつぶさに記録していた時期から少し遅れて春山は満洲から北京までを旅したことになる。春山は *Journey to a War* を中国への旅の前に読んでいた。中国への旅を間近に控えていた一〇月一六日前後の段階で、「出発まであと、十日程しかない。（中略）オーデン&イシヤウッドの『戦争への旅』を紹介しようと思ったが、かえってからにする（ママ）」（「後記」『新領土』第三一号、七五）と述べている。

一九三九年（昭和一四）、一〇月二六日に東京を出発した春山は、「朝鮮を通って新京、ハルビン、大連、旅順、奉天、承徳という順序で満洲国を見た」。各地の旧跡を巡りソ連との国境近くまで行く。行く先々で歓迎会が催される。「満洲国では政府関係の招聘だったので、総理大臣はじめ、たくさんの政府と政府関係団体の首脳に会った。旅行の目的が半官的であったので、どこを訪問しても親切に案内して貰えた」（『新領土』第三三号、一八九）。このような「半官的」な旅の安全は、名刺に記された「日本雑誌記者団満洲国調査団」という肩書きによって保証されていた。

名刺は百五十枚持って行ったが、やはり足りなくなった。（中略）北京に着くと、私はすぐに名刺屋へ行って名刺をたのんだ。もっとも私の貰って来た名刺も百枚を超えるだろうと思う。オーデンとイシャウッドが支那へ来てやはり名刺を作っている。そして名刺談義を書いている。私はそれを思い出す。（一九一）

春山は明らかにオーデンの中国旅行から強い影響を受けていた。帰国後、『戦争への旅』の書評を『新領土』に寄稿し、さらにそれを部分的に翻訳する。だが春山の中国旅行記は、オーデンのように中国国内の緊迫した状況を描き出すことはなかった。春山が見た中国大陸には不穏さがない。「鉄道付近や特殊の建築物は大概撮影禁止であるから、カメラの役に立つにはかなり限定される」（一八七）と述べているように、撮影禁止に春山は素直に従い、ロシア人墓地の近くを通っても、「私は墓地のほんの入口をのぞいてみただけでバスに呼び戻され」（『満洲風物誌』八六）てしまうのである。

日本軍の戦闘機によって爆弾が近くに投下されるなかで市井の人々と向き合うようなオーデンの旅とは異なり、春山の旅は北京の東安市場や瑠璃廠を政府が推奨するように観光する。「ドロヤナギとニレばかり」の道端で佇む人々に春山は関心を示す様子はない。『満韓ところどころ』から続く日本の近代文学者の中国大陸へのコロニアルな眼差しを春山も持っていた。『セルパン』に連載された春山の「満洲の印象」では、反日的な出来事が描かれることはなく、博物館や科学研究機関、そして植物園といった春山がいかにも好みそうな場所が紹介されることになる。

とりわけ現地で熱心におこなわれたのは書物の蒐集である。「むこうで出版された文化関係の出版物も蒐集した。（中略）本はハルビン、奉天、北京で探した。新京では政府関係の出版物を数十冊貰った。ハルビンではロシアの子供の絵本を集めた。奉天では満洲国関係の本を、北京では洋書や北京で出た支那の研究書を買った」（「後記」『新領土』第三三号、一八七）。さすが自他共に認めるブッキシュな人だけのことはある。旅先で書物を次々と買い込む。帰国の大変さなど考えずに、とにかく本を買い続ける。

『満洲風物誌』を始めとした春山の一連の満洲の記録は、オーデンのように現地で何かを見て誰かと話したのではなく、つねに何かを読んでいるという印象を私たちに与える。各地の看板を読み、以前読んだ本を思い出しながら観光し、そして現地で書籍を購入する。その繰り返しである。東京から下関に到着した春山は、まず「「Fortified Zone 要塞」と書いた板」を読む。そしてホテルの旅行案内のパンフレットを読み、「コクトオの『海港』の詩を思い出す」（『満洲風物誌』二七）。満洲でも「当食堂は胚芽米を使っています」というポスターを読み、「「銃後の保険」と印刷した紙片」（三二）を読み、「「南京」と書いた貨車がいた」と述べ、「「便所」が「厠」になっている」（三九）のを見る。そして「この駅で見たガラスの駅名標はコバルト・ブリユー（ママ）」（四一）であると語る。

春山にとって旅とは現地を読むことから始まるのである。名所旧跡に行っても、それまで書物や案内所で読み見た風景を再確認することに重きを置く。「私はいままでなんども見たことのある満洲の風景画を想いだして、まったくあの絵の通りの色彩だと思った。」（四三）満洲の風景を見ながら「ある外人の書いた紀行」や「フランス人の書いた別の満洲紹介の本」（四四）を思い出す。美しい風景に詩を感じ、詩として風景を読んでいく。街の看板も読む。「途中で「閑人免進」と書いた立て札を見た」（五二）、「アラビア語で菊判位の紙に印刷したものが貼ってある。それは右から左へ読んで「人類の平和」という意味で、回教徒たることを表示するものであるという。」（五四）「階段の途中に「煙突の御注文承ります」と書きだしてあった」(五八)。さらに「ドイツ文字」や「「富」という金文字の看板を出しているのでは質屋」といった文字に注目し、「満洲の栞」というパンフレットを読む。百貨店に行っても「屋上から低温生活云云と書いた長い布」(九四)を読み、料理屋に行っても「開懐暢飲」「世外桃源」(八六)という看板に注目する。街中でも「暗い一隅に掲示板に一枚の紙片が貼られている。早春咲きヒヤシンス、チューリップ球根特別分譲の件」(一六五)。歓迎会での食事メニューについても「漢字で書いてある」(一四〇)。現地の人々との直接の交流ではなく、春山はひたすら満洲の様々な文字を読み続けるのである。

『満洲風物誌』では、繰り返し、これまでに購入した書籍や現地で入手した資料を基に統計的に満洲の現状が紹介されている。オーデンのように現地の人々と膝を突き合わせることを春山はしない。国家財政から鉄道の敷設距離までの具体的な数字が列挙され、畜産から農産物までの現状とその生産量、貯水池の面積から、風車の活用事例、天候の特徴などが項目ごと並ぶ。各種の研究所に行き、「『公主嶺農業試験場一覧』というパンフレットを買い」(一七二)、もしくは「『大陸科学院要覧』という菊判六十頁ばかりの案内記」(七〇)をもらう。それらの資料を基に、春山は延々と一頁にもわたって各研究所の予算額や研究内容を紹介する。研究所を訪れても春山の関心は本に向かってしまう。「机の上を見ると、内地からきた新刊書が積んである。どんな本かと見ると、青山芳三郎『採鉱学実験法』、岡義明著述『バイヤス電気工学』、工学博士上野景明著『本邦鉱床及採鉱』(中略)書棚には黒クロースの"Biochemisches Hamdlexicon"が並んでいる。その隣に上床圀夫氏の『科学者の見たソ連』、日本化学総覧』(十二巻)などが収めてあった」(一四五)。

春山の満洲紀行は、書籍を購入する旅といっても過言ではなかった。新京では矢部吉禎著『満洲の植物』、満鉄教育研究所刊『柳条教材の研究』、満鉄地方部農務課刊『満洲大豆』、『満洲綿花栽培手引』を買い求めた。ある古本屋について春山は報告している。「この店は相当の店で、内地の全集物がたくさん揃っているし、満鉄関係の出版物も少なからずあった。私は時間がないので、満日文化協会版の東方国民文庫に収められた藤山一雄著『満洲の森林と文化』（四角）と、大連の中日文化協会刊、大隈為三著『満蒙美観』（昭和五年）とを買った。前著は『満洲浪漫』に小さい広告が出ていたので、こちらの本屋を通して注文したことがあるが、うまく手に入らなかったものであり、後者は初めて見る本であるが、総アート菊判一七〇頁、多数の図版がはいった満蒙支文化の美術的研究で、（中略）興味あるエッセイを収めたこの方面では珍しい書物であった。大同大街へでる。きょうはじめてゆっくり舗道を歩くわけである。新京の並木はドロ柳である」（八四）。

書籍を買いあさるだけではなく、旅中、暇さえあれば購入した本を読み、その合間にジョージ・ムアの『一青年の告白』やジッドの『ソビエト紀行』を思い出す。旅と読書は融合していく。最後の訪問地であるハルピンでも「哈爾浜ノ観光」という観光協会発行のパンフレットをまず読む。「盛り場、花柳界の項目があって、キヤバレや露人妓芸」をテキストで確認し、まず読むことで盛り場を体験するのである。そのうえでキャバレーを見学し「大体ムーラン・ルージュのヴァラエテイを見たと思えば間違いない」（二二五）と簡潔に述べる。都市の多様性や重層性に分け入るような好奇心に春山が突き動かされることはない。ベンヤミンのような気ままに街を遊歩することはなく、その印象記は現地で入手したテキストを紹介し続けるのである。

観光案内によると、キヤバレと妓館とは、別個のものになっている。コクトオの『海港』というアンドレ・ロオトの木版画の入った大きな詩集で、海港のデッサンを見たひとは、ハルビンがまたそのような雰囲気の海港（正確にいえば河港）であることを知られるであろう。（二一六）

春山は満洲をテキストとして読み続ける。旅の終わりでも春山は本屋に向かう。ロシア語が読めなくてもロシア人が経営する本屋でロシア語の絵本を購入し、その近くの「秋林（チューリン）洋行は二階建てで、日本橋の丸善本店を大きくしたような感じ」（二一九）の書店に行き、さらに露天の店先に並べられている古本までチェックする。そこには、「ライダア（ママ）・ハガードの小説やエマースンの論文といった程度、フランス語のものはないかと訊くと、一からげの本を出す。ユウゴオ（ママ）やミュッセの本であるが、その中に、"La Chine" No. 23. Aout 1922" という支那紙に刷った大判の雑誌があった。北京のアルベール・ナハボール版で、ナハボールが編集している」（二二一―二二二）。これで終わりではなく、さらにもう一軒、「ロシア語や支那語で書いた日本語の文法書や会話書」（二二三）が並んでいる本屋に行く。[12]「満洲国の印象」は書籍を蒐集することへの熱意に溢れつつ、現地を実際に見ようとする意志を感じさせることは少ない。「映画はついに一度も見なかった。夜の時間はすべて本を買う時間に宛てていたためであった」（「後記」『新領土』三三号、一八八）。

一九三〇年代終わり頃になると多くの文学者が中国大陸に渡り現地での体験を語っている。たとえば春山の中国旅行から一年前、一九三八年に小林秀雄は朝鮮半島を経て満洲の奥地まで向かっている。春山のエッセイと同名の『改造』一月号に発表された「満洲の印象」には、ソ連との国境知覚の開拓地で出会った少年たちの様子が描かれている。小林の「満洲の印象」は現地での様々な体験を語りながら中国と日本の現状について考えている。それに対して春山の「満洲の印象」は蒐集した書籍を参照し、さらに統計的な資料にも目を通しながら満洲の新しさを語り続けることで、満洲をテキストとして読もうとした。「満洲の印象」で春山は、オーデンの日本の中国侵略に対する批判を知りつつ、満洲が、あきらかに日本の傀儡国家であるという批判的な眼差しを封印する。小林秀雄のように満洲に移住した若者たちと出会い、その過酷な環境を語ることもない。満洲に関するテキストの集積として構築される春山の満洲は、テキストの外部へと読者を誘うことはない。オーデンとイシャウッドの中国への旅が、詩と旅行記の融合という形式と、詩だからこそ可能なイメージで読者を中国大陸の現状へと誘い出すのに対して、春山の印象記は百科事典のように満洲という国家の構成を紹介することに努めるのである。

先述したように春山は、オーデンたちの中国への旅を強く意識していた。『新領土』に掲載した自らの印象記の次に『新領土』に発表したエッセイが、一九四〇年二月の『新領土』第三四号に発表された「戦争への旅　海外文学散歩　オーデン&イシャウッド」（以下「戦争への旅行」）である。春山はすでに一九三七年の段階でオーデンとルイ・マクニースが発表した『アイスランドからの手紙』を雑誌『文学者』で書評していたが、今回のオーデンとクリストファー・イシャウッドの『戦争への旅行』について、「事変中の支那側を描いたもので文学的に興味」があり、「詩人のルポルタージュという角度は、戦争という異常な事実や経験のために失われていない」（一九八）と述べている。春山は『戦争への旅』を高く評価していた。

オーデン&イシャウッドも東洋の事情について特別な知識を持っていないことを明記している。従って内容に記述されていることが、必ずしも正確であるとは言えないが、彼らはとに角、自分たちの見たこと、逢った人々、耳にしたことの印象を記録したということを見てくれと言っている。（一九八）

春山もオーデン同様に、これまで「東洋」に対して「特別な知識」を持っていなかった。春山にとっての関心はもっぱら「西洋」にあったからだ。今回の中国旅行によって満洲や台湾に春山は強い関心を持ち始めるようになる。だが、見てきたようにオーデンの「戦争という異常な事実や経験」による旅行記と、春山の旅行記は全く異なった「角度」から描かれていた。少なくとも『新領土』に掲載された春山の中国体験記は、オーデンのような体験の厚みを全く感じさせない。春山は『戦争への旅』について、アメリカでは「一遍の旅行記と十数編の詩を得たということ以外には足指の黒豆（靴擦れのこと、引用者註）と魚臭い珈琲位の収穫しかなかった」（一九八）と低く評価されているのだと言う。そのうえで次のように続く。

といって彼等が詩をつくるだけの普通の人種であるという意味ではない。彼等は詩人という教養や生活や感覚において、政治家や外交官と異なった領域を持っている。そしてその角度において、それにふさわしい多くの収穫を齎している。我々は彼等から支那論をきくことはできないが、支那人がどんな生活をし、支那在住の外国人がどんな意見を持ち、どんな仕事をしているかについて、彼等が観察したものを読むことはできるのである。

彼等は詩人であるが故に、却って普通の旅行者の接しない外国人、支那人のドアを開けさせたという批評があったが、そういうことも言えると思う。（一九八―一九九）

詩人にしか見えず書けないものがある。その独自の眼差しによって詩人オーデンの旅行記は、「多くの収穫を齎している」のであり、『戦争への旅』は抽象的な「支那論」ではなく現地の生活に根ざした現地報告である。政治家や外交官ではできない詩人ならではの「教養や生活や感覚」によってオーデンは中国の現状を報告していたのに対して、春山の中国旅行は「政治家や外交官」のような旅だった。オーデンについて語れば語るほど、春山自身の中国旅行は「詩人」としての旅ではなかったことが明らかとなる。オーデンは、「新しいタイプのルポルタージュ」(一九九)であることを自らの中国旅行の前から春山は気づいていた。「普通の旅行者の接しない外国人、支那人のドアを開けさせた」ようなオーデンとイシャウッドの旅行記しかし春山自身はオーデンたちのようなルポルタージュを援用することはなかった/できなかったのである。

ちなみに『戦争への旅』で登場する宋美齢との対談は「ロレンスの作品の中の人物を彷彿とさせる」(二〇〇)と春山は述べている。「運転手がD・H・ロオレンスの『聖モール号』の馬丁や、『翼ある蛇』の陰険な、黒人の一人といった人物を想起させる」(二〇〇)こと、「危険な笑みを浮かべながら、車の加速装置をグッと踏みしめたまま、道路がいくら曲折していても速度を落とさないで、精神を持っていない、人間よりもう一段下の動物のような眼光をかがやかして、目的地より三里も遠方の川岸までとばせてしまう」(二〇〇)ような人物であることをオーデンは生き生きと描き出しており、「彼等(オーデンとイシャウッドのこと、引用者註)が行くさきざきで多くの人々に会見して、詩人らしい会話を交し、その印象を書いているのも本書のユニツク(ママ)な点であろう」(二〇〇)と春山は言う。そしてオーデンとイシャウッドが前線から上海に向かいイギリス大使館に滞在した場面を要約して『戦争への旅』の書評を終えている。「この博物館のような邸宅のなかで、パイプと探偵小説だけが、彼等の持物らしく見える親しみのある唯一の品物である」（二〇四）と述べ、そして最後に春山は次のように付け加えている。

この旅行記を読んで数ヶ月したら英独間に宣戦が布告された。しばらくしてオーデンとイシャウッドがニユウヨオク（ママ）に移住したという報道がはいった。彼等がどうしてイギリスを去ったかは、そのうち彼等自身のペンによって伝えられるであろう。（二〇四）

春山はオーデンたちのニューヨークへのある種の亡命の原因を述べていないが、その思わせぶりな書き方からは当時の彼らが信条的にコミュニストだったことを知っていたことがわかる。さらに春山は日本に対するオーデンとイシャウッドの辛辣な見解について紹介していない。現地の人々の日本軍に対する怨みと恐れや、帝国日本の蛮行についてのオーデンの報告について春山は言及していないが、それも含めて春山は、『戦争への旅』を評価していたように思われる。検閲が厳しさを増すなかで春山にはけっしてできなかった日本軍の中国人への蛮行の数々に対するオーデンの批判を春山は否定することはなかった。

『戦争への旅』の初版の表紙には、日本の戦闘機と、それを見上げて憎しみとも恐れともいえるような表情で逃げている家族の姿が描かれている。『戦争への旅』でオーデンとイシャウッドは繰り返し日本軍を批判しているが、このような日本への批判を当然、春山は紹介することはできない。春山はそれらの批判に言及することなく、オーデンとイシャウッドの「詩人」の旅を紹介したことになる。少しでも彼らの日本批判に言及すれば検閲に引っかかることは春山にはわかりきっていた。これをもって春山の弱腰を事後的に批判することは容易い。春山は自己検閲をしつつ、それでも『戦争への旅』を紹介したのである。

一九四〇年八月の『新領土』第三九号の「プロムナアド（2）」でも、「イシャウッドが昨年オーデンと一緒に支那側戦線に従軍として、その紀行を最近出版した。私はその一部分を雑誌で読んだが、これは政治的な見地を離れた、詩人の目に映じた戦場風景として我々をおどろかせるもので彼等が隴海線で列車の不時停車に悩まされながら、支那のボオイが鳴らすロナルド・ダッグ（デイスニイ（ママ）の漫画に出てくる家鴨）のような声をはりあげ支那の歌手の歌声が出てくるのをきいたり、宋美齢からお茶に招待されて「詩人はお菓子を召し上がるでしょうか」と訊かれてまごついたりしたことが書かれている」（一三七）と述べられている。ファッショ化が進む日本で、多くの文芸誌が自由主義的な文学について言及しなくなりつつあった。そのような状況においても、自らの中国旅行とは対照的な「支那側戦線に従軍」したイギリスの詩人たちの作品を春山は『新領土』で紹介したのである。

二―二　「客船」と「郵船」の間で――オーデンと春山行夫の海洋

春山は書評「戦争への旅」の最後に、『戦争への旅』に所収されているオーデンの連作詩「London to Hong Kong」の一つ「The Ship」を「郵船」と題して翻訳している。春山が詩を翻訳することは珍しいことだった。

郵船

オーデン

街々には明るい燈火が輝いている。我々の市街は清潔に掃除されている。
三等船客は最も脂ぎった骨牌を持ち、一等船客は高価な賭をする。
船首で睡っている乞食共は決して見ない
私用寝室でなにが行われうるかを。そして誰もその理由を訊ねない。

恋人達は手紙を書いている。運動家達はボオルを投げている。
ある者は細君の名誉を、ある者は細君の美貌を気にしている。
これが少年の妄想だ。恐らく船長は我等のすべてを憎んでいるであろう。
誰かが恐らく文明化された生活を指導しているであろう。

不毛な海の野原のうえの、このような温和な進歩が、
我々の文化である。前方の何処かに
腐敗性の東洋が、戦争が、新しい花々が、新しい衣裳がある。

何処かへ不思議な、利巧な明日が睡るために立ち去る。
ヨオロッパからきた人間達への試験を計画しながら。誰ひとり訊ねない。

誰れが最も恥ずべきであり、誰れが富み、誰れが死ぬかを。

（二〇四）

「London to Hong Kong」に所収された「The Voyage」「The Sphinx」「The Ship」「The Traveller」「Macao」「Hongkong」のなかで、なぜ「The Ship」を春山は翻訳したのか。その理由はわからない。「我々の市街は清潔に掃除されている」のに対して、客船では運動家が船内で「ボオル」を投げ、三等船客や一等船客も賭け事に励み、「乞食共」は眠る。現実の格差の反映であると同時にどこか刹那的なユートピア的でもある船内で「我々の文化」が作られている。船内では誰もが恥ずべき者であり、誰もが富む者であり、誰もが死ぬ。様々な階級を一つの空間に押し込めてしまう客船において、「明日」という未来が、「ヨオロッパからきた人間達への試験を計画」している。一時的な共同体としての客船において、「明日」による「試験の計画」を客船のヨーロッパの人間たちは知ることはない。「我々の文化」において「我々」は恥ずべきであるのか、富むのか、死ぬのかさえ問う者はない。「温和な進歩」である過去としての「我々の文化」の破綻が予告されつつ、「腐敗性の東洋が、戦争が、新しい花々が、新しい衣裳」が前方の何処かに存在する。

ヨーロッパ的なものの限界をオーデンは客船内部に充満させている。一等船客から「乞食」まで、多種多様なヨーロッパの階層の人々が同居する客船は、様々な賭けが許されてしまうような治外法権的な空間でもある。賭けは告発されることはなく、個々人は相互不干渉でもある。「寝室でなにが行われうるかを。そして誰もその理由を訊ねない」。いわば国家から一時的にせよ「客船」は自律している。ブルジョワとしての一等船客、プロレタリアとしての三等船客、恋人たち、運動家、夫と妻、少年、船長が同じ空間を共にしている。様々な思惑を持ちつつ、多様な出自身分を持つ者たちが、ある限定された空間に一時的に集うことを可能とする「客船」は、近代を象徴する多様性に満ちた空間といえる。

オーデンが描く「客船」は、近代化された社会の縮図でありつつ、かつ、陸上には見られない特異な空間である。「不毛な海の野原のうえ」にある「我々の文化」は、一時的にせよ陸上には存在しない「我々の文化」でもある。春山による日本語への翻訳によっても、オーデンが描き出した近代化の象徴ともいえる「客船」は、「我々の文化」に内在する「清潔に掃除」していくような排除の力学に抵抗する空間であることが明らかとされる。「客船」は単一化を進めるナショナルな共同体に抵抗し続けているのである。

戦後に発表した『怒りの海』でオーデンは、客船から海原まで海洋性ともいえるテーマやイメージが、欧米の詩作においていかに重要であるのかを指摘しているが、「The Ship」は詩的な意味での海洋の特殊性が色濃く表れており、詩人ならではの感性によって世界の危機に対する機敏な反応が示されていた。春山からもオーデンからも多大な影響を受けた田村隆一は、「ある演説から　W・H・オーデン」のなかで、「その急進的・政治的態度にもかかわらず、詩をして詩たらしめるべき芸術の自律性と独自性」（四四四–四四五）を持つ詩人であると指摘している。「The Ship」は、詩というジャンルの自律性と独自性を失わずに、同時に現代の社会情勢を批判的に描きだした作品だった。オーデンは春山にはできなかった、これからのモダニズムの可能性を、その詩によって描き出したのである。そして結果的にせよ、意図的にせよ、春山は「The Ship」が、いかに「この時代の感情、又は問題を純粋に反響」させているのかを的確に把握していたことになる。

オーデン作品の戦前の中国と日本の受容について検証した陳璇の「日中両国におけるW・H・オーデン受容の比較研究」では、春山がオーデンの「西洋人の「旅行」の新奇さを際立たせる方法」(二二二)を採用し、オーデンによる日本への明らかな批判といった「「敏感」な内容を捨て、「安全な」内容だけを取り上げている。時局に対する春山の配慮が窺われる」(二二二)と指摘している。陳が指摘するように、たしかに春山は『戦争への旅』を論じるために非常に慎重な物言いに徹している。しかし検閲に注意しながら『セルパン』を編集し、『新領土』に詩と批評を発表していた春山にとって、オーデンを論じ、そしてその作品を翻訳すること自体、危険を伴うことであったにもかかわらず、あえてオーデンに言及したことも確かである。実際の動機がいかなるものであったにせよ、「The Ship」の翻訳を通して春山とオーデンは海洋で生まれた「我々の文化」の一員となる。

「The Ship」の翻訳に関して注目すべき箇所がある。「不毛な海の野原のうえの、このような温和な進歩が、我々の文化である」と春山は訳している。この箇所の原文は「It is our culture that with such calm progresses/Over the barren plains of a sea;」である。春山は「progresses」を名詞として「進歩」と訳している。しかし「progress」は基本的には不可算名詞であり、ここでの「s」は三単現の「s」である。「進歩」ではなく「進んでいく」という動詞である。戦後に出版された深瀬基寛の訳による「これがわたしたちの文化だ、こんなにも音もなく滑りながら/稔りのない海の平野を進んでゆく」の方が文法的には正しい訳だと思われる。進歩が我々の文化であることと、我々の文化が進むことは全く異なったイメージを「客船」にもたらす。オーデンにおいて船中の「我々の文化」は変容し続ける。春山は「progresses」という単語の能動性に気づかなかった。オーデンが描き出す海洋とそこに浮かぶ船が動詞的な世界だとすれば、春山はそれを自らの詩に登場するコップのなかの船のように名詞的で静的な標本のような世界と解釈したのである。[13]

拙著『降り坂を登る』では、一九三五年前後の詩誌『詩法』に発表された春山のエッセイを海洋文学的な観点から捉え直すことで、春山のモダニズムと海との親密な関係性を明らかにした。もっとも、オーデンの「The Ship」のように、国家や大資本の抑圧に対して、船と海洋が人間にとっての一時にせよアジール的な場所であることを春山は気づくことはなかった。春山も自らの詩のなかに繰り返し海と船を描き出しながら、海洋的な表象が、自らの詩作でいかに大いなる存在であるのかに気づくことはなかったのである。国家から自律したかに見えるオーデンが描き出した「客船」を春山は、近代日本を代表する株式会社の一つである日本郵船＝「郵船」と訳してしまう。春山の「The Ship」の翻訳は、オーデンの詩にあった海洋的なものの可能性を、その冒頭で消失させてしまっていたことになる。

しかし春山は、客船が日本の社会の縮図であることを指摘していた。満洲への旅の途中、下関から朝鮮半島への渡航で春山は三等船客を見て「異様な感にうたれ」ている。

> ぎっしりと三等船客が並んでいるのを見たときは、異様な感にうたれていた。人間が悪く扱われているのを見るのは、だれにも快いものではない。日本の大陸への玄関に於いて、黒字を誇る鉄道省の事業として、どうして人間がこんなにみじめに取扱われているのであろう。
> 彼等は余程まえからそこに佇ちつくしているのに相違ない。右側の通路を一二等客が通って、大体乗船してしまうまでは、三等客の乗船は許されないからである。それは全く許されないという感じだ。（『満洲風物誌』二六）

春山は三等船客に対する「全く許されないという感じ」の扱いに憤慨しているが、これは米窪太刀雄や前田河廣一郎のようなプロレタリア文学者の海洋文学を彷彿とさせる。しかし春山が、米窪や前田河のような海洋文学の系譜に連なることはないだろう。彼らとは異なり、春山は自覚的に、海洋と客船が自らの作品にとって極めて重要なテーマであることに気づくことはなかったからだ。一九三〇年末代まで、春山にとって海とは、あくまでもモダンな港であり、穏やかな内海であり、そこに広がる浜辺であり、現代風俗としての海水浴を意味した。客船から社会的な問題を読み解くというよりは、近代化のなかで拡張していく都市の周縁に生まれる新しい光景として海と浜辺に春山は注目したのである。[14]

一九二九年、春山が『詩と詩論』を編集しながらジェイムズ・ジョイスの『ユリシーズ』に熱狂していた時期、比較文学者のE・R・クルツィウスは「ジェイムズ・ジョイスと彼の『ユリシーズ』」で、海が『ユリシーズ』にとっていかに重要性なトポスなのかを指摘している。「海——生をめぐみ死をもたらす原要素——が『ユリシーズ』の体験・シンフォニーのまわりを洗っている。T・S・エリオットの『荒地』とおなじように、溺死者のモチーフがジョイスの作品をつらぬいている。マリガンは人工呼吸によってある男を溺死から救った。（中略）このモティーフは文学的反映のなかにおかれる」（二七七）。このような観点を春山は持つことはなかった。『ユリシーズ』や『荒地』というモダニズム文学を代表する作品における「海」の重要性に春山は気づくことはなかったのである。春山の詩や批評には具体的なレベルにおいても抽象的なレベルにおいてもつねに海があり、その可能性をオーデンと共有できたようにも思われる。もっとも、このようなモダニズムの海の欠如は、春山のみならず、日本のモダニズムに共通した特色だった。さらに言えば、春山は文学者としては例外的に地政学的な観点から海洋の重要性に四〇年以降になると気づくことになる。第四章で詳しく検証するが、アメリカとの戦争によって春山は、海洋を領土として捉えることの重要性を、文学はいち早く国民に喚起しなければならないのだと主張することになるだろう。

第三章 距離の観点と量的観念

三―一　満洲の新しさとモダニズム

一九三九年五月一二日、ノモンハン事件が起こる。日本軍は壊滅的な打撃を受けたが、春山の中国旅行は、日ソの緊張関係を殆ど感じさせることはない。一〇月の終わりから始まった春山の旅は、見てきたようにとにかく書物を蒐集することに邁進する。とりあえず行ってみる、あとは現地で考えるといったオーデンや小林のような文学者の旅とはまったく異なっていた。春山は旅する前に満洲を中心とした中国に関する資料を事前に入手し、「満洲国や北支に関する纏まった資料を得るために、旅行記や旅行案内」(『満洲風物誌』一二)を旅行前に色々と読んでいた。「長與善郎の『少年満洲読本』清水国治『満洲国とはどんな処か』村松梢風『熱河風景』、「外国人の見た満洲国については、ピイタア・フレミングの、『One's company, journey to China』と『J.C. Balete の "Mandchourie" を読んだ。」(四)さらに、保田與重郎『満蒙』飯島正『東洋の旗』といった文献も、「まえからの愛読書であった」（四）と述べている。

春山の満洲への旅は、東京での満洲に関する様々なテキストを読み込むことから始まっていたといえるだろう。春山の満洲旅行記が、以前から愛読していたという保田や飯島、そして小林やオーデンの旅行記と異なるのは、春山個人の現地での体験が特権化されることがないということだ。現地の体験によって「環境や生活や文化の持っている雰囲気、色彩、音響、形態といったデテイル（ママ）」（六）を知ることができる。しかし現地での体験は、様々な人々によって記された満洲についてのテキストと並置される。春山にとって満洲について語ることは、満洲をテキストとして読むことを意味したのである。それは満洲をモダニズムの文学のように読むことを意味し、既存のどの国家にもない新しさが満洲にはあることを指摘することになる。

（八）

北支は伝統が伝統以外のなにものをも受けいれなかった世界であるが、満洲国は一切が実験である。

中国の歴代王朝が「伝統以外のなにものをも受け入れなかった世界」であるとすれば、満洲は国家としての伝統のなさゆえに様々な近代国家としての実験がおこなわれている。近代的な実験国家としての満洲はアメリカと共通した面があると春山は指摘する。「アメリカのルーズベルトは、「ニュー・デイル（ママ）」を標榜したが、それは国家としての実験を意味する」（八）。中国の歴代王朝とは異なり満洲は「一切が実験」である。「ソヴエトやナチズムやファシズムは政治上の概念からは革命であるがニュー・デイルはあくまで新しい実験を以て生命としている」。（八）ソ連やナチス・ドイツは「政治上の概念からは革命」によって作られた国家だが、満洲は「革命」によって生まれたわけではなく、反伝統的な「新しい実験」を試みることで作られた国家である。

満洲が作られた歴史的経緯を無視し、そしてアメリカの建国の歴史も無視し、「満洲国は一切が実験」であると春山は語る。ソ連やドイツは、「対立する国内的なイデオロギ（ママ）や党派の上に立って発生した政治であるが故に、人為的乃至不可避的に革命によって国家の方向を変更したものである。従ってその政策にはつねに対立的なイデオロギイに対する制約が含まれていると同時に、それ自身もまた対立的なイデオロギイ（ママ）によって制約を受けている。」（八）このようなイデオロギー的な対立は満洲には見られない。満洲においては国内の政治対立など存在せずイデオロギー闘争などない。満洲は突如建国され、「政治」は新しい国家のための具体的な政策＝「新しい実験」にもっぱら関わることになる。

> 満洲国に於いては、政治は政治的イデイオロギイ（ママ）の問題であるよりは、むしろ政治の技術に属する。政治の実験という意味は、とりも直さず政治の技術的な実験ということに外ならない。（中略）
>
> 政府も国民も政治、経済、産業の実験に邁進する。それでいけなければ新たな実験によって方向を転換する。実験 experiment とは、通俗的な意味に於ける、単にあれやこれやの方法や手段に首をつっこむというのではない。それはいままで何人も試みなかった新政策を試みることであり、そのことは同時に、既成の国家や政治の形態や組織が、なにゆえに不完全となり、発展し得なくなったかを知ることである。What a state should not be を主知することである。（九）

満洲の「新しい実験」とは、あくまでも具体的な「政治の実験」であり観念的な面における実験ではない。そしてその「技術的な実験」は、「何人も試みなかった新政策を試みる」ことを意味する。帝国日本の傀儡国家としての満洲国の新しさを、春山は強引に敵対するアメリカのニュー・ディール政策のような「政治の実験」であるとみなす。北海道の開拓（植民地）においても、春山はアメリカからの影響を強く感じたが、満洲国は、北海道以上に、その国家の始まりから今日に到るまでの過程において、アメリカの影に覆われていることを春山は繰り返し指摘する。もちろん、それは春山独自の理解ではない。たとえば「第二のアメリカ発見」は、満洲国の弘報処長だった武藤富男との対談で武藤が『満洲の栞』というパンフレットから参照した言葉として春山は紹介している。そのうえで満洲における「新しい実験」は、現実的に「政治、経済、産業の実験に邁進する」のだと語り、さらに「満洲国のようになにごとも新しい計画、新しい方向、新しい基礎づけによって進んでいる国」（六六）において重要なことは「主知することである」（九）と春山は述べている。

一九二〇年代末から三〇年代初頭にかけて、「実験」「主知」「技術」「新しい方向」といった言葉で春山は欧米のモダニズム文学の革新性を語ってきた。三〇年代末になると、それらの言葉は、満洲をテーマとしたエッセイのなかで再び現れる。「新しさ」「実験」「技術」「主知」といった前衛としてのモダニズムの言葉は、満洲の新しさと、その「実験」を語るために用いられることになる。モダニズムの言葉が横滑りするようにして満洲の新しさを語るための言葉となるのだ。

新しい文学としてのモダニズムの言葉は、満洲のみならずナチス・ドイツを肯定的に語るための言葉となってもいく。ナチスの機械化部隊の強さについて、「新しいということが、先決条件なのである」（「編集者の角度」『セルパン』一九四〇年七月号、一三〇）と春山は言う。ナチスの部隊から新しい国家としての満洲まで、ファシズム的な国家のありようを「新しい形態、いままでに考えられなかった組織」（一三〇）として評価し、さらに「新しい形態や組織は、従来のものとは別個のシステムによる進化の過程をとらねばならない」（一三〇）のだと春山は指摘する。ここで思い出されるのは、モダニズム文学の新しさに関する春山の説明である。春山はモダニズム文学を、従来の文学からの根源的な革新であり、その「新しい形態や組織」は「別個のシステムによる進化の過程」であると主張していた[15]。

新しい文学であるモダニズムの革新性は、過去の文学との切断によって生まれる。新しい実験国家としての満洲は、伝統的な国家から切断されているからこそ新しい。「満洲国の文化を、支那文化の自然発生的な延長であるのでなく、むしろ現代文化によって第一歩を踏みだそうとする新国家の文化であると考えたい。その意味では、アメリカが十九世紀の近代文化から伸び上がった点と、内容的にではなく、生成的に類似すると見るのである。」（一〇–一一）満洲の「文化」を、本来なら自国の文化の源泉である中国の文化圏から切断し、新しい文化とみなすために、春山は遠くの文化であるアメリカの「近代文化」にそれを近づけ、その文化の内容ではなく、アメリカという国家そのものの「生成」に注目する。「生成」とは構造的に国家を見ることに他ならない。いわば抽象的に国家の「生成」を考え、非歴史的に国家を捉えることで、満洲とアメリカの共通性が浮かびあがる。だからこそ、「アメリカ文学は最初の一歩が既に近代文学であった」（一〇）という意味で満洲国はそのはじまりから近代国家とみなされることになる。

モダニズム的な観点から満洲を捉えていた春山だが、日増しに日本との関係が悪化するアメリカを満洲に先行する実験国家として見ていた。たとえば一九四〇年六月、日本拓殖協会の機関誌『海を越えて』六号に寄稿した「開拓地の生活と自然誌」では、蜂須賀正と共に当時のベルギー領コンゴに旅行し、日本で最初期のムー大陸の紹介者としても知られた三好武二が訳したジョージ・クレッシーの『満洲・支那の土地と人』（偕成社、一九四〇年）を参照しつつ、クレッシーが「満洲を廿世紀のアメリカに譬えているのは、アメリカが開拓をはじめて一世紀間に築き上げた農業的な苦労をよく知っていたためで、それは丁度、我々と同時代の者が、明治以来の文明、文化に日本がどれ位、苦心と努力を捧げてきたかを、身を以て感じていることと同じものだと思う」（八九）と述べられている。[16]

アメリカのように歴史的蓄積を持たないがゆえに、歴史に縛られない「超越した時代精神」（「満洲国の印象二」八九）が満洲にはあり、「旧文化や伝統との摩擦や混沌という物理的拘束を比較的すくなく受け」（八九）ていることで、これまでにない新しい近代的な文化が生まれるのだと春山は指摘する。「既成の輸入文化を超えて、この土地を新しい文明の起点として、新しい文化を発展せしめようとする意図」（八九）が満洲にはあり、その「新しい文化」は「既存の輸入文化を超えて」いくことになる。

このような既存の国家から切断されることで生まれる満洲の新しさについての語り方と、『詩と詩論』時代に春山が主張した既成の詩壇の全否定と前衛運動としての実験的なモダニズム文学の新しさについての語り方との間には構造的な類似性がある。モダニズムの概念と言葉を使って春山は満洲という新しい国家を語っていたのである。いわば「新しさ」と「実験」と「技術」によって駆動するモダニズム文学の原理は、一九四〇年前後になると満洲の新しさを語る原理となるのである。

三―二　政治的、冒険的、文学的

満洲から帰国後の春山は「満洲の印象」のような満洲の新しさに関するエッセイを発表しつつ、これまでのような文芸批評も発表している。『新領土』に発表された様々なエッセイで、シェイクスピアから飛行機まで欧米の様々な文学・文化を紹介しつつ、欧米の文学者たちの動向についても紹介されている。たとえば一九〇四年『新領土』三九号の「プロムナアド2」では、ポール・モーラン、ジャン・コクトー、オルダス・ハクスレーやピーター・フレミングといったヨーロッパの文学者たちの旅行記が紹介されている。イギリスの文学者の旅行記について、「現地報告を書くために、命がけで歩きまわる点は、イギリス人の通有性だとアメリカの批評家などは言っている」（一三九）と述べられている。とりわけ中国からの帰国直後ゆえか、イギリスの文学者の中国旅行記が、いかに政治的な情勢を注視しているのかに春山は注目している。フレミングの旅行記について次のように述べている。「政治的な観察に力を注いでいて、産業や自然や風俗といった方面にあまり興味を寄せていない。その代わり軍部の飛行機で戦争現地の熱河へと飛んで、酒場で活劇を演じたり、奉天から出発する匪賊討伐隊の「遠征」（彼はexpeditionと書いている）に加わって、大いに冒険心を満足させたりしている。」（一四〇）さらにフレミングの旅行記は「文学的な表現でかなり形式や比喩に苦心を払っていることがわかる」（一四〇）のだと春山は述べている。「地獄のような火炎のなかの悪魔のように、消防士は活動を開始した」（一四〇）といった表現のことを指していると思われるが、そのような典型的な文学的な表現は春山の旅行記には見られない。

政治的、冒険的、文学的という三つの組合わせが、イギリス人の旅行記の特性としてフレミングにはそなわっている。この三つの特性は、今度の事変を支那側から見たオーデン、イシャウッド共著の『戦争への旅行』と全く同じタイプである。尚、この『戦争への旅行』の中には、オーデン、イシャウッドの両者がフレミングに会い、三人で戦地でまわる箇所がある。（一四〇）

「政治的、冒険的、文学的という三つの組み合わせ」を、フレミングからオーデンまでのイギリスの文学者たちは持っており、「イギリス人は満洲国や支那をどういう政治的概念でみているかといった性格を、はっきりと物語っているものと見た方がいい」（一四〇）と春山は指摘する。満洲や中国についてイギリスの文学者たちは明快な見解を持っているが、それに対して春山自身の満洲旅行記は、「政治的、冒険的、文学的」な観点を欠いていたことを春山自身も気づいていたように思われる。

春山は自らの旅行記と彼らの旅行記との違いについては何も語っていない。しかし、中国に行く前にすでに読んでいたオーデンとイシャウッドの『戦争への旅』が、詩人でしかできないようなスタイルで国際情勢の危機を鮮烈に描き出していたのに対して、春山の旅行記は「政治的、冒険的、文学的」な要素を極力排除していた。検閲が強まるなかで執筆・出版にあたって様々な配慮が必要されていた春山は、中国旅行でフレミングの中国旅行記を思い出し、そして本当はイギリス人の旅行記に見られる「政治的、冒険的、文学的」なことを現地で考えていたことを、わずかに記すことしかできなかった。

私は北京に滞在しているうちに、フレミングの書いた「いかに多くの好奇的な美に満たされていても自分は此所に住みたいとは思わぬ。非現実的な雰囲気が公使館区域（公民巷）を支配している。外交官連はのうのうと、しかも反り身になって右往左往しているが、それは水族館の魚類の神秘的なお上品さだ。しかり水族館、それが北京だ。落着いて、ガラスのような目玉をして、ぐるぐると彼等はまわっている」という文句を思い出してしかたがなかった。（一四一）

外交官連はのうのうと生活している。しかしそのすぐそばでは貧しい者たちがあえぎ、戦火はそれに追い打ちを掛ける。本来ならば自らの言葉で書かなければならなかったはずの日本による中国侵略の実状を、フレミングの言葉を引用して示唆することしかできない。他人のテキストを援用して暗に戦争を批判することだけが、急激なファショ化が進む日本で、文学者として生きなければならない春山ができることだった。

「プロムナアド2」の隣にはオーデンの仲間の一人、S・スペンダーの「新しいリアリズム」が掲載されている。スペンダーは「芸術家の良心」（一四二）が現代に変化しつつある現状について論じている。「我々は、芸術家が人間性以外のどんな主題をもつのか、また芸術家は世にはびこる欠陥に無関心でいられるかどうか」についてスペンダーは考えている。たとえばマルローのようにスペインに行くことで「重大な意義を持つ作品を造り出した」（一四六）かもしれないが、それは本当に極少数の事例にすぎないのではないか。「自己の環境を投捨てて、この世界に入った他の作家は、身を亡ぼし、殺されたり、文学を離れて政治家になったに過ぎない。彼等は、後になってはじめて貴さを知るその生活を犠牲にし、そこでは確実に知ることの出来るものは一つとしてない旋風の中へふみこんだのである」（一四六）と語っている。

文学者が現地に赴き、その「環境」に身を投じて報告することだけが文学者に課せられた使命ではない。リルケ、エリオット、そしてカフカのような文学者の場合を考えてみればよい。「彼等の政治的行動や意見よりは、その作品に感ぜられる生活の量によって判断」（一四八）することも重要ではないのかとスペンダーは述べている。

文学者が「生活を犠牲」にして、新しい「環境」へと進むことの困難さをスペンダーは指摘しているが、戦時下の日本において「芸術家の良心」から「生活を犠牲」にして新しい「環境」に進むことができた文学者は皆無といえた。イギリスと日本ではまったく「環境」が異なり、四〇年前後のイギリスの文学者の活動と日本の文学者の活動は容易に比較することはできないが、日本の場合、中国侵略に対して批判的な見解を述べることは非常に難しくなりつつあった。

春山がスペンダーのように欧米の反ファシズム的な文学者たちの動向に賛同することはできなかった。『新領土』のような詩誌の編集にさえ国家は介入していた。三〇年代終わりになると『新領土』も徐々に欧米の左翼的な文学者が紹介されることは少なくなっていく。そのような状況においても春山は、合理的、客観的、反精神論的に時局に向き合おうとする。たとえば一九三九年に「東亜」の現状を春山は「数字の観念」から語るのである。

> 東亜の新建設は、まず数字の観念からはじめられなければならない。膨大な軍事予算と同時に支那という広大な地理的広がりが、まず我々の数字の観念をあらためた。数字の基準が、日本的な基準から世界的な基準となったことを我々は知らねばならない。（「後記」『セルパン』一月号、一〇二）

満洲を「距離の観念に於いて、ものの量的観念に於いて、はっきりした数字」を参照しながら語る。「物質から見た政治観や国家観は「持てる国」と「持たざる国」という言葉によって示されているが、この「持てる」と「持たざる」の限界をあきらかにするものは数字である」（二〇二）。春山は様々な「数字」を参照しながら「東亜の新建設」を語る。この引用部分と同時期、『文学者』一月号に発表した「文化国策に寄す――文化省の要望――理論より国際問題として――」では、「文化国策の具体化」（二三）について、それが「国策である以上、実行に当たっては政府各省に然るべき予算がなければならない」（二三）と主張し、「実際的な数字なしの、抽象論、観念論」を批判し、「日本の対外文化宣伝」（二四）の予算の少なさについて、ソ連やイギリスのオランダの対外宣伝の予算＝数字を挙げながら改善を要求する。「文化予算という用語を私は使用したが、おそらくこの言葉は、現在のところ私の特許であるといっていい。（中略）国防予算という言葉が使われているのと同様に、文化と予算という言葉もレーゾン・デートルを持っている」（二五）と述べつつ「文化予算」という数字の重要性を指摘している。

「文化国策」を「数字」を基に「理論よりも実際的問題」として論じることで、実践的かつ現実的に「東亜」の未来について春山は考えていた。前述した「開拓地の生活と自然誌」の「すぐ主観に反映して、自然鑑賞的な文学として、歌や俳句にするようなゆき方でなく博物的に観察する研究することを教えたいと思う」（九一）という一文が典型だが、春山は「文化国策」を予算のような「数字」を基に考え、そして満洲について「星の観察、風速の記録、雨量、家畜、水産物、鳥類、昆虫のようなもの、それから進んで、満人の住居、農耕法などの調査」（九一）を参考にしながら語る。つまり満洲を主観的かつ「自然鑑賞的な文学」として考えるのではなく、「博物的に観察的に研究する」ことを試みようとしたのである。

『セルパン』五月号の「編集者の角度」では、「蒙古の砂漠を文学的に形容する人はあっても、砂漠の自然現象や文化に及ぼす影響を考えてみようともしない」(二一〇)と述べている。一九四〇年『婦人画報』二月号のエッセイ「鉛筆とノート——満文の旅から」は、満洲における鉛筆から煙草を対象とした民俗学的といえるようなエッセイである。一九四〇年前後、オーデンは中国の現状をリアルに描きだし、そして春山は満洲を百科事典のように紹介する。春山は満洲を「博物的に観察する研究する」のである。二人は全く異なった場所へと進んでいるように見える。しかしこの二人の希代のモダニストは、時代の急激な変化に巻き込まれながら、かつてのような文学に限定されたモダニズムが無効となりつつあることを察知していた。文学者という存在の在りようが根本的に変化しつつあることを二人は深く認識していたのである。詩人という存在がもはや時代遅れになりつつあることを、一九四〇年の『セルパン』三月号に発表した「美神への報告」で明確に春山は表明している。

詩人は時代の黎明を告げるとは、昔からよく言われている言葉であるが、今日では時代に対する適応性に於いて、詩人などの方が、普通人などよりももっと遅れている場合が多い。詩より文化一般の方が進んでいる時代には、詩人が生まれながらに時代より進んでいるなどという概念は通用しないといっていいだろう。(一二九)

現今、「詩人が生まれながらに時代より進んでいるなどという概念は通用しない」と春山は言う。「詩より文化一般の方が進んでいる時代」だからこそモダニズムそのものは重要性を増す。モダニズムは、「交通の発達、文化の交流によって、文学の地方性を世界性に拡大する意志の追求」(現代世界文学概観」一五)を「普通人」に促していくからだ。たしかに春山は、オーデンのような強い問題意識を持った旅行記を書くことはできなかった。それでもオーデンのような欧米の反ファシズム的なモダニストたちの詩人を日本に紹介することで、「文学の地方性を世界性に拡大する意志の追求」を春山が放棄することはなかったのだ。徹底して数字を基に「大東亜」を語る春山は、他のモダニストたちはもとより、文壇の文学者たちとも異なったモダニズムという場から戦争に向き合っていたのである。そしてその場はつねに「世界」に開かれていたのである。

『新領土』第三八号に掲載されている「詩への希望」のなかでC・D・ルイスは、「詩は根本的に彼(詩人のこと、引用者註)と社会との関係によって条件」(一〇六)づけられているにもかかわらず、詩人は「詩人の社会への義務と社会への依存ということを軽視している」(一〇六)のではないかと指摘している。オーデンやルイスと共に春山もこれまで経験したことのない急激な世界の変化に向き合わざるをえなくなっていた。もっともオーデンたちの環境と比べて春山はさらに過酷な状況に置かれていた。世界がとても悪い方向に向かっていることを、春山はオーデンの作品を読めば読むほど確信していくようになっていった。

三ー三　モダニズム・「thing」・アメリカ

春山の文芸批評は、文学を対象とすることから、モノとコトの総体として世界をある種の唯物論的な観点から分析し把握していくようになる。なおかつ主観的、認識論的に世界を把握することから、「thing」の生成と、それによる感覚の変容に注目するようになる。一九三九年『新領土』二五号の「後記」では、モノヘコトへの注目についてつぎのように述べていた。

最近書きたいのは、文化的に見たthingと感覚との歴史である。動物、植物、本、（中略）、自然（この中へは山や川や島や火山や、さらに気候田や庭園などが這入る）、服装（ネクタイ、帽子、手袋、靴、靴下、メガネetc）そういったものの文字に現れた場合の種々の見方である。これは詩人のその時代時代の感覚を知る上に必要である。（六三）

観念的かつ抽象的に文学について考え論じることから、「thing」と「その時代時代の感覚との歴史」について春山は注目するようになる。このような変化は明らかに戦争が春山の間近に迫りつつある事が原因だった。文学の自律性など戦争に直面してしまえば瞬間的に消え去ってしまう。そもそもモダニズム自体が第一次世界大戦の混乱から生まれた思潮なのだと春山は指摘する。一九三九年二六号の『新領土』に発表した「英米の戦争文学」では、「日本のモダニズムが欧州大戦直後の所謂戦後文学の間接の影響であることは隠れもない事実であった。しかし戦争の現実と反映とが殆んどなかったということが、思想的な発展を遂げ得なかった最大の理由であったといえよう」（一一五）と述べられている。日本のモダニズムは、戦後文学としてのモダニズムという観点を欠いていることを、日本にモダニズムを導入した中心的な存在の一人だった春山自身がようやく気づくことになった。

日本のモダニズムは、欧米のモダニズムが「戦争の現実と反映」から生まれたことにあまりにも無自覚だった。モダニズムとは文学の実験的な運動に限定されず、それは戦争という現実を抜きにして語ることができないことを、春山は、日中戦争下でようやく実感するようになったのである。今、モダニズムについて考えることは、文学に限定されたモダニズムについて考えることではなく、ヨーロッパやアメリカや日本の「戦争の現実と反映」の影響を考えることだと春山は気づく。たとえば一九四〇年『新領土』第三八号に発表された「プロムナアド1」のなかで春山は、日本にはないヨーロッパに対するアメリカ文化の独自性とその実験性についてつぎのように述べている。

今日のアメリカ文化の諸現象のなかで、最も中心的な点はアメリカがヨオロッパ(ママ)文化の影響から離脱して、独自な実験を行っていること、——乃至は独自な文化を行うことによってアメリカの「再整理」を行おうとしていることである。

(中略)

日本では未だヨオロッパの文化というものが一括して批判の対象になっていない。ヨオロッパの前の大戦に引き続いて再び大戦をはじめたという原因や理由がヨオロッパ的文化の影響から離れた独自の立場によって批判されていないからである。だから日本の思想や文化のなかには、ヨオロッパの個々の国々の思想や文化の縮図に似たものが、対立や模倣やその他さまざまの形態で動いているからである。

アメリカには、コミュニズムもファシズムも相当根強く食い込んでいる。しかしアメリカの今日の思想文化は、それらのイデオロギイを、（ママ）ヨオロッパ的現実が生んだヨオロッパ的イデオロギイとしてその両者を一括して批判するという点に、それ自身の立場があるという点を明らかにしている。（九二―九三）

ヨーロッパの「思想文化」を批判的に捉えているアメリカの文化の独自性を春山は評価する。[17] アメリカと異なり日本は「ヨオロッパの個々の国々の思想や文化の縮図」の構図が根強くある。イギリス党、フランス党、ドイツ党といった代理戦争ともいえるような対立が日本国内において見られるが、アメリカの場合、ファシズムやコミュニズムといったイデオロギー的な問題に対しても「それらのイデオロギイを、ヨオロッパ的現実が生んだヨオロッパ的イデオロギーとしてその両者を一括して批判するという点に、それ自身の立場がある」ことに春山は注目する。アメリカの文化や思想のヨーロッパ批判を参考にしつつ日本もまた「それ自身の立場」が必要とされていることを春山は主張し、アメリカとの関係が悪化していくなかでもアメリカの「今日の思想文化」を冷静に評価し、清水幾多郎の以下の一文を引用して、アメリカの思想が、なぜ現在の日本で必要とされるのかを説明している。

アメリカ固有の科学を信ずるあの率直な態度の故にアメリカの思想に注目したいのである。そこでは知性も哲学も何も彼も素直に考えられている。そして素直に正直に考えることが現在の日本に何よりも必要なのである。アメリカで酔いが醒めぬのなら、日本の論壇と思想界とは、ただ人を絶望させるためにあるのであろう（九三、傍点原文）

知性や哲学を「素直に正直に考える」ことの重要性を強調することで、アメリカのプラグマティズム的な思想を評価し、日本にもある種のプラグマティズムが必要とされるのではないかと春山は考えていたことは明らかである。

イデオロギイ(ママ)を離れて、ものごとを考察すること即ちイディオロギイ(ママ)的免疫ということが、アメリカ思想家の中心の方向だといっていい。そしてそのことが、ヨオロッパに於ける混乱や闘争を、一同に、イデオロギイの争いを目的とした国家間の対立の結果であると彼等に観じさせるのである。(九四)

「アメリカの思想」から考えることで、ヨーロッパや日本の国家主義的なイデオロギーによる「混乱や闘争」を春山は暗に批判する。そもそも『詩と詩論』時代からT・S・エリオットの保守性を批判したマルクス主義者のV・F・カルヴァートンの文芸批評から強い影響を受けていた春山は、アメリカにはヨーロッパにはない科学的、客観的な思想があることを三〇年代初めの段階でよく知っていた。「アメリカの新しい文化の実験」(九七)につねに注目することで、「アメリカがヨオロッパ近代文化の影響から離脱して、アメリカ自身の方向を模索しはじめたのは「ニュー・デイル」以後のことである」(九四)こと、そしてアメリカはイデオロギーではなく、ファクトを基にすることで産業構造や社会構造の発展をもたらしたことを、ルイス・マンフォードを参照しながら指摘してもいる。アメリカの不況対策はアメリカの文学にも影響を与えており、一九二〇年代のアメリカ文学は「繁栄アメリカの表示としてのアメリカニズムの一部分をなした」（九五）のであり、一九三〇年代になるとアメリカにおいて文学は総体的に社会的問題を一貫してテーマとしていることを春山はつぎのように説明している。

一九三〇年代のはじめの経済恐慌後のアメリカ文学は、その当時カルヴァートンが指摘したごとく、モダニズムから一転して新ヒューマニズム、新地方主義、新プロレタリア主義の三つの傾向となった。（九五）

この引用に見られる主張は、V・F・カルヴァートンのエリオット論の枠組みをそのまま使用している。春山は一九四〇年になってもマルクス主義者であるカルヴァートンの文芸批評から大きな影響を受けていたのである。カルヴァートンは、アメリカの各地方の歴史をふまえつつ、地方ごとの現状を映し出すような小説を書かなければならないことを主張していた。教条的なソ連経由のプロレタリア文学には見られないカルヴァートンによるアメリカの地方主義的な文学の独自性に関する主張を春山は参照しながら、日本独自の地域主義的な小説が書かれる必要性を三〇年代半ばにすでに春山は言及していた。たとえばスタインベックの作品群は「モダニズムとはおよそ縁の遠い地方的題材であり、プロレタリアの小説である。しかもそれは謂うところのプロレタリア・イディオロギイによって書かれていない」（九五）。スタインベックのような、モダニズム的手法を積極に採用しながら日本の地方の独自性に基づいたある種の「プロレタリアの小説」が、日本でも必要とされていると春山は考えていたことになる。[18]

春山にとってアメリカの文学は、ヨーロッパの文学を相対化することを可能とし、さらに日本の近代文学をも相対化することを可能とする文学だった。日本においてプロレタリア文学亡き後も春山はアメリカの文学について考えながら、マルクス主義的な文芸批評を展開していたのである。

アメリカの文学からこれからの日本の文学を考える。結局、このような春山の主張は文壇で理解されることはなかった。戦前の日本はヨーロッパの文学・文化の影響力が強く、そして私小説的な日本の文学が主流であり、春山の指摘は早すぎた。日本のアメリカ文学の本格的な受容／需要は戦後を待たなければならないが、対米感情が悪化しつつあるなかでも、春山のアメリカの文学と文化への高い評価は変わることがなかったのである。

「プロムナアド3」でも、「ヨオロッパの観念論的な哲学の影響を強く受けている日本の知識階級」（一九二）は、「幸福を否認するような悲観的な見解」（一九二）が根強くあることを春山は批判する。それは「一種の思想的なポオズ」（一九二）にすぎない。ジッド、シェフトフ、キルケゴール、ニーチェの日本での流行は、厭世的な思想の流行であり、反モダニズムとしてのロマン主義的な退行であると春山は批判しつつ、アメリカの文学と思想が、「ヨオロッパの観念論的な哲学」の影響がほぼなかったことを評価する。「アメリカの思想がヨオロッパ的な思想を受けつけなくなったというだけのことであり、その反対に日本の思想界が必要以上にヨオロッパ的思想に影響されているというだけのことである」（一九三）と春山は述べている。

春山が詩人としても、文芸評論家としても強く影響を受けたヨーロッパの文学・文化は観念論的な思想が席巻しており、「全体的に救いがたい混乱に陥っている。戦争はそのカタストローフで、恐らく戦争が片づいても好ましい平和は直ちにやって来ないであろう。何故なら、戦争によってヨオロッパを破産に導いた思想はなんら解決点に達し得ないからである」（一九三）。ヨーロッパの衰退（没落）に対して、アメリカの文学と思想の勃興を春山は評価している。アメリカの文学者を含めた知識人は、ヨーロッパ由来の左右問わず極端なイデオロギーを相手にしていないのだと春山は見ていた。

アメリカにはいまのところ極端な左翼も極端な右翼も勢力を占めていない。極端なイデイ(ママ)オロギイが生まれるのは、経済が行きづまり、社会が悪化するからで、アメリカはそのために、イデイオロギイ以前の問題として、経済と社会とを計画的に立て直さねばならないというのである。「計画社会へ」「計画経済へ」ということが、今日のアメリカの目標であると、思想家達は言っている。（一九二）

春山が言及しているアメリカの思想家たちが誰なのかは判然としないが、社会主義的なニュー・ディール政策以降のアメリカの社会状況を春山は好意的に紹介している。合理的な経済対策こそが悪しきイデオロギーの社会への広がりを阻止する。春山はアメリカの合理的な実践を評価するのだが、さらに春山は話しを進めて、これからの時代はアメリカとソ連と、そして日本が、ヨーロッパの思想的な影響を抜け出し世界をリードしていかなければならないと指摘する。とりわけ日本はアジアをリードしなければならないと主張する。

そこでさてアジアはどうか。アジアの前途は、ヨオロッパのそれとも、アメリカのそれとも、異なってきた。

事変前から持越した知識人のヨオロッパ的な思想的ポオズは、最早アジア的現実とは遊離した存在となっている。そうかといって、このまま単純に楽天主義を謳歌して、すすんでいけるというわけではない。

アジアもまた第一にヨオロッパの思想的影響から脱却せねばならない。

アジアを打って一丸とする新しい経済や、科学的な計画が要望されねばならない。ヨオロッパは文化の点からばかりでなく、政治の点からもアジアからしばらくは遠ざかるであろう。その代わり、政治がヨオロッパの舞台から新しく東洋の舞台に移るであろう。太平洋と支那大陸をへだてて、アメリカとソヴィエトが、日本と政治的に一層重要な関係を生じてくるであろう。（中略）

来たるべき世界が、我々になにを意味するかは技術的な計画と、厳格な秩序と、さらに美しい夢が、アジアそのものの持つ現実をいかにつくりかえ、政治的、経済的、文化的、思想的に高めてゆくかにかかっている。（一九三一一九四）

あれほど強く春山が影響を受けていたイギリスとフランスを中心としたヨーロッパの思想・文化を春山は批判的、もしくは否定的に論じるようになる。「アジアもまた第一にヨオロッパの思想的影響から脱却せねばならない」のであり、「知識人のヨオロッパ的な思想的ポオズ」からの強い影響によって、日本の文学者や思想家は「最早アジア的現実とは遊離した存在」であると批判するようになる。

注意したいのは、春山は中国大陸への日本の侵略を根拠にヨーロッパの「思想的影響から脱却」することを主張していたわけではないということだ。『セルパン』編集長としてヨーロッパの緊迫した情勢をテーマとした特集を次々に組んでいた春山は、ヨーロッパの衰退を以前から察知し、「政治がヨオロッパの舞台から新しく東洋の舞台に移る」ことを予期し、「来るべき世界」はアメリカと日本、そしてソ連という三極に分割され、日本はアジア全域を支配するのだと考えるようになった。

一九三〇年前後、『詩と詩論』時代の春山の文芸批評は、文学における「技術的な計画と、厳格な秩序と、さらに美しい夢」としてのモダニズムを語った。春山の文芸批評は「知識人のヨオロッパ的な思想的ポオズ」から強い影響を受け、その思想的ポオズは欧米のモダニズムの文学の合理性やその革新的な技術とそれに基づく秩序に依拠していた。ところが一九四〇年前後になると、文学に限定された「技術的な計画と、厳格な秩序」という言葉とその概念は、アメリカとソ連に伍する帝国日本の「来たるべき世界」と「アジアそのものの持つ現実」について合理的に考え語るための言葉となっていた。それでもあくまでも春山は理知的に時局について論じようとする。春山のかつてのモダニズム文学の言葉の数々は、「日本の当面する現実的な政治経済、国防などを根幹とする太平洋問題」(一九四)を大局的かつ、なるべく客観的に語るための言葉となり、そして「来るべき世界」について語るための言葉となっていく。モダニズムの文学の革新性は、満洲の革新について語る言葉となり、それはやがて、帝国日本の侵略を正当化する革新的な理念のために援用されることとなっていく。

三—四　海と空——領海と領空

先に見た一九四〇年『新領土』三八号の「プロムナアド３」では、「海洋文学を中心とみるのでなく、太平洋というものを中心としてみる場合は、海と空とは不可分の関係に立つことはいうまでもないであろう」（一九四）という指摘がある。海だけではなく空も含めた「太平洋文学」を春山は提唱している。それはこれまでのように海に限定された小説や詩を論じる文学論ではなく、空をも含む新しい国家としての領域の概念を文学によっていち早く示すことを目的とする。

太平洋はいうまでもなく海洋である。従って太平洋を題材とした文学である以上それが海上のものであろうと、空中のものであろうと、そのいづれもが海洋文学に抱合される点に於いては変わらない、という意見も生れてくる。

こういう考え方は、従来の海洋文学の概念にはなかったことで海洋文学といえば専ら航海の文学であるか、航海者の陸地に於ける特殊な生活を題材とした文学であるという既成概念を破るものと言わねばならなかった。これは軍備における海軍と空軍との関係にも、かなり類似している。

私はここで海洋文学を専ら航海の文学とし、それに新しい航空文学を対立せしめ、両者を総括的に太平洋文学と呼んでみた。したがってこの場合、航空文学プロパーには、海上の航空のみでなく陸上の航空も含まれてくる事は言うまでもない。

勿論、このような題材的な分類は、本質的にはどうでもいいことであろう。唯、私は太平洋と文学との関係に於ては、航海だけでなく、航空もまた重要であるということについて注意を促せばいいのである。（一九四一・一九五）

カール・シュミットの地政学書である『陸と海』が出版される一年前、一九四〇年に、春山は近代国家における領海と領空の地政学的な重要性を指摘していたことになる。前記「プロムナアド3」の五ヵ月前、三月二七日『国民新聞』に寄稿した「海洋文学の条件」でも「海洋文学とは同時に航空文学の立場も同様に重視されねばならない。（中略）海上のものであろうと、空中のものであろうと、そのいづれもが海洋文学に包含される点に於いては変わりはない」（八）と述べられていた。「海洋文学」と「海洋小説」との違いについて、「単に架空のロオマンス乃至は冒険談にすぎない海洋小説は、この場合は本当の意味の海洋文学とはいえない」（八）と述べ、「本当の海洋文学は、本当の海洋の小説を描き、船や気象や航海術などに関する正確な知識を基礎としたものでなければならない」（八）のだと主張されていた。

これからの「海洋文学」は、「海洋や航海に対する実際の知識が正確でなければならぬことは、一つの条件」（八）であり、これまでのような冒険小説的な空想の海洋ではなく、地政学的な観点を基にした、現実の海洋を、海洋文学は描き出さなければならないのだと春山は主張する。

最近に於いて太平洋を題材とする海洋文学の要望に焦点化された理由は、如上の海洋文学の条件に、さらに太平洋そのものの持つ地理的、乃至地域的な重要性が負荷されてきたことを意味する。（八）

「海洋文学」とは、かつてのような「ロオマンス乃至は冒険談」ではなく、領海と領空の「正確な知識を基礎」として「太平洋そのものの持つ地理的、乃至地域的な重要性」を明らかにしていかなければならない。「人間関係だけを追求し、必ず女性を描かねば気がすまない、というように習慣化された所謂文壇的小説家を動員して、太平洋文学を書かせるというような考え方には、根本的に無理があり作家の創作の動機にも困難な障害を感じさせる」（八）のだと文壇的小説の発展形としての「海洋小説」の限界が指摘されている。

なぜ新しい「海洋文学」は「所謂文壇的小説家」によって書かれることはないのか。「太平洋を文学として描くには地理的、自然的、文化的などの面と同時に、政治や経済や軍事や外交の面も当然入ってくるに従ってそれに比較すると市井の文学で主要な位置を占めている人間葛藤や個人心理は、それらの部面の一部でしかあり得ない」（八）からである。「人間葛藤や個人心理」に焦点を当てただけでは、政治や軍事も含めて総合的に太平洋という海洋の環境を描き出すことは不可能である。「架空のロオマンス乃至は冒険談にすぎない海洋小説」ではなく、新しい文学としての「太平洋文学」は、太平洋の現今の喫緊の問題を総体的に明らかにしていかなければならない。太平洋を舞台に「アジアの現実」（「クリッパーの航空路」『国民新聞』昭和一五年三月三一日、八）を描き出すことが文学者には必要とされているのである。そのためには従来の文学にはない幅広い知識と多角的な海洋に関する観点が必要とされるのである[19]。

つまり春山がいう「海洋文学」とは、これまでのような航海記や冒険談のように「人間」が中心になることはない。海と空こそが作品において前景化されることになる。春山的海洋文学は、海と空を通して現実世界のリアリティーを描き出す、ある種の報告書であり、それは太平洋を、海と空をも含めた必要不可欠な領土＝国家とみなし、その領域の重要性を明らかにしていくことを目的とするのである。

春山が提唱した新しい「海洋文学」は、明らかに現代に通じる海と空を重視した総力戦を予告する。一九三五年に春山が編集長に就任して以降の『セルパン』は、ヨーロッパの緊迫した国際情勢に関する特集を頻繁におこないつつ、イギリスを中心としたアジアにおける欧米の植民地の現状や、中国大陸の戦況、そして日本とアメリカとの緊張関係をすばやく詳細に報道していた。『セルパン』の編集を通して春山は多角的な観点から世界情勢を分析していたことで、従来のロマンスや冒険をテーマにした通俗的な海洋文学とは異なった新しい「海洋文学」の可能性を春山は考えることができた。

文学者としては例外的に早い時期から総力戦とは何かを春山は知っていたことになる。領土に限定されず、領海と領空の拡張が総力戦において必須であることを春山は察知していたように見える。戦時下の詩人たちの動向を検証した坪井秀人『声の祝祭――日本近代詩と戦争』では、一九四四年一一月に笹沢美明によって編纂された『飛行詩集　翼』について、「戦局が大陸から洋上へ、さらに本土防衛へと撤退していく展開から見て、島国の国民が海上（外地を取り込んだ〈共栄圏〉）を俯瞰する飛行機の視点をイメージの中に常備していたであろう」（二七四）と指摘されている。この詩集には、村野四郎、近藤東、安西冬衛、曾根崎保太郎といった春山と親しいモダニストたちが参加しているが、この詩集が刊行される四年前に春山は「海上（外地を取り込んだ〈共栄圏〉）を俯瞰する飛行機の視点」から太平洋の地政学的な重要性を指摘し、海洋と文学との抜本的な関係の変化について指摘していたことになる。

戦争が始まる前から春山は、アメリカとの海と空を舞台にした戦争を予期するような批評（詩ではない）を発表していた。このような先見性は、真珠湾への奇襲以前から、文学の自律性などとうの昔に消え去っていることを春山が察知していたことを示すに十分である。

春山の海洋文学論は、かつて自らが翻訳したオーデンの「The ship」で描いたような、客船のような一時的にせよ国家の介入をも拒む自律的な空間の消滅を宣告する。一九四〇年前後になると、春山が語る「文学」は、「自然的、文化的などの面と同時に、政治や経済や軍事や外交の面も当然入ってくる」（「プロムナアド3」一九七）ようになる。満洲を語ることも、海洋を語ることも春山にとって「文学」となる。海洋の戦略的な重要性を「文学」は明らかにしていかなければならないのである。

> 太平洋に沿った諸国家のうちで、最も長い海岸線を持ち、更に両岸に対立して強力な政治、経済、海軍力を擁するものは、日本とアメリカである。
>
> 太平洋の問題がアメリカを度外視して論じ得られぬ如く、政治や経済や軍備等とは領域を異にする文学の世界に於いても特に太平洋を題材とした海洋・航空文学に於いてアメリカは日本のよき競争者であり、敵手の位置に立っている。（中略）
>
> 元来アメリカ文学の伝統は歴史が浅く、我が国の文学の歴史や伝統とは比較にならないが、しかしながら過去に於いてアメリカが世界の海洋文学の首位を占めるハーマン・メルヴィルやリチャード・ダナを生んでいることを見落としてはならないと思う。（「プロムナアド3」一九五―一九六）

日本と比較して歴史が浅いアメリカだが、海洋文学においてはメルヴィルのような「世界の海洋文学の首位を占める」作家が存在する。「太平洋そのものをアメリカ国民に認識せしめようとした書物は枚挙にいとまなく、太平洋という文字そのものが、日本とアメリカとでは国民に与える広がりと響きに於いて段違いに異なっている」（一九六）。メルヴィルの海洋小説のように太平洋という領域の重要性を「国民に認識せしめようとした書物」は日本には存在せず、明治以降の太平洋を日本人に認識させるような日本の海洋文学の少なさを春山は指摘する。なぜそのような事態になったのか、それは「日本の文壇で考えられているような小説中心の文学概念によっては容易にその発達を期し得ない」（一九七）からだと春山は指摘する。

ここでもまた「日本の文壇」の「小説中心の文学概念」を春山は批判している。日本近代文学の最大の問題は、作家自身の痴態を描くような個人的な問題を主題とした「小説」が文壇で評価されてきたことにあると春山はつねに考えていた。環境への適応を重視する春山的モダニズムの思想は、近代日本の文学に対する批判であり、それはたとえば、アメリカと同様に「海洋文学」の重要性を指摘し、同時に「太平洋文学」という新しい文学を提唱するようになったのである。戦時下において春山はアメリカの海洋文学を高く評価する。敵か味方かという基準ではなく、モダニズム的合理主義によって、春山はこれからの文学のありようを考えていたのである。

春山的モダニズムのもう一つの特徴は、文学者の自堕落さを批判するような倫理的な面を強く持っていたということである。近代文学の源泉の一つである様々な性的問題に春山は向き合わない。ここが盟友といえた伊藤整と春山のモダニズムの決定的な違いだった。私小説的に個人的な問題に焦点をあてることから、現代において文学者に求められていることは、「自然的、文化的などの面と同時に、政治や経済や軍事や外交の面」（一九七）を包括的に描き出すことである。「天気や気象や生物（鳥や魚類）が、海そのものの描写とともに、いかに文学の素材として豊かな変化」を示すような作家は日本ではいまだ登場していない。このような「所謂非小説（non-fiction）という種類の文学」（一九七）を早急に確立する必要があると一九四〇年前後の春山は主張するようになる。

「海洋文学」によって南洋に対する社会的なイメージを日本の社会に時局に相応しい形で広く行き渡らせなければならないという春山の主張は現実的で実利的な主張だったが、欧米の海洋文学は観光業にも影響を与えていると春山は言う。「一体タヒチというような南海の孤島がどうしてあんなによく知られているかというと、アメリカではニュウヨオク（ママ）を起点とする遊覧船が定期的に行われていて、その主要なコースにパナマ、ハワイ、タヒチ、フイリピン、上海、日本というような寄港地が選ばれているためである」（一九八―一九九）。一九世紀半ばになると海洋文学を通してアメリカでは太平洋の島々や中国沿岸部や日本は観光地として知られるようになった。日本の文学も、今こそアメリカの文学のように南洋をテーマとし、南洋についての知見を読者に伝えるべきである。欧米の海洋文学は、欧米の近代化がいかなるものだったのかを明確に示しており、だからこそ海洋文学によって、大型客船や飛行機といった近代を象徴する機械の存在が前景化されているのだと春山は考えていた。

春山によれば、一九世紀から二〇世紀初頭において客船とは近代のテクノロジーを象徴しており、そして客船の時代は、飛行機の登場によって終わりを告げつつあることを欧米の文学はいち早く示している。「南海の物語も、もはや昨日の太平洋文学として形付けられねばならない。その理由の一つはチャイナ・クリッパー機が出現し、太平洋の航空時代が始まったからである」（一九九）。船から飛行機への転換は、太平洋の地政学的な重要性が低下することはなく、逆にさらに高まることになる。春山は一九三七年の段階で空域の重要性を指摘していた。

海外の新聞がそれぞれの国の飛行機、飛行界の実状について、頁を割いていることは非常なものである。日本も軍用飛行機に関する限りは列国に劣っているとは思われないが、民間飛行、商業飛行に関する限りは、ジャーナリズムがもっと強く国民的関心を喚起してもいいと思う。(「後記」『セルパン』三月号、一五四)

一九三七年四月号の『セルパン』の「後記」でも航空産業について、「現在の各国の航空界の動きが、軍事上の実力と密接に関係しているので、ある点では公表を差し控えねばならないということもある。しかし実際は、もっと具体的に発表しても、何ら差支えないことだっていくらもあるだろうと思う」(一五四)と述べている。五月号の「後記」では、「最近支那に於ける各国の航空路争奪戦が目ざましいのは、二十世紀に於けるスエズ運河の役目を果たすのが、航空港に外ならないからであり、日本では飛行機がハイキング的にはじめて飛んだという程度である。一方では、すでに航空港の利権を獲得してそれから利益を挙げようと待っている国がある」(一五四)。一九三七年の段階で春山の国際情勢に関するリアリズムは、これからの時代の戦争における飛行機の重要性に気づいていたことは明らかであり、「飛行機がハイキング的にはじめて飛んだという程度」の日本は飛行産業において欧米に後れを取っていることを春山は指摘していた。

一九二〇年代末まで、文学にとって飛行機はまったく注目されることはなかったと春山は述べている。

文学のなかで時代の新しさを象徴するのは自動車であり機関車であり、客船であり、ホテルであり、群集だった。飛行機の登場は、サン＝テグジュペリの『南方郵便機』（一九二九）を待たなければならない。これが嚆矢となって現代文学に飛行機は登場する。しかし、その登場は発明されたばかりの飛行機の物珍しさと、パイロットという存在の、ある種のヒロイズムがテーマとなっていたと一九四〇年七月一五日の『国民新聞』に発表された「芸術の素材として見た飛行機」で春山は指摘している。

当時の飛行機が今日のように旅客機全盛の時代にはいっていないために、素材となった飛行機は両作品とも郵便機であり、従ってパイロットの勇気やヒロイズムが死の冒険にまで高められる境地が存在していたということがいえる。

（中略）

飛行機がパイロットのヒロイズムからはなれて、現代の生活環境の延長として、小説の世界にはいってきたのは、旅客機が一般化してからのことで、これはアメリカに於いて最もはげしい流行を見せた。またこの世界ではパイロットは最早空の英雄ではなく、恋愛や空想や倦怠や苦悩やその他、地上的な生活につながれた普通人として描かれている。（八）

飛行機自体の物珍しさが薄れ、パイロットのヒロイズムも薄れた後の旅客機や戦闘機は、見世物的な存在から、客船や自動車と同様の日常の交通の手段となる。パイロットは英雄的な存在ではなく、電車や自動車の運転手と同じように、どこにでもいる人間と見られる。「パイロットは最早空の英雄ではなく、恋愛は空想や倦怠や苦悩その他、地上的な生活につながれた普通人として描かれている。」（「プロムナアド3」、二三四）日常としての飛行機は様々な文学作品の舞台となる。たとえばジェイムズ・ヒルトンの『失われた地平線』では「飛行機の持っている機能や、飛行機のつくりだす環境、雰囲気を現代小説の道具立てに使用して、フレッシュな効果をあげている点では代表的な作品として挙げておきたい」（二三五）と述べられており、マルローの『侮蔑の時代』、オーデンの「飛行機の日記」、スペンダーの「飛行場付近の風景」といった作品が例に挙げられている。マルローの『侮辱の時代』を引用しながら飛行機は「人間精神の生んだものであり人類文化の包含しなければならない存在条件」（二三五）であり、その結果、世界全体に、新しい事態が引き起こされることになるのだと春山は指摘する。

航空路の発達は、船舶や鉄道による交通路の旧秩序を変更する。新しい交通路の開拓によって、いままで世界から忘れられていた地域がその神秘のヴェールをはがれ、文化から置去りをくっていた地域が、その不幸から開放される。航空報告文学は、この意味の新しき航空路の開拓から出発した。（二三六）

「航空報告文学」は、これまで知られていな地域の「神秘」のヴェールをはがす。それによって「文化から置去りをくっていた地域」は「その不幸」から解放されると春山は言う。「航空路の発達」に伴う「航空報告文学」は、「冒険のための冒険ではなく、航空路の開拓に必要な条件の調査であり、実験が目的である」（二三六）といった植民地主義的な議論を春山は展開している。『詩と詩論』時代の春山にとっての「冒険」と「実験」とは、文学そのものを根源的に変革することを目的としていた。ここで春山が語る「航空報告文学」の「実験」は、「航空路の開拓に必要な条件の調査」という帝国主義的かつ植民地主義的な目的としての「実験」を意味するのである。[20]

海と空に関する春山の現実的な観点に対して、たとえば一九四二年、五月に出版された『日本海洋詩集』の編集後記にあたる「日本海洋詩集発刊に際して」のなかで編纂者の丸山薫（『詩と詩論』に寄稿していた）は次のように述べている。「太平洋戦争のあのかがや（ママ）かしい戦果が挙がると、海洋ということがさかんに言われ出した。従来のような、例えば太平洋問題とか、蘭印との通商交渉についてとかいう具体的な形でなく、もっと本質的な、海洋国としての、海洋民族としての国民の自覚についてである」（四三一）。

戦時下の文学者たちによる「もっと本質的な、海洋国としての、海洋民族としての国民の自覚」についての発言が、一様に観念的で精神論的なものだったのに対して、見てきたように春山は「太平洋戦争」を「具体的な形」として一貫して捉えていた。丸山と異なり太平洋をいかに領域として支配するのかを考え、丸山が「本質的」なものと言う「国民の自覚」といった精神論的な言葉の数々を、具体的に海と空を領域として考えるような視座によって批判した。「太平洋戦争」も含めて日本の現状に関する現実的な観点は一九三〇年代末から変わることはなく、「事変後の日本文学」が、「政治的乃至社会的要求から出発する場合が多くなった」ことを春山はたびたび指摘しており、小説において「外界の変化が、題材の拡大となり、題材によって価値を決するという傾向を多分に持って居る」（「航空映画随想」、一八五）ような事態をつねに批判的に把握していた。

春山の太平洋文学論や航空文学論は、他の文学者にはない俯瞰的で客観的で現実的な観点から戦争を語ろうとする。だがそのようなマクロな観点からの戦時下の春山のエッセイは、ミクロなレベルにおける個々の人間存在への眼差しが欠けていたようにも見える。戦前、『中央公論』の編集長だった黒田秀俊の『昭和言論史への証言』によれば、戦時下、軍部が、志賀直哉や谷崎潤一郎の作品に「白い眼をむけた」(六八)のは「報道班員のルポルタージュ文学などとはちがって、いたずらにミリタニズムの進軍ラッパをふくようなことはなく、戦争とはおよそ無縁な、なまなましい「人間」の世界を描いているからであった」(六八)と述べている。戦時下の春山は、満洲から太平洋まで帝国日本の現状を、できるだけ抽象的、構造的、機能的に捉えようとすることに力を注ぎ、戦火における個別的な人間の営みについて関心を向けることはない。「人間」を描かない春山のエッセイに軍部が「白い目」を向けるような可能性は低いといえる。合理的、構造的に対象を捉えようとするモダニズム的な合理主義は実は為政者にとって必要とされる。だが同時に、春山的モダニズムはつねに欲情との結託を嫌うことも事実である。仲間のモダニストたちとも、志賀や谷崎とも異なる観点から、春山は孤立気味に戦争に向きあっていたのである。

第四章

文学から遠く離れて――満洲を読むこと

四―一　失われた「小説」と「文学」――新しい文学としての満洲

一九四〇年一月、歴史学者の津田左右吉の『日本書紀』や『古事記』に関する文献学的な研究書が発禁処分となり、五月に日本軍が重慶を空爆し、六月にはナチス・ドイツがパリに無血入城した。そんななかで『新領土』第四二号の「後記」で春山は編集者の鳥羽茂とその出版社兼印刷所のボン書店について回顧している。今では内堀弘の『ボン書店の幻』によって広く知られるようになった鳥羽とボン書店だが、春山は詩集『シルク&ミルク』を一九三二年にボン書店から出版している。鳥羽が死んだことを風の便りで聞いた春山は往時を偲ぶ。「詩など出版しなくても彼のつくった詩集が立派な芸術であり、彼は日本詩史のうえにある一時期の重要な地位を占めるであろう」(三三〇)。鳥羽の出版人としての業績そのものが芸術であると春山は語る。

鳥羽への手向けのようにE・M・フォースター、スペンダー、ヴァージニア・ウルフの作品の紹介や、雑誌『タウンズマン』『ニュー・ステイツマン』の購入を報告し、「イギリスも敗けそうなので、しばらく雑誌もこなくなるだろう」（三三〇）と述べている。

『新領土』の「後記」は一九三〇年代末の春山の日々の暮らしを知ることができる資料だ。一九四〇年に『新領土』は七巻四八号まで一度終刊になるが、翌年四一年に復刊し、春山や近藤東、そして村野四郎を中心とした編集体制から、出版元のアオイ書房の志茂太郎が編集を担当することになる。『新領土』の第五二号の「後記」で志茂は、「春山さんの後記を沢山との註文が多いので今月は一頁余分にあげて奮発していただいた」（一六）と述べている。春山の様々な媒体に寄稿したエッセイ（「六号雑記」と春山は呼んでいる）をアオイ書房から出版する計画が一九四一年頃にあったようだ。残念ながらこの計画は頓挫したが、『新領土』第五三号の「後記」でも志茂は次のように語っている。「「六号記」――内容そのままに結局これがいいと決まった。今度出す春山さんの本の表題である。堀辰雄さんが、春山さんの六号記を集めて六号組の本にして読み返して見たいと言われた事がある。僕の考えてた通りを先手を打たれたので少々癪であったが堀さんらしいなとひそかに感心した」（一六）。戦前の春山のエッセイの人気は現在では確かめようがないが、かなりの人気があったようだ。[21]

春山の『新領土』の「後記」は、身辺雑記から欧米の文学の動向、そしてボン書店まで話題は多岐に亘っている。ジョイスやウルフのようなモダニズム文学から、満洲の旅行記や太平洋文学論から蝶の採集までバラエティーに富んだ内容は春山の関心の広がりを見せている。『新領土』に発表された春山のエッセイの数々は、従来の「文学」が変容し、さらには消失しつつあることを示しているように見える。一九四〇年一〇月、『新領土』四二号の「プロムナアド5」で、小説という「固有の形態」が消失しつつあり、「小説の本質」は、映画という「表現形態の中」で生かされることになると春山は指摘している。

小説の本質は映画に移行し得るものであり、小説は文学から失われて（乃至は文学と同時に）映画という表現形態の中に生きることになって、なんら悲観的現象でもなんでもないわけであるが、しかし、小説を小説という固有の形態によって表現することを職業としてきた人達には、ゆゆしき失業問題が発生するわけである。（二八三）

「小説の本質」とは、詩をも凌駕する多様な方法論の革新にあった。ところが、そのような小説が見出した様々な革新的な方法論が映画へと「移行」しており、文学というジャンルとは異なる新しさを映画は生み出していると春山は言う。「プロムナアド5」には、一九三六年に発表した映画に関する春山の短いエッセイが再掲されているが、欧米への海外渡航の経験のない春山にとって、欧米の映画の鑑賞は「考現学的に見ること」（二九四）を目的としていた。つまり欧米の映画の鑑賞は海外文学の理解を深めるための格好の資料であり、映画によって小説の理解を深めることができる。「原著をよんから映画を見るのも一つの観方であるが、できるなら映画を見てから原著をよむ方がいい」（二九四）とさえ春山は言っている。小説のために映画を見ていた春山だったが、小説とは映画が全く異なるシステムによって構築されていることに三六年の段階で注目するようになっていた。つまり映画というメディアそのものの特徴について春山は考えていたのだ。

映画の一齣一齣が極めて瞬間的なイメジの連続であり、あるイメジと別のイメジとが時間的、空間的約束を超越して結びつく点なども、俳諧の一つの性質として合致している。（二八九）

エイゼンシュテインのように俳句や和歌と比較しながら映画の特徴について論じられている。春山が映画について本格的に語るのは戦後のことになるが、戦前にすでに文学にはない映画の新しさについて気づいていたのである。

つねに新しい文化現象に注目していた春山が、小説に比べて絶対的に新しいメディアである映画に関心を向けるのは当然といえた。ちなみに一九三六年六月一二日に春山は、当時、砧に住んでいた北原白秋の家を訪れた折に、北原邸の隣のP.C.Lの撮影所を見学し、映画は「全くのメカニズムから成立っている。それによって発見せられた新しい自然と現実には、どこかに暴力的なまでに根強い表現性があり、自然と技術との緊密な結合が行われている」（「P.C.Lと芝刈　前田夕暮氏の印象」九）と語っている。春山は映画がスポーツと共に、「新しい時代の純粋な時代感覚」を生み出すことを予期していた。

かつてのモダニズム文学のように、感覚的な新しさや時代精神を映画が作っていくと考えるようになっていた春山は、一九四二年にアメリカの航空映画について「飛行機の爆音など、日本の航空映画では本当の音が録音されていないのが多いために、音感教育からいうと、我々の耳の感覚はまったくでたらめに近い。商業主義とアメリカニズム以外に、大して取柄のないアメリカの航空映画から、何かを拾いあげるとしたら、彼等が飛行機の爆音に映画的感覚の役割を与えていることが注意される。そのことは、漫画映画の音響的効果の場合などにも、よく示されていた」（「航空映画随想」四一―四二、傍点原文）と指摘している。「映画的感覚」が日本映画にはなく、「アメリカの航空映画」にはあること。敵国アメリカの映画の技術力を評価しつつ、映画というメディアが、文学にはないメカニズムによって生み出される表象の可能性に春山は注目している。「商業主義とアメリカニズム以外に、大して取柄のないアメリカの航空映画」と春山は言いながら、「爆音」という感覚的な新しさを生み出すアメリカ映画を実は評価していたのである。「爆音」のような「映画的感覚」にある「自然と技術との緊密な結合」こそが、これからの時代に必要とされる。映画は、様々なレベルの感覚と統合していく。それは文学ではもはや不可能である。春山は新しいテクノロジーの総体としての映画の重要性に気づいていた。

このような「映画的感覚」について考えるためには、個人ではなく、集団としての人間のありようについて考えることが重要だと春山は考えていた。『新領土』に寄稿した「プロムナアド6」では「科学が個人の生活を集団のそれに集約し、その集団に対して高度の文化を要求している」（七二）のであり、「また一方に於いてその組織化を要求しているといってもよい」（七二）と春山は指摘している。

一九三〇年前後、『詩と詩論』を編集していた時期から三六年頃まで、アメリカのマルクス主義者V・F・カルヴァートンの批評を参照しながら度々、二〇世紀は集団の時代であると春山は主張していたが、一九四〇年前後になると「高度国防」の「計画化」のための「科学」の重要性と社会の「組織化」を主張するようになる。

今日の科学はさらに個人生活を集団生活に集約し、その集団生活に計画化を要求している点で、政治にも経済にも、さらに高度国防の組織化にも関係しているのである。（七二）

「集団生活」とその「計画化」は、「政治にも経済にも、さらに高度国防の組織化」のために必要とされる。「個人主義的な生活環境」（七二）から、来るべき戦争による「集団生活」が必要とされるなかで、文学者はその集団システムの一要素にすぎない。文学は国家に回収されていく。このような情勢に無頓着な文学者たちの「保守的」な状況を春山は批判する。

小説家は小説のことだけしか考えないし、詩人は詩のことだけしか考えない。その詩人のなかでも歌人は歌だけの専門であり、俳人は俳句だけの専門である。こういう風に考えてくると、文学者にとって、文学というもの程、保守的で不自由な世界はないように思われる。（七三）

社会情勢が急激に変化しているにもかかわらず、小説家たちはその危機的状況に気づいていない。「通俗な生活や環境を描かねば小説にならいないと考えている」（七四）ような作家や、「小説を小説という固有の形態によって表現することを職業としてきた人達には、ゆゆしき失業問題が発生する」（「プロムナアド5」一八三）状況になっている。「無理やりに女を書きこまなければ小説にならないと考えて」いる小説家たちは行き場を失うことになるだろうと春山は宣告する。

「戦争が巨大なリアリズムであることはいうまでもない」（「後記」『新領土』四四号、一〇四）と春山は断言する。この「巨大なリアリズム」にいかに向きあうのか、そして戦争という究極のリアリズムをいかに描き出すのか。それを考えなければ「文学」は消え去るしかない。終わりが見えない中国と日本の戦争、そして悪化していく日米関係。既存の文学で世界の危機を描き出すことは不可能な事態に陥っている。そのような状況下で、変化を受け止めず現状を肯定するだけの「保守的で不自由な世界」で生きることはできない。映画というメディアに比べて、文学という古いジャンルは戦争にいかに向き合うのか。

日中戦争以降、『セルパン』編集長として、検閲のために当局と神経をすり減らしながら折衝していた春山にとって、戦争という「巨大なリアリズム」はつねに身近にあった。『詩と詩論』以降の前衛としてのモダニズム運動への参加は春山にとって輝かしい過去だったが、一九四〇年になると日本のモダニズム文学は、「芸術に対する精神的な反抗」(『現代世界文学概観』七〇)にすぎなかったと反省的に回顧するようになる。日本におけるモダニズムはあくまでも文学の世界に限定された「精神的な反抗」にすぎず、もはやそのような文学内部の反抗が問題とされるような牧歌的な時代は過ぎ去ってしまったと春山は批評家として考えるようになっていた。

春山が考えている新しい「文学」は、「政治にも経済にも、さらに高度国防の組織化」をも合理的に考察しようとする。戦争に対して春山は新しい文学によって、あくまでも合理的に考えようとするのである。それは一方では翼賛的な発言であるかもしれないが、しかしまた日本の文学者に蔓延る反知性的な態度を批判することにもなる。ファッショ的な潮流が急激に社会に行き渡り、「知性を排撃し教養を敵視することが、今日の作家達の一つのポーズにさえなっている」(七四)ような状況に対して、春山は、あくまでも合理主義的(モダニズム)な観点から「知性」によって非合理的な文学や精神論を批判する。

四―二　廃墟から始まる創造――「熱河 fragment」と「生活」

個人と集団化の問題を論じた「プロムナアド6」と同号『新領土』四四号に春山は新たな詩であり、戦前最後に発表した本格的な詩である「熱河 fragment」と「生活」発表する。[22] この二作は明らかに中国大陸での体験を基にした作品だった。

町は投りだされた一塊の硫化鉄だ
寺院は馬糞紙の土壁に
囲まれていて、坊主が木製の笛を
（それはオーボエの黄色いひびきだ）
吹きながら枯草のなかに消える
リボンのように迂ねった河がながれ
動かない流氷が鋭く反射する

（中略）

歴史と
影像に
埋もれた廃墟、それは
物理と

心理の
距離に外ならぬ、散らばっているのは
死でもない、技術でもない
（中略）
農具のように、犬のように
メエルヘンのように
抽象だけが生きている。

（九〇）

同語反復を基調とするフォルマリズム的な作品や、穏やかな海洋や牧歌的な郊外を舞台としたこれまでの詩風とは一変とした荒涼たる風景が「熱河 fragment」には広がっている。町は一塊の硫化鉄のような廃墟であり、寺院は荒れ果て、「坊主」は「枯草」に消えていく。河は「動かない流氷」であり流れることはない。これまでの春山の詩に見られた軽やかな運動や彩りある世界とは対極的な荒廃と陰鬱さ、そして「死」がこの作品には満ちている。それは「生活」においても同様である。

自然のすべては老いていた
神聖なものすべては朽ちていた
しかし太陽と雨のメカニズムで

草は力の象徴となった
土は概念のごとく砕かれた
（中略）
過剰なものはなにひとつなくなった
蜜蜂は姿をけした
鴉だけが野原に残された
犬は壁に重くよりかかり
もはや季節の魔術を忘れた
そして冬の破壊が死に至らしめる
たえまないバランスの傾斜をすべって
すべてが土の底に沈んでいった

（九一）

「老いる」「朽ちる」という衰退をイメージさせる言葉から始まり、「過剰なものはなにひとつなくなった」、「すべてが土の底に沈んでいった」ような世界が前景化されている。蜜蜂のような集団とは対比的に鴉と犬だけが残されている。「冬の破壊が死に到らしめる」状況で、「ない」「なく」「なくなった」といった否定と不在が繰り返され、「生活」そのものが終わりを迎えている荒地的世界。戦後、それも晩年、春山自身の編集による『春山行夫詩集』には「熱河」と「生活」は収録されていない。しかし「廃墟」、「歴史」、での春山の詩には見られなかった鮮烈な詩的イメージが生まれている。すべてが終わったような廃墟のイメージによって、これまでの春山の作品にはなかったイメージをもたらし、これまでの春山の詩とはまったく異なった詩的世界が生み出されている。

もっとも、春山の「熱河」は、中国大陸での実体験だけに基づくのではなく、満映満洲映画協会（満映）が制作した「熱河」という映画を参照している可能性がある。一九四一年『文化映画』第一巻二号の「満洲国　文化映画を語る」という座談会で春山は「私は「熱河」というのを見ました。あれは対象そのものが珍しかった。と、いうこともありましょうが、熱河の広い地域に亘って相当記録的にいろんな環境が写してあったから、非常にいい映画だと思った」（五二）と語っている。「熱河 fragment」や「生活」は、春山の実体験と、満映の御用映画である「熱河」が融合することで、これまでにない詩的世界を春山の詩にもたらすことになったといえる。オーデンの置かれた環境とはまったく異なる環境のなかで、春山の詩も時代の変動に巻き込まれていたのである。

「熱河 Fragment」「生活」の廃墟としての世界とその創造性は、詩人としての春山なりの時代に対する応答だった。廃墟こそが新しさを生み出す。そこから詩が始まる。「熱河 Fragment」「生活」の荒れ果てた廃墟としての中国大陸は、これまでの春山の詩にはなかった鮮烈な荒地のイメージを生み出す世界となっている。そもそも欧米のモダニズムの詩にとって荒地は創造の源泉だった。一九二二年に発表されたT・S・エリオットの『荒地』に呼応しながら、春山の「熱河」は廃墟から始まる創造性が示されていたといえる。

しかし結局、春山の詩作は続かなかった。『満洲風物誌』や『台湾風物誌』という散文によって春山は中国を描き出すことになる。風物誌という散文による廃墟は、ただすべてが朽ちしまった世界でしかない。それに対して「熱河」「生活」では、廃墟という失われた世界から逆説的に新しい創造の可能性が見出されていた。一九四二年に出版された『台湾風物誌』では「熱河」「生活」の舞台である熱河省の中心地の承徳（春山が旅行した当時の承徳は日本軍による熱河作戦の後、満洲国によって支配されていた）は、物の法則も人間の法則も失われた世界として描かれている。

しかも私が承徳でみた廃墟は、物の法則も人間の法則も失われてしまった世界ではなかったか。（中略）北京は私の眼には、まさにそのような世界であった。街路の舗装と同時に街上に於ける家畜の飼育が見られなくなったことが、都市文化の一段階であるが、そこではいまも家畜の群れが街上を追われてすぎている。城壁もまた古い文化遺産であり、北京はまさに都市文化の年齢に於いて、十八世紀以来成長することを中絶した奇形のまま状態に置かれている。

そこに文化はある。住んでいるのは未開人でも原始人でもない。しかし明瞭に文明を、今日の文明を欠いている。文明の一部的恩恵は受けているが、文明を創造する若さを失っている。（四－五）

承徳や北京は「物の法則と人間の法則」を失っている。「科学を、哲学を、文明を文化」をもはや生み出すことはない。承徳や北京は「進歩と退歩のメカニズム」を失った中国大陸の現状を象徴する街となっている。例外的に満洲にだけ「今日の文明」があり、「文明創造する若さ」がある。『満洲風物誌』や『台湾風物誌』では、春山から詩人としての眼差しは失われ、一方的に「承徳」や「北京」が「物の法則も人間の法則も失われてしまった世界」であることが語られている。失われてしまった世界であるがゆえに、満洲のような新しい国家が作られなければならないという主張まであと一歩である。中国を含めた日本以外のアジアの地域を近代化に乗り遅れた地域として春山は見ていた。オーデンのように中国の実情を報告するのではなく、中国を春山はテキストとして読み、そして過去の国として博物館の標本のように眺めるのである。

文芸批評家としての眼差しに抵抗するように「熱河 Fragment」「生活」は危機の時代に向き合う詩人の可能性が示されていた。春山の詩には変化が起きていたことになる。だが春山は、モダニズムの詩的可能性を封印し、戦争という巨大なリアリズムに散文を通して対峙することになる。

『新領土』第四三号から「後記」は「地理」へと名称が変更された。「熱河」と「生活」が掲載された『新領土』第四四号の「地理」はとりわけ戦時下であることを強く印象づける内容だ。

私は『新領土』という詩人の団体が、十人の詩人を現地に送ったということについて、つねに重い責任を感じている。それは一団体がこんなに多数の応召者を出す名誉を擔っていることは、現在の文学・芸術団体を通じて、我々の『新領土』が唯一のものでないかと思うと同時に、何を措いても『新領土』に集っている詩人たちがいままでの詩人の概念とは、ちがう団体と生活を持った人達であり、この人達にこそ、これからの詩壇を高く導いていく期待がかけられているということを考えているからである。(一〇三)

「一団体」にすぎない『新領土』が、「こんなに多数の応召者を出す名誉」は『新領土』の詩人たちが、「いままでの詩人の概念」とは異なる概念を持っているからだと春山は言う。管見の限り、戦時下の春山のエッセイのなかで、「こんなに多数の応召者を出す名誉」という一文はもっとも翼賛的な言葉の一つである。『新領土』詩人の何が今までの詩人の概念と異なるのかを春山は明らかにしないが、同上の「地理」で春山は、ある戦争詩について語っている。『新領土』の同人である曾根崎保太郎の詩集『戦争通信』に所収されている「洋上記」の、「島トマチガエル軍艦ト軍艦トマチガエル島ガ霧ノ中デ水ト空気ヲ離脱スル」という箇所を、「薔薇のように新鮮なイメジである」と評価しつつ、「敵情ニツイテジャズヲ発見バタアピナッツ弾ガ来ル」という箇所は「もはや古い衣裳となったモダニズムであろう」（一〇四）と批判している。「島トマチガエル軍艦」という分かりやすいイメージを評価しつつ、「ジャズ」や「バタアピナッツ弾」といった言葉は「古い衣裳となったモダニズム」であると述べる。このような「古い衣裳となったモダニズム」は戦争を語るためにはふさわしくない。なぜなら現代において戦争とは「巨大なリアリズム」であるからだと春山は指摘する。

戦争が巨大なリアリズムであることはいうまでもない。詩は永遠に新鮮な薔薇である。詩人としての曾根崎君は、モダニズムによってリアリズムと戦ってきたひとであるが、いまや君はリアリズムによってモダニズムと戦わねばならない。（一〇四）

「リアリズムによってモダニズムと戦わなければならない」という指摘は曾根崎に対するアドバイスであると同時に、春山自身へのアドバイスでもある。「巨大なリアリズム」の究極である戦争において、今までのモダニズムで立ち向かうには不十分であると春山は考えるようになっていた。

モダニズムによって近代日本文学の基盤ともいえるリアリズムを春山は一貫して批判してきた。だが、「巨大なリアリズム」としての総力戦において、春山はあきらかにこれまでの文学とそのモダニズムが無効となりつつあることに直面し、それでも「科学」という合理的な思考を基盤に政治や経済や文化のこれからを考えようとする。

今日、科学が問題となっているのは、1、科学それ自身の領域に於ける世界的競争に遅れてはならないということと、2、文化一般の動きと科学の関係、ということとの二つの部面に分かれると思うが、前者は高度国防国家の存立に直接不可欠の条件であり、後者は新体制下の政治や経済や文化をいかに計画化し、組織化するかに必要な科学精神の要望というかたちとなって現れていると思う。

勿論、政治や経済や文化が新体制によって合理化され、機能化されない限り、高度の国防国家が推進され得ないという点で、両者の全体主義的な総合化が必要となってきていることはいうまでもない。1、は科学の垂直線的な問題であり、2、は科学の水平線的な問題であるといってもいいし、技術と普遍性、乃至質と量の問題であるという風にみてもいい。（「プロムナアド7」一一七、傍線引用者）

科学的に「高度国防国家」と「新体制下の政治や経済や文化をいかに計画化し、組織化」を考えることを春山は主張しているが、引用の傍線の語彙（合理化、機能化、垂直線的、水平線的）は、まさに春山的モダニズムの中核的な言葉だった。つまり「合理化され、機能化」することで文学に新しさをもたらしたモダニズムの言葉は、「高度の国防国家」の「全体主義的な統合化」のための言葉となる。

そして「新しい国家体制が「いままでにない」体制をとるということが、一つの実験と創造であり、同時に、「ある一国家がそうであってはならない」体制を強く意識しなくてはならないという点で、それは科学的、合理的、計画的なものでなくてはならない」（一一八、傍線引用者）と春山は結論づけている。満洲と同じく「新しい国家体制」は、「一つの実験と創造」である。「実験」もまた『詩と詩論』時代からモダニズムの言葉として春山が繰り返し用いた言葉だったが、さらに「同時に」という言葉を使って国家が「科学的、合理的、計画的」であることが主張されているが、春山の文芸批評において「同時に」という言葉は、「主知」や「ポエジイ」と並ぶ中核的な言葉だった。春山の詩と批評の核だったモダニズムの合理性とそのための言葉は、「今日の全体国家再編成」（一二〇）を考え、それを語るための言葉となっていったのである。

そのうえで、「今日の全体国家再編成」のために春山は「教養」ではなく「文化」を重視している。「教養」とは「個人に品位を与えるもの」であり、「文化」は「民族や国家に品位を与えるもの（「プロムナアド8」一六一）だからだ。「現在では個人のカルチュアよりも集団や社会や国家のカルチュアの方が大切になってきたことを意味する」（一六一）。個人主義的で自由主義的な「教養」としての詩と詩論＝文学から、集団主義的で国家主義的な「文化」を春山は重視するようになる。

ファッショ化する日本の「新しい国家体制」を、ある程度まで春山は肯定的に評価するようになっていた。春山は自身の変容にどの程度気づいていたのかはわからない。『新領土』の紙面の至るところに戦争の影響が色濃く見せ始めていた。たとえば一九四〇年一二月末に印刷され、新年早々に書店に並んだと思われる『新領土』第四四号は、山本和夫「戦争詩に就いて」、加藤愛夫「戦争詩及び詩集」、曾根崎保太郎「戦争詩表現」という、戦争詩について論じた論文が三本巻頭を飾っている。もちろん村野四郎や、『新領土』には参加していないが北園克衛のような生粋のモダニストも翼賛的な言説を展開していた。例外的に『新領土』第四五号の、『新領土』同人へのアンケート「今日のモダニズム」の回答である「更になにものかへの深まりを」のなかで鮎川信夫は、「主知的というよりも、むしろ理知的であり、人間の内面性を無視して外部的知覚の世界に、ある固さと冷たさを求めていた」と述べて春山を始めとした既存の日本のモダニストたちを批判し、さらに次のように述べている。

ただ新しい素材とか思考の方法とかと周囲の環境や外部から入ってくる心理的抵抗のうちから、ろくに消化もせずに掴み出してきたのであったが、それは自分たちの生活の中にまで侵入してくるだけの根強いものではなかった。単純な言葉で言えばモダニズムにはある反省がかけていた。（一四九）

このような鮎川の日本のモダニズムへの批判に対して春山が反論した形跡はない。「モダニズム」が「自分たちの生活の中にまで侵入してくるだけの根強いものではなかった」という鮎川の指摘は、春山のモダニズムの言葉が「今日の全体国家再編成の中心目標」のための言葉となってしまったことを示唆しているように思われる。鮎川が喝破したように「人間の内面性を無視して外部的知覚の世界」を重視する傾向が強くあった春山のモダニズムは、「自分たちの生活の中にまで侵入」してくるものが何なのか／だったのかを鋭敏に感じ取ることができなかった。同時に、その外部的知覚の徹底によって戦時下の春山は、地政学的に太平洋の重要性を指摘し、総力戦における飛行機の重要性に注目することができたことも事実である。

第五章 宣伝・編集・モダニズム

五―一 「高文化」と「低文化」

『新領土』の後記である「地理」には時折、日記のようなスタイルのエッセイが掲載されている。

いろいろ考えてみると、いま執筆中の『珍奇な薔薇』という海外詩壇展望を今月中に山雅房に渡し、来月は新潮文庫の世界文学展望を書き上げ（これは一四〇枚ばかりででき上がっている）三、四月の二か月で『熱河・北京・大同』をまとめて五月には台湾へいくという予定が狂いそうである。十一日、生活社の加藤氏からファビエの『北京』を借りる。（中略）三省堂から頼んでおいた佐佐木信綱氏編『日本歌学大系』第二巻と、岩波から翻訳のでたソープの『支那土壌地理学』その他二三冊を送ってきた。十三日台湾と北京関係の本を集めているので、一誠堂でみかけた故宮博物館出品目録を買いにでかける。（中略）神田の丸善で、ハリイ・A・フランクの *Wandering in North China* を買う。十五日、五時から詩人懇話会の会合があるので、銀座のアラスカへゆく。（中略）十七日、新領土の会と大陸開拓の委員会とがダブったので、少し早めに家を出て三松の階上の理研事務所へゆく、（中略）二十日、目白へ用があって、でかける。（「後記」『新領土』四五号、一五九―一六〇）

このエッセイは一九四一年一月前後の春山の日常が記録された興味深い資料といえる。三月には治安維持法が改正され、八月にはアメリカで日本への原油輸出が全面禁止されることになる。緊迫の度合いを深める日米関係を気にしつつ春山は満洲への旅の後も北京関係の資料を蒐集し、五月に予定されている台湾旅行の参考となる本を蒐集していた。七月に新潮文庫から出版される予定の「世界文学展望」（『現代世界文学概観』（新潮文庫）として出版された）についても言及している。

興味深いのは、「大陸開拓の委員会」への出席である。「大陸開拓」とは、「第二次世界大戦の開戦（一四・九）の前後相次いで結成された国策文学団体」（板垣 八三）の一つだった「大陸開拓文芸懇話会」のことである。[23] 一九三九年代末になると春山は「大陸開拓文芸懇話会」を始めとした国策的な団体や行事への参加を余儀なくされていく。戦後の回想では「戦時中は兵役に全く関係なく、自由主義者としてブラック・リストにのり、原稿依頼がなくなる」（三）と述べているが、実際には、戦時下においても様々な雑誌にエッセイを発表し、芹沢光治良や福田清人や伊藤整らと大陸開拓文芸懇話会の立ち上げに関与し、さらに日本文学報国会の理事に就任し、大東亜文学者会議の実行委員にもなるなど精力的に活動していた。その活動を通して、これまで春山が嫌悪していたナチス・ドイツの文学やその文化政策についてもある程度だが評価するようになる。

最近、必要があってナチスの文学をしらべてみた。その詳しい内容はここでは展開できないが、唯一つ挙げておきたいことはナチスが七年間かかって、文化局だの出版局だのを設けて奨励している割合にナチス文学はすくないということである。

あるいは、勿論これは私見であるが、この一二年間の日本の方が時局順応の文学では、数が多いのではないかと思う。

その理由は色々あげられる。まず第一にナチスでは時局文学がもはや固有名詞つきで、乃至は文学スターとして伸びていないで、宣伝的ジャーナリズムやラジオや、最近では戦争通信班といった領域で発表されていることも重要な理由としてなければならないであろう。つまりここでは文学者が文学者として低文化の世界にはいりこんでいるのである。

これに反して、わが国の時局文学は、いずれかといえば単に題材主義が、時局に移行したというにとどまって、時局文学の氾濫は必ずしも新文化の目標たる高文化の建設とか、低文化の接近とかいうことを意味しないのである。（「プロムナアド8」一六八）

ナチスの文学が少ないのは、文学者が新聞や雑誌のようなジャーナリズムやラジオや映画のような「低文化」に参加しているからで、「宣伝的ジャーナリズムやラジオや、最近では戦争通信班といった領域」に文学者は組み込まれ宣伝要員の一人となっている。ドイツでは文学者の環境が変化している。日本の場合、これまでの文学のフォーマットと体制で文学者は戦争をテーマにするにすぎない。「小説が時局的であるだけで、小説家が文学者として新文化のどのような部面を分割し、どの方向にすすむべきかがあきらかにされていないのである」(一六八)と春山はいう。「現在ほど文学者の存在が希薄な時代もないが、同時に文学者に文学者たることを自覚させるべく強く揺り動かしている時代もないのである」(一六八)。戦時下の急激な変化によって、日本の文学者は、それまでの文学者像から変化せざるを得ない状況を自覚しなければならないと春山は考えていた。

新しいものに対する適応性は、普通人よりもむしろ芸術家などの方がおくれている。詩人は時代の黎明を告げるなどといったのは昔のことで、今日では一般の詩人はその時代の新しいものを題材にとり入れることにすら臆病勝ちである。(一六五)

詩人は時代の変化をいち早く察知し適応することに臆病である。現代の詩人の条件は、「今日の時代環境から隔離されているが故に詩人と呼ばれるのでなく、今日の時代感覚に充分に生きているが故に詩人としての特性を持っている者でなければならない」(一六六)ことなのだと春山は語っている。このような主張をあえて春山がおこなうのは、満洲での一連の体験から内地の文学者も現実を直視し現状を変えなければならないと考えるようになっていたからだった。

つまり一般文化の推進力を受持っている外部者からみた小説と、小説を書く文学者自身の小説に対する考え方とが、一致しなくなっているのであり、あるいは小説を小説としてみる限りでは、その一致点があり得ないとはいえないのである。

大分まわり道をしたが、私が満洲国で見た状態が、内地の文化規準の変化によって内地の文学者にも及んでいるのである。

満洲国では無意味に近いある種の文学概念が、内地で存続し、乃至繁盛しているのは、そういう文学を受けいれる文化基準が、今日の状態でいえば多分に残っているからである。その文化がいま変化させられつつある。そして別の新しい文化が起こされようとしているし、つよく要望されているのである。(一六九)

「一般文化の推進力を受持っている外部者からみた小説」と、文学者が考える「小説」との乖離。ここでいう「外部者」とは単に一般的な読者だけを意味するのではなく、軍部や政府のような為政者も含めているように思われる。「満洲で見た状態」は、「内地」の「文学概念」を革新することが必要であると春山に気づかせることになった。

「満洲国」で新しい「文化」が生まれつつあるが、それは「内地」の文学にも将来的に影響を与える「文化」だと春山は指摘する。満洲での新しい「文化」は、国家によって管理されている。このような「文化」を春山は肯定的に捉えながら、「別の新しい文化が起こされようとしているし、つよく要望されている」と述べている。

ナチス=ドイツや満洲の文化について調べることで、「高文化」としての文学と「低文化」として見られていた映画やラジオのような新しいメディアの融合といえる事態が起こりつつあったことに春山は気づく。ハイカルチャーとローカルチャーという二項対立的な関係ではなく、相互浸透することで新しい文化が生まれつつある。それは自然発生的な文化ではなく国家によって意図的に作られた文化といえる。そのような新しい文化の現状を「内地」の文学者も知ることで、小説を中心としたこれまでの文学という概念自体のバージョンアップを試みなければならないと春山は指摘するのである。

単に内地的な時局が文学の主要な問題であるだけでなく大陸との文化関係に於いて文学者の負担せねばならない課題が非常に多いのである。

その場合、文学者の概念が、いままでの小説中心のそれであっていいかどうか。例えば支那の文学者という概念と日本の文学者という概念とが、文化的基準に於いて相違しているというようなことも考えてみなければならない。

文学者という概念が一方では小説の巧みな作家という範囲にとじこめられていて、他方では科学や政治や文化の基準の上に立った文化人であるといった場合に、大陸とも高文化の提携が果たして可能であろうかということも考えられる。しかも低文化はつねに高文化が確立された後に於いてのみ、その営みを持ちうる。このことは、映画やラジオといった一般的な低文化が、高文化の確立なしでは発展しないことによって明らかであろう。（一七〇）

春山の中国旅行は、これまで自明としてきた「文学」と「文学者」という存在を考え直すきっかけと、「内地」だけではなく、欧米の文学も含めて、これまでの「文学者の概念」に対して疑義を湧き起こるきっかけと、「高文化」としての小説や詩のみならず、映画やラジオといった「低文化」を含めて現代において文学とは何かを考えるきっかけを春山にもたらすことになった。

「映画やラジオといった一般的な低文化が、高文化の確立なしでは発展しないことによって明らかであろう」と春山は語っているが、満洲への旅と同時に、ナチスがいかに「高文化」と「低文化」を融合させているのかを海外の報道で知ることで、春山は「内地」においても、もはやこれまでのような「文学」が終わりを迎えつつあることを実感していたのである。「文学者の概念が、いままでの小説中心のそれであっていいかどうか」という問いが、今こそ必要とされているのだと春山は考えている。

自らを取り巻く環境が急激に変わりつつあるなかで、「文学」そのものを春山は更新しようとする。満洲について書くことは、これまで主張してきた現代日本の「文学」における小説中心主義への批判といえたのである。満洲をテキストとして読みつつ、満洲について書くことで春山は、三〇年代末から四〇年代初めにかけて、『詩と詩論』時代とは異なる新しい「文学」を探究していたのである。(24)

五―二　新体制・国民文学・アマチュア

一九三九年、文芸誌『文学者』一巻八号の座談会「国策と文学者」に春山は参加している。中村武羅夫、板垣直子、尾崎士郎、楢崎勤、福田清人、田辺茂一などが参加したこの座談会では、「国民的文学」とは何かが話題となる。純文学と国民文学が話題となったとき、春山は「国民的作家というのは、純文学の伝統とは異なったところから出てくるのだし、その進む方向もちがうんです。現在は純文学の作家が、国民的文学の方向に向かっているが、恐らく最後までその方向に向かう人は少ないでしょう。すくなくとも、そうなれば文壇とか、文学的伝統とは縁が切れるでしょう」（一四七）と語っている。「国民的作家」は、「文壇とか、文学的伝統」からは切断されたところから始まると春山は指摘している。

文壇を中心とした「純文学」の終わりと、新しい文学を模索することの必要を指摘した春山だが、四〇年代になると春山はジャーナリズムの抜本的な改革も主張するようになる。編集者は記事を外注するのではなく、記事を積極的に書くべきだと主張する。一九四〇年『日本評論』九月号の「新体制と雑誌ジャーナリズム」では、日本のジャーナリズムの現状を、「従来のエキスパート性が徐々に方向不定的な無効化性を発揮しつつあるといっていい」（一三八）と指摘し、ウィンダム・ルイスの言葉を援用してジャーナリズムは「アマチユア(ママ)」の時代になりつつあると述べている。

新体制とは旧体制のエキスパートがアマチュア化、スロオ・モオシヨン(ママ)化しているのに代って、新しい典型と創造とを齎らさんとする新時代への推進者の登場である。そのような新舞台に登場する人々は、旧体制のエキスパートから見れば、むしろアマチユアにしか過ぎない人々であってよく、アマチュアであることが率直に、典型的に、創造をなしうるのである。

旧体制のエキスパートから新体制のアマチユアへということが、今日の時代の合言葉であり、そのことは同時に、雑誌ジャーナリズムの機構に於いてもあてはまる。

政治や経済に於ける新体制を要望する時代の趨勢は、またそれに適応せんとするジャーナリズムに対しても新体制を要望する。そのような新体制に、一片の編集後記や編集者のイデイオロギイだ

けで転換されうるか否かは、ここでは追求しないことにしよう。（一三八）

「旧体制のエキスパート」からすれば、「アマチュアにしか過ぎない人々」が、「新しい典型と創造とを齎らさんとする新時代への推進者」となって時代を動かしていく。時代が急激に変わりつつあることを春山は編集者の立場からも指摘する。アマチュアとしての「新体制」は、ジャーナリズムに限定されずに国家そのものの「旧体制」から「新体制」への変更を意味する。今や「政治や経済に於ける新体制を要望する時代」であり、「ジャーナリズムに対しても新体制を要望」する「一元化したジャーナリストと編集者とが、さらに国家体制を動かす現実の政治力とも同時に一元化されねばならない」（一三八）と春山は述べている。

「編集者が自らペンをとる者にはあらずして、恰もオーケストラの指揮者の如く、多数の執筆者（ジャーナリスト）を動かすものであるという考え方、その意味のジャーナリストは旧体制の編集エキスパート」（一三九）である。それに対して「新体制」の編集者は、「ジャーナリストとして行動する本来の立場」に立ち、世論を喚起していくような「国家体制を動かす現実の政治力」（一三九）のために役立たなければならない。編集者はジャーナリストでもあることで、「国家体制を動かす現実の政治力とも同時に一元化されねばならない」（一三九）のだと春山は語る。

編集者は「時代に対する情熱の問題」（一四〇）に熱狂してしまうことを春山は批判する。編集とは「国家体制を動かす現実の力」に寄与するものであることを認識しなければならないが、その「現実の力」を非合理的で精神論的なものとして捉えるのではなく、あくまでも合理的かつ効率的にそれを捉えることが、これからのジャーナリストには求められていることを春山は指摘するのである。

「新体制と雑誌ジャーナリズム」から一ヵ月後、雑誌『文芸』一一月号の「編集者の必要――わが後に来るものへ――」と題したエッセイでは、自身が長いキャリを持つ編集者であったことをまず述べている。「現在の編集者のうちでは一番ながく(ママ)この仕事をやってきた人々のなかの一人であろうと思う。廿四歳の時にこの世界にはいり(ママ)、(中略)それが来年は四十歳になるのである。地位の安定した特別の編集者を除いて、四十歳で編集者をしているひとは、私の周囲を見渡してもあまりたくさんはいないであろう」(一〇二)。ヴェテランの編集者としての経験を踏まえて、これまでの編集者はジャーナリズムを「商標主義にマッチさせていくこと」(一〇三)をもっとも重視してきたと指摘している。しかし今は違う。「雑誌の持っている商業主義的な要素に対する自己清算」(一〇三)をする必要がある。

今日の雑誌ジャーナリズムに求められているものは、この意味の転換の急速な促進であり、今後の編集者に求められているものは、商業主義的機能の触手としての編集者ではなく、時代のはげしい変化を正しく導いてゆく羅針盤たる雑誌の国家的、社会的機能を発揮するに足る責任者としての編集者であり、その時代感覚と主知の正しさであるといっていい。(一〇三)

今や雑誌は国家や社会の変化を正しく導くことが要求されている。これまでの雑誌編集者は「雑誌の商業主義的機能を生かす技術としてのジャーナリズムを徒弟的に習得する」(一〇四)ことが必要とされたが、編集者の役割も雑誌の役割も現状では変化している。「文化の前面に亘って本能的、伝統的に根をはっている古い時代感覚を更新し、文化の跛行的発展を綜合的な展開に訂正し、助長」(一〇六)することが求められている。

このような編集者の商業主義からの「自己清算」を主張する春山の発言は、たしかに国家主義的ともいえるもので軍部に阿っているようにも見える。だが、伝統への批判と、「古い時代感覚」を更新して「時代感覚と主知の正しさ」を重視するという指摘は『詩と詩論』時代の春山の詩論の主張と共通してもいた。詩論では「主知」によって、近代日本の文学者の「本能的、伝統的に根をはっている古い時代感覚を更新」する必要性を繰り返し主張していたが、四〇年代になると「主知」は「雑誌の国家的、社会的機能」の「更新」のための言葉となっていたのである。

編集者としての変革を主張する春山だったが、一九四〇年九月に『セルパン』編集長を辞職していた。春山の編集スタイルが時代にそぐわないようになっていた。春山の後を襲ったのが、のちにファッショ的な団体として知られる大日本言論報会の幹部となる大島豊である。「私の『セルパン』時代」では辞職当時の状況について、「昭和15年の下半期になると、戦時色がつよくなって、「セルパン(ママ)」の編集も、教養的なリベラリズム(自由主義)で押し通すことがむずかしくなった。(中略)いままでの編集方針を堅持することは時勢に逆行することになかねなくなった」(一二五)と回顧している。最終的には、「「米英の自由主義者」という呼び方がはじまり、私もその有力なメンバーとして半ば公然と指摘されるようになった。私は「セルパン」を去るべきだと自覚し」(一二五)たのだと述べている。

「半ば公然」と自由主義者として春山が名指しで批判された可能性はあるが、現在までの調査では、春山が「自由主義者」として批判された資料を見つけることはできなかった。もっとも、『セルパン』編集長時代の春山は、自らの自由主義的な思想を編集者としての仕事に頑なに反映させるようなことはしなかった。編集者としての春山は売り上げを考えるリアリストだった。それをもっとも象徴するのが一九三八年八月号の『セルパン』でのヒトラーの『我が闘争』の一挙掲載である。戦前の日本における『我が闘争』に関する受容を検証した岩村正史『戦前日本人の対ドイツ意識』の第五章「『我が闘争』日本語版への考察」によれば、『セルパン』に掲載された『我が闘争』は、「詩人としても知られる春山行夫編集長を中心としたスタッフが、この年にアメリカで発行された全訳」を、「改めて日本語にリライトしたものであった」（一五一）。『詩と詩論』時代から、様々なアメリカの新聞や雑誌に目を通していた春山ならではの行動といえるが、「同号（『セルパン』八月のこと、引用者註）はかなりの反響を呼び、追加注文が殺到したが、用紙不足のために増刷はかなわなかった」（一五一）とも岩村は述べている。この反響を受けて第一書房は即座に室伏高信訳として『我が闘争』を単行本として出版しベストセラーとなった。実際には春山が中心となって『セルパン』編集部内で翻訳された。

編集者としての春山は機を見るに敏だった。小島輝正の『春山行夫ノート』でも『セルパン』での『我が闘争』の翻訳について検証されているが、小島は、春山を中心とした『セルパン』編集部の関心は、当初は「ナチズムやヒトラーそのものよりは、そのジャーナリスティックな商品価値にあったので、それが余りにもタイミングのよい企画であったために、彼らとしては当時思いもよらぬ悪名を後世に残すことになった」（一七七）のではないかと推測している。

小島は「彼ら」と述べているが、『セルパン』八月号の「編集者の椅子」では、「夏の暑さと闘うには恰好の仕事と全スタッフを動員」（一九三）したと春山は述べている。明らかに春山の指揮の下、『我が闘争』

の翻訳はおこなわれたのである。いわば当時から編集者として著名だった春山個人が「思いもよらぬ悪名を後世に残すことになった」といった方がよいだろう。『セルパン』時代の春山の活動についてはさらに詳しい調査が必要だが、小田光雄の『出版・読書メモランダム』でも小島輝正の『春山行夫ノート』を参照にしつつ春山が『我が闘争』の出版に関与していたことが指摘されている。[25]

前述したように『セルパン』編集長を辞職する直前の六月に室伏高信訳として『我が闘争』が『セルパン』発行元の第一書房から出版されている。岩村は林達夫編『第一書房長谷川巳之吉』（日本エディタースクール出版、一九八四）を参照しながら、「結果的に第一書房版『我が闘争』は大きな反響を呼び、たちまちベストセラーとなった。その猛烈な売れ行きには、販売店関係者は口をそろえて「従来のどの人気書にも見ないことだ」と語ったという」と述べている（一五三）。このような売れ行きの原因については岩村も小島と同様に、発売当時「ドイツは第二次世界大戦において欧州を席巻していたし、九月には日独伊三国同盟が締結され、国内における親独機運は著しく高まっていた。同書の発売は、絶好のタイミングだったのである」（一五三）と推測している。このような絶好のタイミングを、ヨーロッパの国際情勢をよく知りつつ、国内の出版状況にも精通していた春山が察知しないわけはなかった。なおかつ第一書房版『我が闘争』は独自編集が加えられており、日本人に対する差別的な発言は周到に削除され、反イギリス的な内容の箇所が強調されてもいた。「イギリスの政治的悪辣さに関する記述が主に強調されていた」（一五三）と岩村は指摘しているが、検閲を強く意識しながらオーデンとイシャウッドの『戦争への旅』を翻訳したように、春山は何を書き何を削除すればよいのか知悉していた有能な編集者だった。[26] ちなみに同上八月号の「編集者の椅子」では、翻訳について、「読みやすく、理解しやすいという二点を採って、出来るだけパラフレイズする態度で進んだ。こういう仕事はどうしても編集者が先に立ってやらないと仲々手がつかないので、その点でも本誌編集部の意気込みがどんなものだかを見ていただきたい」（一九三）と述べられている。

このような「親独機運」を促していくことは、結果的に自由主義者のモダニストとして知られた春山を追い詰めていくことになった。先の「私の『セルパン』時代」の回想では第一書房社主の長谷川巳之吉とどのような話し合いがあったのかは明らかにされていないが、七月二七日付け朝日新聞一面の『わが闘争』の広告で、第一書房社主の長谷川巳之吉は「もう一度繰り返すが、僕は断固たる排英派の1人である。日支事変以来、我々は英国のために如何なる邪魔だて、妨害を受けたかと思えば、僕は憤然暗涙なきを得ないものがある。（中略）今こそ本書をもって、親英派の迷妄を根本的に打ち破るべき好機到来を僕は信じたからである」（二）と半ば絶叫している。

長谷川以外の者が代わりに書いた可能性もあり、または長谷川はあえて「排英派」であることを公言したかもしれないが、『我が闘争』は三六万部以上を売り上げ、パール・バックの『大地』（新居格訳）は三〇〇万部以上を売り上げる。[27] このような第一書房の記録的な売り上げに大きな貢献をしたにもかかわらず、春山は第一書房を退職することになった。

一九三八年四月一日の『日本学芸新聞』に春山は、南京での日本軍による大虐殺の一端を記した石川達三の『生きている兵隊』の発禁処分と、その連載元の『中央公論』の編集長である雨宮庸蔵が刑事告訴された一連の事件について、次のように述べていた。

休職を命じられたらおとなしく休職をしている。やがて亦社へ戻るなんてことは僕には出来かねる、そう云う人の気持ちは分からない。責任者が確信を以て編集したものが発禁を喰らい、社へ多大の迷惑を及ぼした場合、済まないと思うなら潔く辞職べき(ママ)ではないだろうか。編集責任者たるものはそれだけの心かまえ(ママ)と決意があるものだと僕は信じている。(三)

このような発言から二年後の『セルパン』編集長の辞職は、編集者としての覚悟が示されていたように見える。一九四〇年九月二五日の『日本読書新聞』に「日本編集者会結成近づく　雑誌・書籍の全編集者を一元的職分団体に包括」という無署名の記事がある。「中央公論、改造、日本評論、文藝春秋の編集者で組織する四社会は事変勃発以来内閣情報部、陸海軍等との緊密な連絡の下に戦時言論界の正しい誘導に努めて来たが、近衛首相による新国民組織の提案と共に、職域奉公機関としての全編集者組織の必要を痛感し、(中略)新体制に積極的熱意と理解を有する有志」(三)によって日本編集者会が設立されたことが報告されている。この記事によれば日本編集者会は、将来的には後述する日本出版文化協会に合流する予定だが、「現在のところ同協会は多分に業者組織の色彩があって新体制による国民組織には些か距離があるとの見解の下に、日本編集者会としては当分独自の道を進む」(三)と記されている。出版社も「新国民組織」に編入されようとしていた。それについて声高に反対することはできない環境となりつつあった。

『中央公論』と『改造』のような自由主義的な雑誌に対する過酷な弾圧については、戦時下に『中央公論』の編集長だった畑中繁雄の『覚書　昭和出版弾圧小史』(図書新聞、一九六五)や前述した黒田秀俊『昭和言論史への証言』(弘文堂、一九六六)などの回顧録がある。彼らの回想によって『中央公論』に対する陸軍の弾圧を知れば、春山がなぜ『セルパン』の編集を一九四〇年九月まで続けることができたのかと疑問に思うほどだ。畑中によれば、四〇年二月には「戦時言論弾圧のもっとも著名な事件のひとつ」（五一）である歴史学者の津田左右吉の『神代史の研究』と『古事記及日本書紀の研究』が発売禁止となり、津田は岩波茂雄と共に出版法違反によって起訴されていた。『セルパン』では継続的に欧米の自由主義者の動向を積極的に紹介していたことを考えれば、春山がその編集長を続けていれば、『中央公論』と同じような様々な嫌がらせを受けたことは確実である。春山の後任になった大島の編集長時代に『セルパン』は『新文化』へと誌名が変更されているが、畑中によれば大島は、先述したように「言論人の挙国体制組織の確立」（二〇八）のために設立された国家主義的な組織である「大日本言論報国会」の準備委員ともなっている。

九月二五日の『日本読書新聞』では、「葉書回答」というアンケートが実施されている。「一編集者は日本出版文化協会に加入すべきか、或は別個の組織を持つべきか　一編集者の地位確立に関する試案」というアンケートに対する回答が掲載されている。中央公論社、主婦之友社、三省堂などの編集者がアンケートに返答しているが、『セルパン』編集長を辞任直後の春山も無所属として回答を寄せている。編集者会が、日本出版文化協会に合流すべきか否かについて、「別個の組織をつくり、その代表者を日本出版文化協会におくるのが順序と存じます」と回答し、編集の地位に関しては、「これも編集者の協会が慎重に考慮すべきです」（三二）と述べている。

日本編集者会が、出版社の国家統制を目的とした日本出版文化協会に吸収されることに春山は慎重な見解を表明し、あくまでも出版社の自主独立を主張していたように見える。他の編集者たちの回答の大部分は日本出版文化協会に吸収合体されることを主張するものが多い。

この時期の春山のエッセイには、ある程度は体制迎合的でありつつ、ある程度は毅然とした論調が見られる。たとえばこのアンケートの二ヵ月後、一一月四日の『帝国大学新聞』に掲載された「雑誌編集の前途」では、商業誌について「内容の問題は、むしろ今日では全般的に新体制に適応しているといっていい」（六）と述べている。そのうえで、日本の雑誌はさらに変革する必要があるとも述べている。

私見を以てすれば、現在の日本の雑誌は、外界の変化によって統制を受けないでも、それ自身としてなんらかの根本的な改革が必要となってきたと思う。それができなかったのは、現在の雑誌をここまで伸ばしてきた商業主義やジャーナリズムが改革されなかったためで、雑誌の改革には、どうしてもこの二つのものが必要である。（六）

誌面の内容、雑誌の厚さ、配給システム、編集者の地位、文化政策と雑誌との関係にまで、これまでにない全般的で抜本的な構造改革を春山は「日本の雑誌」に要求している。販売部数を伸ばすために読者の関心を意識した世俗的、扇動的な記事をダイジェスト的に掲載していくのではなく、現在ジャーナリズムに求められているのは、激動する世界を知るための高度に専門的な知見をわかりやすく読者に伝えることであると春山は述べている。結果的に軍部による出版業界への締めつけによって「根本的な改革」が必要とされているわけだが、その是非について春山は言及することはない。

出版業界は軍部の都合で「変革」されようとしていたが、軍部の統制を抜きにしても、春山は明治以降の日本の出版システムの変革を必要だと考えていた。『詩と詩論』時代から春山は近代日本文学全体の変革を主張してきた。戦争を契機にしたわけではなく、つねに文学の革新を希求してきた春山の文芸批評は、戦時下における文学の変革についても肯定的に語ることになる。一九四一年『新潮』第三八巻三号の「文化と国民生活」という座談会に新居格、片岡鉄平、小松清と共に春山は参加している。春山は、これまでの文学（特に小説）が個人主義的な傾向が強いことをここでも指摘したうえで、「国家とか民族とか云うものに品位を与えるという意味で、文化と云う言葉が新しい方向や内容を要求して居ると思います」（一二五）と述べ、さらに次のように語っている。

> 国民的、国家的題材に移るといったかたちでなく、作家が新しい文化全般の創造の一端につながって、国民や国家の品位と水準を高めるというかたちであらわれてくると思います。（一二五、傍点原文）

「新しい文化全般の創造の一端」とは何を意味するのかを春山が具体的に語ることはない。しかしファッショ化していく社会で、「新しい文化全般の創造」がおこなわれることで、文学者は個人と個人との類似性や関係性や集団性を重視するべきことを春山は主張する。

> 一口にいえば個性を重んじたと同時に個人主義的なところが多かったので、そう云う考え方で今の時代に適応して行こうとするには、いろいろの点で無理な所や矛盾した所が生ずるので、文学者の思想や生活ポイントをもう少し広く、批評的にいうとできるだけ個人と個人の類似点を深めてゆくことが必要でないかと思います。（一二四）

文学者は個人と個人の間の差異や個としての特異性と単独性を重視することから、個人と個人の類似に注目していくべきだと春山は指摘する。個性的で独創的な文学は「今の時代に適応」していくことはできない。個人主義的な文学から、大衆に幅広く理解される文学・文化が「今の時代」には求められている。春山はモダニズムや純文学を「高文化」と述べ、ラジオや映画を「低文化」と座談会で呼んでいるが、「高文化」「低文化」という言葉は、「僕の作ったものです。そう云う考え方は満洲国へ行って、向こうでそう云うことを云われて来たのです」（一二六）と語っている。

満洲国に行くと、あそこには新国家が建設活動をして居るから、差当たって低文化が非常に必要なんです。向こうで欲しがって居るのはそう云う実際的な仕事のできる人々です。ところが北支に入ると、いままでに英米仏系の大学とか宗教機関とかを通じて各々の国の高い文化が入って来て知識階級を吸引して居るから、此処では日本の秀れた高文化を持って行かなければたたかへ(ママ)ないような環境に置かれて居る。それですから結局アジヤ(ママ)に於ける日本の地位と云うことを考えると、低文化と高文化の両方の指導性が必要ですね。（一三〇）

これからは「高文化」と同時に「低文化」も重要となってくる。「低文化」も「日本の秀れた高文化」も共に「アジヤに於ける日本の地位」を高めるために必要とされることになる。「高文化」と「低文化」を、適時、効果的に「アジヤ」で活用していく必要性。満洲で春山は「低文化」の重要性に気づき、「特殊な文学者としてよりも、寧ろ広い見地にあった文化人として、少しでも低文化を高めるような役割を果たすひとに来て貰いたいと云うようなことを向こうでは云っています」（一二六）とも述べている。

しかし「低文化」だけを高めればよいわけではない。「一国の高文化と低文化とに距離があると云うことは、その国の文化水準が高くないと云うことで、支那の現在の文化などはそのいい例であると思います」（一二五）と春山は述べている。「高文化」と「低文化」の距離は近ければ近いほどよいのであり、「児童の読物や絵本の場合などは、僕のいう意味の高文化の科学者、文学者、画家などがはいっていかなければ、いいものができないだろうと思います」（一二六）と春山は語る。「低文化」と「高文化」の融合こそが、これからの「アジヤに於ける日本の地位」を高めていくために重要である。

のちに詳しく見ていくが、一九四二年から四四年にかけて春山は外国の児童書を翻訳し、児童雑誌に詩を発表するようになる。それは春山なりの「高文化」と「低文化」の融合だったのである。児童文学を書くことは春山にとって意義あることだった。満洲だけではなく帝国日本全体において、現在、文学者や芸術家が「高文化の面だけに純粋化すとか極端化すとかしなければならないような状態や環境に置かれている」（一二八）ような状況を春山は批判する。座談会で片岡鉄平がいうように「誰にでも面白がられる小説」（一二九）のような「低文化」も含めた新しい文化を作り出す必要があると春山は考えていた。「低文化」もまた「文学の新しい領域」を創り出していくことになる。たとえば、これまであまり重視されることがなかったルポルタージュも必要とされることになる。

そう云う点から云えば、現地報告的な小説とかシナリオなんかも文学の新しい領域ですし、純然たるルポルタージュなども文学の世界に地位を占めて、一般の読者への広がりを持っていいと思う。誰が読んでもそれと繫がりが出来ると云う部面は必ずしも純粋小説家が通俗小説を書くと云う転換だけにあるわけではないと思う。（一二九）

『セルパン』の編集長時代の春山は、ヨーロッパ戦線における文学者たちの「現地報告的な小説」を積極的に掲載していた。ルポルタージュのような形式に「文学の新しい領域」がある。前衛的でエリート主義的な傾向があったモダニズム文学とは異なり、ルポルタージュ（春山の言葉を使えば「報告文学」）は、現代社会の問題を広汎な読者に報告していく大衆性がある。幅広い読者を対象とする「報告文学」に新しい文学の可能性を春山は見ていたことになる。

帝国日本の拡張と連動しながら春山は、高踏的なモダニズム文学から、様々な社会状況を「誰が読んでもそれと繫がりが出来ると云う部面」がある「低文化」としての「報告文学」に注目するようになる。以前から春山は「報告文学」とは既存の文学者（とりわけ私小説家）では書けないと指摘していたが、ここでも「今までの身辺小説なんかでは駄目」であり、「新しい精神や実験を持った人が出て来なければならない。そういう領域だと文学の発展性があると思う」（一三八）と述べている。文壇の作家ではなく、「新しい精神で実験をしたいと思う人達」によって「報告文学」ははじめて書かれるのである。

現在、非常に純粋な芸術観を持って居る人達に急に低文化をやれといっても出来ないことなんで、結局、そういう時代だったら、新しい意欲で実験をしたいと思う人達が出て来て、その人達が情熱

をもって仕事をはじめてくれるのが理想です。（一四三）

春山は座談会でも新しい文学として「報告文学」に言及している。このように「報告文学」の新しさとその重要性を春山が主張するのは、イギリスの「若い詩人」たちの動向に注目していたからだ。

イギリスでは若い詩人たちが、常識を持って来られると、芸術家がものをいえなくなるようではいけないということをいい出したのです。詩人としての立場で、芸術の崇高性とか、純粋性は幾らでも説明が出来るけれども、常識で以て、非常に一般的な問題で足許を突かれて倒れてしまう、それではいけない。だから、常識を作家が克服しなければならんということをいって居るし、それから作品なんかも、今までのような芸術的な素材や世界だけに切離されたものでなく、新聞に出て来るような、いろいろな知識だとか、掲示板にあるような事実だとか、流行歌の文句にあるようなものも取入れ、取材の範囲を広くして、しかも芸術の純粋性を失わない表現力とテクニックとを持って居る、そういう書き方をして居る詩人もありますが、作品は仲々しゃれたものです。そういうことなんかも一つの考え方だと思うですね。（一三九）

春山が座談会で述べる「イギリスの若い詩人たち」はオーデンを始めとしたニュー・カントリー派のことを指している。『新領土』で春山が積極的に紹介してきたオーデンの作品は、社会状況を積極的に取り込みながら「芸術の純粋性を失わない表現力とテクニック」を兼ね備えている。「芸術の純粋性」を探求するような「高文化」と共に新聞を賑わす流行現象のような「低文化」も取り入れるような文学が日本でも必要とされていると春山は主張するのである。

「高文化」と「低文化」の共存。これはあくまでも理想論である。春山以外の各出席者の発言は、いくつか伏字になっている箇所があるが、春山の発言に伏字は見られない。小松清や片岡鉄兵の発言は、抑圧的な時代状況に対しての不満があるのに対して、春山の発言には、どこか官僚的ともいえるような冷静さがある。小松は「単に明るいメロデイばかり作っても、立派な芸術は出来ない」(一四四)と指摘し、それを受けて新居は、「今、政府や文化政策のモットーは、健全明朗という素朴で概念的なのだからね」(一四四)と批判的に語る。それに対して春山は次のように述べている。

小松氏のいわれるようなものは、差当たって現在の所では非常に困難がありますね。対外的の関係からいっても、例えば暗い面だけを抜粋して支那語に翻訳されたりするから。(一四四)

一部だけを切り抜かれて中国語に翻訳されることを恐れる春山の指摘は軍人のような警戒感がある。それは『セルパン』の編集長として様々な検閲の問題に直面していた経験に基づいていたように見えるが、春山のこの発言に対して新居は反論する。

しかし、春山君、現在今、書けなくても、文学者の良心的努力から色々なことを知って置くという努力が非常に必要なんだ、そうしなければ、やっぱり書ける時にも書けないことになるし……

（一四四）

このような新居の苦言に対して春山が応答したのかはわからない。この新居の発言の後、司会の「記者」は「それじゃどうも有難うございました。」（一四四）と座談会を打ち切ってしまったからだ。小松や新居のささやかな抵抗ともいえるような発言によって議論が白熱してしまうことを記者は恐れたのか。少なくともこの座談会での春山の一連の発言には、小松や新居のように国家による言論統制に対する批判を示唆するようなものはなかった。

五－三　出版文化・軍人・モダニスト

一九四一年、一二月一一日から一三日にかけて『都新聞』に「出版文化の新発足」と題した春山のエッセイが連載されている。真珠湾への攻撃以前に執筆されたと推測されるが、日本出版文化協会の紹介と、日本の出版業界全体の展望が論じられている。一一日の記事「投機の抑制」では「実は筆者は現在出版、編集の業界にいない」（二）と述べている。しかし、日本出版文化協会が内閣情報部によって正式に発足し、そのための「これから辞令が渡され」（二）ている現場に春山は立ち会っていた。「偶然その方の事情通に出会って、大体の話をきたので、本稿ではできるだけ〇〇〇的（判読不明）な関係について書いてみたい」（一）と述べられているが、本当に「偶然」だったのか「事情通」が誰だったのかは不明である。

先に見た座談会「文化と国民生活」の終盤、新居格は唐突に春山に質問している。「出版文化協会で今本格的に決まったということは、どういうことだね」（一四三）。これに対して春山は「まだ、ほんの綱領だけで、仕事の性質が決まり、役員が決まっただけで、唯、事業局の仕事としての配分とか、書物の配給とか、そういうような組織をつくることからはじめられるらしいです。それから先のことはこれから決まるでしょう」（一四三）と語っている。ある程度まで春山は「出版文化協会」の内情を知っていたことを窺わせる発言である。

元『セルパン』編集長として出版業界に通じていたことは容易に想像できるが、他にも春山が他の文学者よりも出版業界に詳しい理由がある。一九三八年一二月に、岩波書店、主婦の友、講談社、中央公論社などと共に第一書房も参加して官民合同で「出版懇話会」が設立された。内務省の検閲担当官と、各出版社の社長が出席した月例会では、検閲などについて話し合われた。社長が欠席の場合は、予め登録した社員のみが参加を許された。戦前、第一書房に勤めていた金亨燦の『証言朝鮮人のみた戦前期出版界』によれば、月例会では「主として民間側の実状・考え方を検閲当局たる官庁側会員に詳しく述べることに力点が置かれた。そうして、その時その時の情勢、状況に応じて、この範囲まではいいだろうとか、このへんがギリギリの線だとか、事情がゆるす最大許容限度について話し合い、出来る限り通過を図るようにと、官・民双方で協力しあったのが本会の特色であった」（一七九）。金によれば、春山は長谷川巳之吉に代わって『セルパン』編集長を辞職する直前まで月例会に出席していた。いわば春山は一九四〇年前後にかけて、出版業界の上層部にいたことになる。[28]

「日本出版文化協会」は、「出版報国」のための組織であり「国家総動員法にもとづく出版事業令の決定（昭和一七年）による統制機関」であり「言論界ファッショ化工作」（畑中 四一）のための中心的な機関として一九四〇年一二月に設立された。この「統制機関」について春山は先の『都新聞』の記事で、「要するに出版界の新体制は、出版界にも、小売業にも、作家にも、読者にも関係がある点で、非常に広汎な組織の変化を意味している」(「投機の抑制」一)と述べたうえで、出版文化協会の設立は「出版界の新体制」を象徴する出来事であり、なおかつ理想的な組織であると評価している。「明治の中期から伝統的につづいてきた日本の出版にとっては、はじめての試験であり、再出発であるといえよう。(中略)したがって今度の出版新体制はある点で、出版文化の基本的出発としても、理想的な組織であるといわねばならない」(一)と語っているように、春山は「日本出版文化協会」の設立について、戦時下における国家統制の結果であると認識しつつ、同時に明治以降の硬直化した日本の出版体制が変革されることへの期待も持っていたように思われる。

翌日の一二日の「文化局の役割」という『都新聞』の記事では「今日最も注視されている問題となっているのは出版物の内容の統制であるが、そのことは勿論、単に出版物の統制だけを意味するものでなく、新体制下の文化統制全般に関連し、さらに統制といった消極的な意味のものではなく、文化国策の基本に沿って出版文化を高め、広げる役割を果たしてゆくことに中心がなければならない」(二)と述べている。「新体制下の文化統制」は、「文化国策の基本に沿って出版文化を高め、広げる役割を果たしてゆく」ためのチャンスだと春山は考えていたのである。このような春山の発言は、政府・軍部にとって好ましい。しかし春山の発言は単に軍部に迎合するのではなく、つねに現状を冷静に語ろうとした結果といえる面もある。

戦時下、春山はいくつかの座談会に参加しているが、そのなかでも特に興味深い座談会がある。

一九四一年『日本評論』四月号の「出版文化を語る」である。戦時下、出版業界への言論統制を断行したことで悪名高い陸軍少佐の鈴木庫三との座談会に春山は出席している。座談会には春山と鈴木の他に、津久井竜雄、加田哲二、菅井準一が参加している。津久井は右翼の活動家として知られ、加田もまた保守的な社会学者で当時は慶應義塾大学の教授、菅井は陸軍士官学校教授で専門は科学史である。そして陸軍少佐鈴木庫三は当時情報局情報官だった。佐藤卓巳『言論統制――情報官・鈴木庫三と教育の国防国家増補版』によれば、「一九四一年初頭、鈴木少佐の職権はその階級に比して桁違いに大きかった。人事異動の多い陸軍情報部で鈴木少佐は在籍三年になる最先任部員だった。その上、情報局情報官、新聞雑誌用紙統制委員会幹事、日本出版配給株式会社（日配）創立委員、日本出版文化協会文化委員を兼ねていた。すなわち、陸軍の検閲官であり、用紙、出版、流通の全工程の統制団体に睨みを利かせていたことになる」（二四）と述べられている。「出版文化を語る」当時、鈴木は出版界に対して絶大なる力を持っていた。『日本評論』の編集者だった美作太郎は、戦後出版した『言論の敗北』のなかで鈴木を「小型ヒムラー」と名づけている。それほど文壇で恐れられ嫌われていた鈴木少佐と共に春山は座談会に参加したのである。

座談会「出版文化を語る」は案の定、鈴木の独演会状態となっている。国防国家のための出版業界の一元化をおこない、「思想戦という特異の戦争形態が現れて来る」（七三）ことに対しての準備をしなければならず、「而もその思想戦は武力戦が行われて居る時は勿論、武力戦が行われて居らん時でも行われて居る。世界が行詰まって来れば来る程常に行われる。それ等の思想戦に勝たなければ結局国家の在立というものは確実でない」（七三）のだと鈴木は主張する。そしてつぎのように続ける。

一切を挙げて思想国防の体制を作らなければならん。雑誌や出版物は　その中の一部面としてここに国防国家の一角を作って行かなければならん。そういう考えの下に情報局では出版関係の統制に乗り出したわけなのです。（七四）

このような鈴木の発言に対して津久井は「今の鈴木さんのお話で全部尽きて居ると思う。別に一言も付加える必要はないように思います」（七四）と追従する。さらに鈴木は「思想国防」のためには「出版物を拵える原料の問題」や、「出版物の価値評価をしながら優良な出版物を拵えて行く仕事」や、「その出版物を成るべく安く国の隅々まで徹底させようという配給」や、「その出版物を拵えるために編集をしたり、或は原稿を書いたりする人達の一元的な組織」（七四）を作ることを考えているのだと雄弁に語る。春山が『都新聞』の「出版文化の新発足」で述べていたような国策に沿った一元化＝統制を出版界におこなうことを明確にしている。その具体策が出版文化協会や日本文学報国会の設立といった一連の出版業界に対する国策機関の設立であることはいうまでもない。

座談会で春山はあまり発言していないが明治以降の出版業界の旧態依然とした状況を批判している。

何しろ出版というものは文化の一番突端に立って居る事業ですけれども、その経営や組織を見ると殆ど明治の初年に出来た自然発生のままでちっとも手が入って居ない。出版法だとか、その他の法律で多少表面的には修正されて居るようですけれども、実際内輪に入って見ると、例えば一枚の出版契約書を見ても、出版法と全然背馳する乃至は全然出版の意志に沿って居ないような内容のものが今でも平気で行われて居るような有様で、目的に国防国家に沿って行くということが非常に重大であることは別としても、その目的に沿うべき出版業というものの組織が抑々成って居なかったという、その二つの今現われがあるわけです。（七四―七五）

この発言は『新潮』の座談会「文化と国民生活」での発言と同様、日本の出版業界が「経営や組織を見ると殆ど明治の初年に出来た自然発生のままでちっとも手が入って居ない」ことへの批判である。そして付け加えるように「国防国家に沿って行くということが非常に重大であることは別としても」と述べている。注意したいのは「別としても」という言葉である。春山は「国防国家」のための「出版統制」を問題とする以上に、明治以降の日本の出版業界の古さを問題としていたのである。鈴木はそのことにまったく気づかずに春山の発言を受けて、世界に類を見ない出版文化協会の意義が「思想戦という特異の戦争形態」に対する対応であると、その設立の意義を強調するだけだった。

鈴木の関心は、軍部にとって好ましい出版物を、いかに効率よく出版できるのかという現実的な問題にあった。良俗に反したものから左翼的なものまで、「今までは極めて簡単な誰が見ても分かるような、悪い出版物が随分あったのです」（八）と鈴木は言う。「悪い出版物」を出さず、軍部に都合の良い書籍だけを出版するために、出版社にとって生命線といえる用紙の配給を統制することを目的とした日本出版配給株式会社の設立を進めていることを臆面もなく鈴木は語る。鈴木が狙うのは紙である。紙さえ抑えれば出版業界は軍部の思うがままになると考えている。「出版業者の死活問題を抑えなければならない。出版業者の死活問題は何かというと、紙です。紙を抑えてしまったら出版業界は潰れてしまう。そこで紙に関する政治力の裏付け場が今度は出来たわけです」（七九）。鈴木は「紙」の統制を実行することで出版業界を支配することを明言する。[29] 鈴木は「国防国家」のための出版業界への圧力を公言するのである。出版業界への「眼に見えない拘束力、強制力というものを持たせなければならない」（七九）と鈴木は言うが、このような発言が「小型ヒムラー」と呼ばれた所以なのだろう。それに対して春山は、やんわりとだが疑義を呈する。ジョイスの『ユリシーズ』からロレンスの『チャタレイ夫人の恋人』まで、鈴木から見れば「悪い出版物」であるモダニズム文学の紹介者であり実作者でもあった春山だが、鈴木に対して次のような質問を投げかける。

春山　そういうことが実施されれば実質的には悪いものは減ります。出版業界の方で警戒しますから、しかしそういうことをやることに対する一種の社会的な精神的な影響のようなものはないですか。

鈴木　そういう新体制を拵える反動ですか。

春山　反動というわけではないですが、文化を衰退させるような印象を与えることはありませんか。

鈴木　それは先ほど申上げたように、正しい立派な文化の建設ということと一致するのです。（七九）

鈴木が言う「良い出版物」に対して春山は疑義を挟まずにはいられなかった。他の出席者は鈴木に阿るだけだった。軍や政府に忖度することで、出版業界は鈴木の述べるような「正しい立派な文化の建設」のための「良い出版物」を出すことができるかもしれないが、それは「文化を衰退させる」ものではないのかと春山は疑義を表している。司会の記者も春山に同調するように、「出版文化の統制ということは新しい文化を創るという要求が大きいのか、或いはさっき申されたように、国防国家体制の一環としての編成の要求が大きいかという二つの要求」（七九）があると指摘し、鈴木の一方的な「良い出版物」に対する主張を暗に批判する。春山は決して単純に体制側へとなびいたわけではなかった。もっとも鈴木も単純に強権的に出版統制を叫んでいるわけではなかった。

鈴木　先に行っても役立つものは今も役立ちます。今現実の歩みは充分に消化して食べるだけの消化力を持たん。持たんでも一層先に行って大きくなる。（中略）役に立つということを言い出すと、直ちにプラグマチズムの思想と結びつく。実用主義と結付く。頭の足らない作家は直ぐそれを考える。極端な悪口をいえば、時局に媚びへつらう。今役に立たんものは用はないと考える。それは間違いだ、そうなって来ると極端な実用主義になる。（中略）だから現実的な意味もあれば理想的な意味もある。その現実と理想が融け合っている意味に於て役に立つというのです。（八二）

軍人でありながら教育学を日本大学で学び、さらに東京帝国大学へも派遣された鈴木は、いたずらに狂信的、盲目的だったわけではなかったことは前掲の佐藤の研究によって明らかにされている。佐藤も参照している広津和郎の『続年月のあしおと』では、「「英米鬼畜！」と称して、銀座街頭に英米の国旗を拡げて、それを通行人に踏ませたというような噂」（四九六）が広まるほど鈴木は戦前戦後を通して悪名高い。だが、鈴木に関する「噂」は戦後に作られたものが多いことを佐藤の『言論統制』は明らかにしている。大学で専門的な教育受けた鈴木は、「時局に媚びへつらう」ような「極端な実用主義」ではなく、「その現実と理想が融け合っている」ような作品を求めていた。鈴木はたんなる狂信的な国体の信奉者ではなかった。

春山はこのような鈴木の発言に対して直接応答しない。出版の統制に話を戻す。「出版に関する調査というものが全然出来ていない。僕はそういう調査なんかも今度会が出来たらハッキリして、出版物の比率なんかをもっと詳しくとって見たらどうかと思います。色々な出版界の新聞雑誌を見てますと、日本の小説の沢山出るということは、僕は文化の現象として可なり批評的に見なければならん要素を持っていると思う」（八二）。「良い出版物」を出すとしても、しっかりとした調査をおこない、出版物の比率を参考にする。それによって出版物の多くが「小説」であることが明らかになるのではないのかと春山は指摘する。鈴木は小説の社会的な役割を評価するのに対して、春山は鈴木よりも踏み込んで、出版界の小説中心主義ともいえる風潮からの脱却を主張する。

併し僕は批評家とか新聞人とかいう立場で言うわけではないが、官庁は文学者や批評家と結びつく場合、結局小説を非常によく評価する。その他の方面の評価がそれ程でない。例えば大陸へ派遣するような場合でも大概小説家が多く、大した結果が得られていないようです。もっと何か色々な研究して来るという人があまり行っていないようですね。その点はやはり或る比率を以て、小説家が二十人行けばその外に十人評論家とか自然科学をジャーナリズムでやっている人とか、そういう割合が欲しいと思います。（八三―八四）

春山はこれからの出版業界への政策を提言している。文学者を「大陸に派遣」する場合、小説家の派遣を重視するのではなく、「評論家とか自然科学をジャーナリズムでやっている人」をもっと「大陸」へ派遣するべきであると。もっとも、春山が近代日本の文学における小説家の特権化を問題にしているのに対して、鈴木は近代日本文学の歴史に関心はない。いかに文学者を効率よく動員しわかりやすく現地報告をしてくれるのか、その一点に関心があった。

小説家だけではなく評論家に対しても鈴木は注文をつける。「評論家なんかで、人口問題とか歴史の問題を変な統計を入れて難しい巻頭論文を書かないで、もっと誰も分かるように書いて呉れる人が出て呉ればよい。そうすれば数字的な色々の点で相当教育のある階級に分かると思います」（八四）。そのようなわかりやすい評論を発表させるために、「吾々が狙って居るのは作家評論家の転向です。実際この事変三年間の出版物の転向は外から見たら素晴らしい」（八四）と鈴木は言う。

鈴木が言う「転向」は、軍部に迎合的な文学者とその出版物が増えていくことへの期待を示しているように思われるが、著名な批評家としてすでに知られていた春山の「事変三年間の出版物」の数々は、満洲や台湾の政治や社会や自然環境をわかりやすく「誰も分かるように書いて」いた。鈴木は座談会で、「国防国家の建設」（七二）について、「物の生産なり、資源なりに関係して色々な統制が行はれて来る」（七二）と指摘している。そのために、「国土計画というものが問題になり、そういう生産の組織なり、国土なりをもっとも合理的に運営出来る体制」（七三）の必要を主張している。このような国家の合理性を重視する点においては、春山と鈴木の戦争と国家に関する考え方には共通性があった。戦時下の春山の評論活動が鈴木を始めとした軍部にとって好ましいと思われた可能性はある。たとえば一九四三年、戦前の春山の最後の著作『満洲の文化』では、「内地的な都会小説や身辺小説などは、風俗的な価値を別として、将来日本文学の特長と見られることが、名誉であるかどうか疑問であると思う」（三四四）と春山は述べている。文壇を代表する小説家も批評家も詩人も、「御言葉」や「直感」や「祈り」を唱えながら戦時下をなんとかやり過ごそうとしていた。春山と鈴木は、時局をひたすら肯定していくだけの文壇の人間たちの品性を共に軽蔑していたのである。

※

満洲や台湾への旅で、自らの関心がもはや既存の「文学」に限定されず、現代の文化全般にあることを春山は明言している。たとえば一九四一年一二月の『新領土』第五四号では、自身の仕事が文化史的なものであることを明言し、「私の近代文化史の考察の一部として、副産物的に蒐集した近代語の一部分を発表してみたいと思う。」（「後記」『新領土』第五四号、一三）と述べている。「近代語」のみならず、「植物園」「興業」「幻灯」「博物」といった言葉の来歴を時には江戸時代の資料まで遡って検証するようになる。

『セルパン』の編集長を辞任したことで、時間に余裕ができた春山は様々なエッセイを精力的に発表する。趣味の蝶の採集に野山を歩く。そして台湾へと向かう。一九四一年四月である五月にかけての二ヵ月ほどの台湾旅行は、満洲旅行を越えてもっとも長い「外地」への旅となった。

満洲旅行と同様に、台湾への旅も台湾総督府などからの便宜があり半官的な旅だった。当時の春山の知名度からいえば当然ともいえるが、「私は公私いろいろの便宜を与えられて、必要な資料や文献をたくさん集めることができた」（「台湾2」『新領土』五二号、一二）と述べているように、台湾の旅でも満洲の旅のように書物の蒐集に励んだ。

帰国して一年後、旅の記録として一九四二年七月に生活社から出版されたのが『台湾風物誌』である。「基隆―台北」「総督府の訪問」「総督府図書館と文献」「博物館と南方研究」「台湾の植物」「熱帯農業の研究室」「台湾の地的環境」「熱帯学研究所」「島内一周」といった章立てを見れば、『台湾風物誌』は、『満洲風物誌』で確立した風物誌のスタイルを踏襲したものだったことは明らかである。

『台湾風物誌』の序章ともいえる「熱帯」と題された章で、春山の幼少期の思い出が語られている。

台湾は私にとって、ながいあいだ南方的自然に飾られた数枚の異国的な風景絵葉書であった。否、それは数枚でなく、私にとっては数十枚の、あるいは数百枚の絵葉書であった。というのは、私がまだ小学生に上がらない頃、次兄が名古屋の六連隊から討藩のために台湾へ派遣され、数年の後、数百枚の絵葉書を持って（あるいは根気よく便りを書いて送ってきた絵葉書が、知らぬまにたまったのかも知れない）帰還したからである。私が台湾にゆくと、土地の人々はそれは佐久間総督が命じ四十二年から五カ年計画で実行した理蕃事業であったと教えてくれた。
私はその頃のことを詳しく覚えてはいない。（中略）次兄がバナナの実でつくった砂糖菓子や、臭いの高い樟でつくった手箱を土産に持ってきたこと、そしてその樟の手箱の出来がよくて、蓋をのせると真空装置のようにしずかにさがっていったことなどを記憶にとどめている。（一―二）

『楡のパイプを口にして』（一九二九年）などに見られた春山の「熱帯」への関心は、ここで回顧している台湾に出兵した次兄からの影響があったのかもしれない。春山が例外的に幼児期の思い出を語った珍しい一文である。もっとも「異国的な風景絵葉書」の思い出から、すぐに現実の台湾をめぐる帝国日本の地政学的な特徴について語り始める。

台湾はかつては日本領土の最南端だと書かれてきた。しかし現在の日本領土は、南方新南群島に於いて北緯七度であり、南洋群島に於いては赤道直下、正に北緯零度からはじまっている。そしてさらに大東亜戦争の赫々たる聖果（ママ）による南方の新領土。（二）

一九三〇年代半ばの春山にとって「新領土」という言葉は、停滞しつつあった日本の文学の現状を打破するための言葉だった。オーデンを中心としたニュー・カントリーと呼ばれたイギリスの若き詩人たちの運動は、日本のモダニズムの発展にも寄与すると春山には思えたのである。もちろん春山は、オーデンの反ファシズム的な見解を知りつつ、詩誌『新領土』にオーデンたちの活動を紹介し続けたのである。ところが『台湾風物誌』の「新領土」は、帝国日本の南方への侵略の成果を意味することになる。かつての文学の可能性を象徴する言葉だった「新領土」は、「大東亜戦争の赫々たる成果」のために用いられることになる。

『台湾風物誌』ではさらに帝国日本の北方と南方の侵略も正当化されている。北方の中国大陸は、「物の法則も人間の法則も失われてしまった世界」(五)であり、満洲国だけが「その荒涼たる自然のなかに、建設の新しい一頁が、自然の新たな征服によって、はじめられているのを見ることができた。」(五)中国大陸は満洲国を除けば「文明を創造する若さを失っている」のである。そのうえで、「私は南方の自然環境と文化にははげしい魅力を感じはじめた」(六)と述べている。そして南方の領域(海も空も含む)について春山は話し始める。「ところで南方の大陸はどうか、南方の太平洋はどうか。南方はなにによって我々を動かしてきたであろうか」(六)。

春山は唐突に、キングスレイの言葉やサマセット・モームの『月と六ペンス』の一文を引用しながら、「由来、気候学的に見た白人は熱帯地に永住する肉体的な適応性を欠いているといわれる。しかも熱帯地方に永住できないという北方系の白人が、どうしてこんなに熱帯を憧憬し、熱帯に魅惑されるのであろう」(八)と述べている。「北方系の白人」は「熱帯地方に永住できない」が、だからこそ「熱帯」に強い魅力を感じることになるのだと春山は言う。

しかもこうしたはげしい魅力が、単に画家や文学者のみによって感じられているのではないところに、イタリアやスペインよりも、オランダやイギリスやフランスをして、南方に進出せしめるに到った大きな原因があるのではなかろうか。

熱帯！　そこは太陽の光と熱とが支配する世界であり、未開人の伝説と未知の自然がかくされた神秘境であった。それは同時に海洋によって囲まれ、海に船出する者を惹きつける浪漫（ロマン）であり、冒険であり、夢想であった。（八）

「未開人の伝説と未知の自然がかくされた神秘境」としての「南方」に魅せられたのは「白人」だけではない。『詩と詩論』を創刊する以前の若き春山も、実は南洋を舞台にしたコンラッドの作品に関心を持っていた。春山もまた「南方」への「浪漫（ロマン）」に惹きつけられた文学者たちの系譜に位置づけることができる。しかし春山にとっての台湾は、もはや南方に浮かぶ「浪漫（ロマン）」としての島ではない。帝国日本の南方発展の拠点地である。

今日台湾に結ばれている熱帯への関心は、台湾がわが国の南方発展の拠点であり、政治的、経済的な進出に不可欠な、農業、医学、文化居住の大きな実験室であり、さらにそれが過去の歴史から未来の実験にまで、脈々とつながっていることに焦点がある。（一〇）

前述した春山の太平洋文学論は、海と空の領域が、これからの日本にとって重要な領域となることを指摘していたが、「熱帯」の海域に位置する台湾は、「わが国の南方発展の拠点」として重要であり、台湾を中心とした「わが国の南方発展は、白人の歴史に見られなかった新しい歴史をつくる使命を帯びているといっていい」（四一二）と春山は述べている。日本による台湾支配は、西欧の「白人」による植民地主義を駆逐し、そして「新しい歴史をつくる使命」ことを意味するのである。春山は明らかに台湾の日本による支配を正当化している。

かつて春山が愛読したコンラッドの海洋文学は、陸の規範に抵抗する海洋と島の自律性を描き出していた。そしてモダニズムの詩人たちにおいても海洋とは、陸をあまねく支配しようとする権力に対しての抵抗を可能とする特権的な場だった。陸の支配に対する抵抗の拠点であり続けた島と海。このような観点から台湾が春山の風物誌で描き出されることはなかった。春山による『台湾風物誌』を貫く眼差しは、実質的には満洲のときと同様のものだった。北方から南方までアジアの広範囲を帝国日本が支配することを春山は肯定したことは間違いない。

『満洲風物誌』以上に『台湾風物誌』は植民主義的な眼差しに満ちている。台湾は「わが国」の発展のための「大きな実験室」であると春山は指摘するが、「南方発展の発電所」としての台湾の文化についても春山は中国大陸と同様に退廃さや停滞をそこに見るのである。

例えばその廟乃至寺が四壁を煉瓦に包まれた反自然の固まりであり、日本の寺や神社が自然の懐に抱かれているのと対照すると、前者が奇怪な不自然な信仰にとぢこめられて、単に原始的であるというだけでなく、その原始性を生命力とする発展力や創造力を失った退廃（デカダンス）に陥っている有様が想像される。都市形態という点でも、かつて有機的成長をとげてきた支那的都市が、何世紀か以前から進化しなくなった停滞性が、文化史的に明瞭な原型を示しているだけに、その退廃が現在の複雑

な都市形態の陥りやすい退廃にも通じるところがあるのを考える。（四六）

満洲と同じく台湾も「発展力や創造力を失った退廃に陥っている有様が想像される」と春山は指摘する。「支那的都市」は、かつての栄華を偲ばせるだけで現在においては退廃し停滞している。「書物の序文のように目につくのは、本島人の生活様式や環境である。私はその無感覚状態や反機能性にぶつかると、本来は外面的な色彩や形態からくる美しさで迫ってくる筈のものが、もっと別の当惑や疑問や無興味に変わってくるのを、感じないではいられない」（四六）。

「本島人の生活様式や環境」を春山は批判的に描き出す。台湾の文化には「無感覚状態や反機能性」が見られる。それは「外面的な色彩や形態」から機能性や鋭敏な感覚を見出すようなモダニズム的な合理性や機能性が、台湾固有の「生活様式や環境」には欠如していることを意味する。

『満洲風物誌』や『台湾風物誌』の特徴は、統治機構から文化や自然環境までを細分化して紹介する点にある。「総督府の訪問」「総督府図書館と文献」「博物館と南方研究資料」「台湾の植物相」「農業試験場」「文政学部と大学図書館」「熱帯医学研究所」など様々な統治機構が細分化され序列化されている。このような徹底した序列化と細分化によって構成された総体的なシステムに春山は関心を持っていた。それらのシステムによって植民地の「生活様式や環境」は変革されていく。満洲や台湾での春山の個人的な体験はあくまでも副次的なものでしかない。重要なのは様々な文献を整理したえで、各方面の専門家の話しも多少参考にしつつ、満洲や台湾の「広い意味での自然と生活」を博物誌のような形式で構成し分類していく。それは現地の植民地の過酷な現状などを伝えることはなく、日本に統治されている現状を肯定していくことになる。春山の風物誌は軍部にとって好ましいスタイルだったといえよう。

ちなみに『台湾風物誌』には「台湾の文学者」という項目がある。台湾に滞在中、台湾文芸家協会主題の座談会に出席した時分の春山による台湾の文学者の印象記である。残念ながら、どんなことが具体的に語られたのかは記録されていない。誰が出席したのかも判然としないが、「文学で生活することは、今日の言葉でいえば希望的な理想であるが、それと文学するということとは別である」（二六八）と述べられている。一見すると春山は「文学で生活」をしているかもしれない。しかしそれが本来的な意味での「文学するということ」を意味するわけではない。「文学で生活すること」と、「文学すること」には断絶がある。純粋に「文学すること」は春山の手の届かない所にあったことを示唆していたように思われる。

満洲や台湾の風物誌は「文学」である。「科学がつねに分化し、専門化してゆく一方で、文学はそれとは反対に、できるだけ多くのものを綜合的に見てゆくことに方向がある」（四一四）と春山はいう。もはや春山にとっての「文学」とは、かつての『詩と詩論』時代のような前衛的な運動ではなく、満洲を新しい国家として高く評価し、台湾の統治システムが、いかに高度に専門化され、そして細分化されているのかを紹介するためにある。詩とは何かを考え、破格的な言語を用いても詩を論じることを恐れなかったユニークな詩論を展開した春山は、戦時下になると文学を通して「広い意味での自然と生活を対象にした文化」（四一四）について論じるようになる。春山の文学は「文化史的な立場」（四一四）から、「できるだけ多くのものを綜合的に見てゆくこと」へと変容していく。

一九四二年六月に新潮社から「世界探検紀行叢書」の一つとしてI・W・ハッチスン著『アリューシャン探検』を春山は翻訳している。この本について春山は「南方と同時に、北方に対する知識が必要な現在、南方に比較して割合に数少ない北方文献の一つとして、時局的にも役立つ」（三二四）ために翻訳したと述べている。さらに二ヵ月後の八月号の『婦人画報』に「アリューシャン列島〈我が作戦北方を衝く 前線通信〉」と題した北方に展開する軍艦の写真付きのエッセイを発表している。「わが北方海軍部隊と陸軍部隊、電光石火的に寸断されたアメリカの「北方進攻線」は、いまや攻守の地位が逆転して、アメリカ全土とカナダに迫るわが国の新たなる前線基地となった」（二八）。アリューシャン列島が戦略的に重要な列島とみなされていることを春山は紹介している。「北方の戦いは同時に気候との戦いを意味する。緊密な作戦で空と海と島を護り、さらに敵の本土に迫る北方の有志たちの労苦に深甚の感謝を捧げねばならない」（傍線引用者、二九）。

空、海、島というモダニズム文学が繰り返し取りあげてきた場は、アメリカから「護る」べき戦略的に最重要な領域となり、そこを守る「北方の有志」に春山は「深甚の感謝を捧げ」ている。ここで興味深いのは「同時に」という言葉である。この言葉は『詩と詩論』時代の春山の詩論で多用された言葉だった。一つの場所に、見知らぬ者と多様な物の共存を促していくモダニズム文学の寛容な精神を象徴する言葉だった「同時に」は、北方におけるアメリカとの戦いが気候との戦いでもあることを強調するために用いられる。

『アリューシャン探検』を出版する一ヵ月前の五月に新潮社から「少年文化叢書」として『人間は発明する』を出版している。戦時下においても春山の旺盛な執筆活動は以前と変わらない。春山が戦時下になってもなぜ精力的に執筆活動を続けることができたのかを示す資料はない。しかし多くの文学者が検閲や用紙の制限に苦しむなか、これまでになかったペースで春山は翻訳も含め本を出版している。『人間は発明する』はヴァン・ルーンが一九二八年に出版した*Multiplex Man*を「読者諸君にわかりやすく読めるように、私が書き改めたり、書き足したりもの」(三)であり、百科事典的に古今東西の雑学といえるような項目が並んでいる。「未知の世界に進む人々」「空にうかぶ星」「宇宙」「空間」「毛皮から高層建築へ」「マッチ」「水上の生活」「ガラスの発明」「古代の灯台」「無線電信」「錨」「石炭の採掘」「足から飛行機へ」「暖房装置」「現代の水中信号」。春山は雑学的なテーマに力を入れているように見えるが後書きで次のように述べている。

我々はたとえ発明家でなくても、立派な国体をまもり、立派な文化を育ててゆく上では、大きな責任を持っている。特にこれからは、科学の世界ばかりでなく、経済、文化の部面でも、わが国は東亜の盟主として、世界に率先して立派な仕事をしてゆかねばならない。そして経済や文化の部面にも、たえずすぐれた手段や考えが、発明され、発見されてゆかねばならない。(四)

毛皮や高層建築、そして錨までを様々なモノやコトを語っている『人間は発明する』の翻訳は、戦後の春山の仕事を代表する宝石や紅茶をテーマとした博物誌が戦前から始まっていたことを示している。小島輝正は『春山行夫ノート』のなかで、もともと春山行夫に文学の領域をはみ出した博学的好奇心が旺盛であった」(一八三)と指摘している。もっとも戦前の博学的なエッセイは、戦後のエッセイには決して見られない「立派な国体」「東亜の盟主」「世界に率先」といった言葉とともに語られており、春山が前述した座談会で鈴木庫三が語った「正しい立派な文化の建設」に加担していたことを示している。春山は、「東亜の盟主」として、「立派な国体」を守り「立派な文化」を構築するためには、「マッチ」「水上の生活」「ガラスの発明」といった人間がこれまで発明し作り上げてきた「文化」の歴史を知らなければならないと主張したのである。

第六章 モダニズムとプロパガンダ――春山行夫の戦争

六―一　垂直線と平行線――日本文化の近代性について

一九三九年一月、春山は拓務省梁井総務課長の斡旋によって伊藤整と共に大陸開拓文藝懇話会の委員に就任することになる。[30]戦後、春山は自らの戦時下の活動についてほぼ何も語っておらず、戦時下の活動には不明な点が多々ある。当時の資料や様々な研究から現在判明できる戦時下の春山の主な活動は次の四つである。[31]

①　一九四二年一月の大陸開拓文芸懇話会への参加。
②　同年五月の日本文学報国会への加入。
③　大東亜文学者会議の開催委員就任。
④　対外宣伝雑誌『FRONT』の編集。

本章では戦時下の、春山のこれら四つの活動について検証していきたい。一九四二年三月一五日の『日本学芸新聞』の「満洲建国十周年慶祝記念特別号」の一面を飾っているのは春山の「大東亜戦争と満洲国」という記事である。『日本学芸新聞』は日本文学報国会の機関誌ともいえる存在であり、春山が所属していた大陸開拓文芸懇話会とも緊密な関係があった。[32]記事では「大東亜戦争によって満洲国が東亜の一支柱として、益々重要性を加えてきた」（一）と述べられており、アメリカとの戦争が開始された当初、満洲のこれからを思って軽い懸念が春山にはあったことを明らかにしている。

戦争のはじまった直後、満洲国はどうなるか、といった軽い懸念がなかったとはいえない。勿論、それは今後多端を予想される日本の南方経営のために、従来のような緊密な資本、人的援助を満洲国に振向けることが、多少窮屈になるのではないかという点に重心があった。（一）

満洲国の建国を祝う時局的な発言のように見えるが、「大東亜戦争」の状況を春山はなるべく客観的に分析しようとしている。「南方経営」や「資本」や、その「人的援助」の現状と課題について語り、たとえば現在の日本の国力では、北と南に領土を拡張することは、「多少窮屈になるのではないか」と指摘している。春山は、満洲だけに焦点を当てるのではなく、「北方」と「南方」の現状について論じており、「大東亜共栄圏」の現状とこれからの課題を包括的に語っているのである。

私は大東亜共栄圏というものが、徐々に、しっかりした歩みで、将来は混然と一丸化されねばならないと思うが、さしあたっての現実的な計画は、地域的に日満ブロックと南方共栄圏とが、並行し、交流する進み方をしなければならないと思う。(一)

「将来は混然と一丸化」されなければならないが、当面は「日満ブロックと南方共栄圏とが、並行」しなければならない。「大東亜共栄圏」そのものを否定することはないが、北方から南方にいたる様々な地域の格差は無視できないので、まずは「現実的な計画」を立てるべきだと春山は述べている。「南方の物資乃至開発と満洲国の資源及土建設との相違点」(一)に注目すること。文学者というよりは評論家のように、もしくは理知的な軍人のように「大東亜共栄圏」の「現実的な計画」を春山は論じている。「進め貫け　米英に　最後のとどめ　刺す日まで」、「翼賛選挙の貫徹」といった言葉が他の記事に散乱するなかで、春山は「大東亜共栄圏」に関する「現実的な計画」を語っている。

この記事の一ヵ月後の四月一五日の『日本学芸新聞』に「ナチスの政治技術――近藤春雄氏著『ナチスの厚生文化』を読んで――」を春山は寄稿している。これは近藤春雄『ナチスの厚生文化』という本の書評であるが、ここでも春山の筆致は冷静であり、ナチス＝ドイツという組織を高度な政治的技術の成果であり、「ナチスの政治を理解するには、高度に組織化された政治の技術化という面を見ないと、その実体は摑めないであろう」(八)と述べている。

技術というものは、ごく通俗的にいえば、現実に必要なものを充たすための道具、組織、思考などを動かす手段で、その手段が生まれるのは、思いつき、想像力からである場合が多い。ナチスはいわばこの思いつきを、極度に組織化して政治力に結びつける。（八）

『セルパン』の編集長時代から、ナチズムやソ連の独裁体制の酷さとその巧みな支配体制を、欧米の自由主義的な知識人のエッセイによって知っていた春山だったが、四二年の段階でもナチス＝ドイツを礼賛することはない。しかしナチスが、合理的に「道具、組織、思考」を使って高度な組織化に成功した点を評価している。たとえば国民の休養を始めとしたナチスの厚生制度について春山は次のように述べている。

労働と休養とは楯の両面であり労働がある意味で単調で、機械的なのに反して、休養と教養の時間は実に多岐多彩だといわねばならない。したがって国民の休養時間を、どのように有効に生かしてゆくかということ、ナチスは純然たる組織と技術によって解決しようとしている。人間と機械を動かす技術によってといってもいい。（八）

ナチスは、「現実に必要なものを充たすための道具、組織、思考などを動かす手段」を合理的に考えており、このような合理的な政治の技術に裏打ちされたナチス＝ドイツの組織化の理論と実践に春山は注目している。技術と合理化という形式面からだけいえば春山が主張した方法論の革新としてのモダニズムと通じるものがあった。神がかり的な精神論、非科学的な根性論とは対極的に、ナチスには合理的に「人間と機械を動かす技術」がある。このようなナチスの「厚生文化」の「技術」を日本も参考にするべきだと春山は述べる。

一九四二年一〇月にも『日本学芸新聞』に「大陸科学振興策」という論考を寄稿している。満洲の文化が独自に発展していく必要性を、文化を家の家具に喩えて主張している。家にはその家に適した家具が必要である。しかし現在の満洲では、「ある意味では家具の持ちこみ的な形態が最も濃厚であったし、現在もその傾向がある」(二二)のだとする。満洲の文化の独自性は、将来の目標であるとしても、「こうした引越し形態から、その土地に立脚した農耕文化の組織的建設と研究が行われなければならない」(二二)のだと春山は主張している。

国威発揚的な発言をなるべく避けて、あくまでも現状の問題を合理的に解決していこうとするのが戦時下の春山の態度だった。一九四二年一二月、満洲移住協会が発行する雑誌『開拓』の座談会「どうして義勇隊の花嫁を送るのか?」に春山は出席している。冒頭、司会の記者は次のように述べている。満洲に派遣されている「青少年義勇軍」へ「将来は一年に一万人以上もお嫁さんを出さなければならないようになってくる訳ですが、女子送出の問題、日本民族の歴史的に見た意義という様な点についてお話を承りたいと思って居ります」(六二)。

座談会の出席者は作家の丸山義二(一九〇三―一九七九)と海外同胞中央会婦人部の杉谷尋賀、そして春山である。議論は終始丸山がリードしている。丸山は「日本婦人のみんなの中にある心構へ、敷島の大和心というものを磨いて行くという教育方針」(六三)について述べる。それに対して春山は、満洲への「女子送出の問題」は、「敷島の大和心というものを磨いて行く」といった事よりも、まず「たくさんの青年を現地へ送り出す事情とか、条件が、家族的な集団乃至分村的な集団である開拓団とは、根本的に相違して居るという云うことから、この問題が出発しなければならないと思う」（六七）と述べている。そして「沢山の女性を集めた場合は、集った個々の女性の、個人的な希望を斟酌して、前途を決めてあげねばならぬと思います」（六七）とも語っている。

丸山が「敷島の大和心」から「女子送出の問題」を語るのに対して、春山は実務家のように具体的な状況から語ろうとする。非合理的な精神論ではなく、あくまでも具体的な数字を参照にしながら合理的に戦争を遂行しなければならないことを示唆している。

この座談会で興味深いのは、春山の親戚に青年団に所属していた者がいるという発言である。前述のように春山の兄は台湾に出兵したが、満洲にも親族がいたのである。「私の家内の親類にも、青少年義勇軍にはいっている青年が一人いますが、現地と実家との間の連絡があまり完全に運ばれていないように思われます。本人から手紙で通信する位では、親の方には義勇軍そのものの動きも本当のところはよく徹底しないのではないかと思う。（中略）自分の子弟を送り出した父兄が、さらに周囲の青年や女性を送りだす努力をするように仕向けてゆくようにしなくてはならないのです」（六九）。親族がいるからといって感情的に「女子送出の問題」を論じることはない。丸山が「有難くて涙がこぼれるばかりでした」（六五）といった発言をするのとは対照的に、春山は一貫して客観的な現状分析から満洲の青少年義勇軍の現状と未来についで語っている。「満洲に於ける農業は、内地の農業とは異なった規模のものであり、従ってそこには発展的な生活があると云うことは明らかな事実です」（七一）と述べ、そして「開拓事業の原則として、初期の移住状態や環境の条件が非常に悪いのが普通で、それが或る時期に達すると、今度は加速度的によくなって来る」（七一）のだと春山は指摘する。だから「女性を満洲に送り出す場合には、このよくなって来た時の条件に合致するような、先の見透しをつけた、相当高い教育をしなければならぬと思う」（七一）と語る。

丸山は満洲に行った折の実体験から満洲の印象を語っている。「これはハルビンでの話ですが」（七四）といった発言から見られるように現場レベルでの体験を重視する。あくまでも作家としての自身の体験の一回性を丸山は重視する。それに対して春山は、様々な資料を参考にしながら満洲の現状と将来を語っている。「女性を満洲に送り出す場合」には「先の見透し」をしなければならない。青少年義勇軍が必要とする配偶者は、「報告書によると、昭和十七年度が大体一、一五六名必要なんです。それから一八年度が一、九四八名」（七二）であると統計資料を春山は参考にしながら満洲のこれからについて考えている。春山は実務官僚として青少年義勇軍の「お嫁さん」問題を解決しようとするかのようだ。さらには青少年義勇軍の結婚相手に限定せず満洲全体の「女性」についても春山は言及している。

もう一つの問題は、満洲の農村で社会を建設して行くのだから、農民の家庭へ入る以外の女性が、いろんな分野で要るだろうと思う。例えば開拓団の医療関係、教育関係、そう云う方面に役立つ女性を送ることも考えなければならない。そう云う女性には、その目的に適した教育を与えると云う風にすれば、この方はひとを集めることが楽のように思われる。若し無月謝で教育すると云うことにでもすれば、向上心の強い女性にとっては、非常な魅力だろうと思う。（七四）

春山は将来を見据えつつ満洲国の現状を現実的に考えていた。非合理的な発言や抒情的な発言とは正反対の、合理的、構造的な観点、つまりある種のモダニズム的な観点から満洲について語っていたのである。一九四三年五月、『新潮』の座談会「大東亜の思想」でも春山は徹底して現実的な観点から「大東亜の思想」を語っている。この座談会は、春山が戦時下に出席した最後の座談会だったが、春山の発言は他の出席者の発言とは全く異質なものだった。三枝博音、今日出海、亀井勝一郎、中島健蔵、芳賀檀、尾崎士郎と共に参加した座談会の冒頭で司会の記者は次のように述べている。「新しい大東亜、ということでお話を承りたいと思います。(中略)日本精神が共栄圏内におしすすめられてゆくかたちというようなことについて、お話しして戴ければと思うのです」(三八)。記者の話しを受けて春山がまず語り始める。話題にするのは、「日本が現在南方で軍事的に占領している区域」(三九)の言語政策や農業生産の方針という「具体的な問題」(三九)だった。「日本がアジアをどのように指導してゆくかという具体的な問題に触れれば、当然いま言ったような根本的な考え方が必要です」(四〇)と春山は発言している。

「大東亜」の現状とこれからを「具体的な問題」として語る春山に対して、芳賀は「具体的には言えないんだけれども、民族の上から考えた理想だね」(四一)と述べる。春山以外の出席者は「大東亜」を抽象的に語るか、ある種の精神論として、理想として語ろうとする。中島健蔵も「兎に角従来の白人の勢力を駆逐しないことには大東亜共栄圏も何もないので、概して白人と言ってしまうが、(中略)われわれは文化的な意味では東洋と西洋、或はアジアとヨーロッパ、これをはっきり或る対立として見ることが出来る」(四三)と述べている。それを受けて芳賀は「これ等民族を解放したということは非常に日本の功績であったと思う」(四三)と指摘している。このような雰囲気のなかで春山は、「民俗を解放」した後が重要であると発言している。

米英文化の影響を受けているのは非常に少数であって、ヨーロッパの民族を解放するという意味とは違うと思う。極端な侵略政策を受けていたんだから、侵略者を追っ払っても、追っ払った儘で彼等が自立して行けるかというと、決して行けないと思う。だからその後をどうして行くかということが解放と同時に生じる日本の責任だと思う。（四三）

春山は米英のアジアにおける植民地支配の構造をまず問題にする。植民地においても階級的な分断があり、ヨーロッパの国々をアジアから追い払っても、その後、アジアの国々が政治的にも経済的にも自立できるかは疑問である。植民地は宗主国と密接に繋がっている。農業を始めとした現地の産業全体を宗主国が支配しており、宗主国が撤退すれば植民地は経済的に自立できなくなる。ヨーロッパの宗主国による植民地経営の実態を春山はよく知っていた。

フィリピンならマニラ、マライならシンガポールというような交通や商業の中心点だけじゃないですか。あとの土地は農業生産の分類を見ると、一番よく分かるんです、普通栽植農業と言いますと、工業生産品を作る農業に従事させるんです、ジャワは七三％がヨーロッパの資本による植栽農業でした。農民を低廉な賃金労働者として農園で働かせ、その生産品を輸出して利益を挙げるという政策を執っていた訳です。マライもやはり、米が六割不足していました。農民に自営的に食料作物を生産させると生産品が高く売れるので、栽植農業の労働者として低賃金で働かなくなるので、できるだけ食料作物の生産を抑えて、六割の米を輸入させるような政策を執っていた。つまり文化水準を上げないような政策をとっていたという意味になるんです。(四三-四四)

ヨーロッパの植民地主義がいかに狡猾に植民地の農民たちを搾取していたのか、その劣悪なシステムを的確にかつ具体的に春山は説明している。このような春山の発言に対して今日出海は、「日本人が今言う民族の発展の力というか、確かに白人の侵略を受けたものを解放するというおおらかな理想を立ててやっている。そういう精神がもっと本当に日本人の誰にでも染み込んで行かないといかんので、政策なんかは僕は実に下の下の問題と思う」(四四)と語る。今を始めとして、他の出席者は「精神」や「民族」といった言葉を繰り返すだけだった。春山だけが、今の言葉を借りれば「下の下の問題」である「占領地帯」の「植栽農業」や「工業生産品」という経済面について語り続ける。

結局、南方の占領地帯は、今後統治の形式をどういう風にするかということが問題で、統治地帯は発展とか勢力とかいう問題を超越して、もっと直接のものだと思う。日本の領土なんだから。(四二)

「南方の占領地帯」の「今後の統治の形式をどういう風にするかということが問題」であるという春山の主張は、他の出席者=文学者の発言とは全く異なった角度から「南方の占領地帯」を見ていたことを意味している。いわば下部構造を重視する春山の「大東亜の思想」は、具体的で実践的な政策論といえる面があった。このような植民地解放後の政策といった春山の主張の重要性を、他の出席者たちが理解することはできなかった。春山の主張に賛同するどころか、他の参加者は今日出海の発言が象徴するように「政策なんかは僕は実に下の下の問題」と見下していたように見える。勇ましく根拠なく「大東亜」という虚妄を言祝ぐ。それこそが文学者に求められた振る舞いだと言わんばかりの発言の数々に対して、春山の発言は、植民地における徹底したリアリズムに基づいていたのである。

他の対談者との話の噛み合わなさの故か春山の発言は徐々に少なくなり、最後は殆ど何も語らなくなるが、亀井勝一郎が「在野の一国民として祈りのように言うだけなのだが」（四六）という発言に対して春山は「国民の一人一人が覚悟を持っている。それを直感とか祈りとかいう言葉で表現し切れるかどうかは別として、その覚悟を国内的に動員してゆく組織が現在の場合は大切です」（四六）と指摘する。ここでも春山は「直感」や「祈り」といった非合理的な言葉ではなく、ナチスのように組織を合理的に「動員」していく技術としての言葉の必要性を主張している。しかし亀井は春山のように戦争を合理的に考えることはなく、あくまでも非合理的かつ抒情的に考えるだけである。

亀井　がとえば（ママ）大東亜戦に際しての、後詔勅の一節「皇祖皇宗ノ神霊上ニ在リ」というような御言葉だけで僕は働きたいのです。

春山　我々の場合は、思想戦乃至文化戦が強く行われるために、強い組織を持たねばならない。最近国内で思想戦ということがいわれているが、思想戦は対外的な意味で戦われるのが本当でしょう。（四六―四七）

亀井の発言は徹底して空疎なものだった。「祈りのように言うだけ」（四六）、「皇祖皇宗ノ神霊上ニ在リ」といった「御言葉」だけで動きたいといった発言からは、亀井が過酷な現実を半ば無視して空想的に「大東亜の思想」を語っていることを示している。亀井の「大東亜の思想」は内実を伴わない精神論であり、なんとでも解釈できるような曖昧さに満ちていた。保身のための抽象的な発言は政策レベルにおいて参照され実行されることはない。戦後自らの発言を反省することもない。それに対して春山の発言は大東亜を実践するための具体的な言葉であろうとした点で、他の座談会の出席者とは際だった違いを見せている。春山は現実を直視し、その後の事も考えていた。

春山にとって「思想」とは、他の主席者のように「祈り」でも「御言葉」でもない。「思想」とは合理的で実践的な理論である。「大東亜の思想」もそのような「思想」として語られなければならないのである。だからこそ座談会で春山は対外的な「思想戦乃至文化戦」のための「強い組織を持たねばならない」と主張した。このような戦争へのリアリズムは、すでに一九三八年の『セルパン』六月号の「後記」に見られる。

> 日本にとつて本当に必要なものは、勿論、経済政策である。政府は「愛国行進曲」によって国民の士気を励ますと同時に、当然戦時経済政策の樹立を急ぐべきであった。（一六二）

春山は「大東亜」の現状とこれからを「戦時経済政策」から考えていたのである。春山は物資の補給や政策をいかに合理的に進めるのかという政策立案者的な立場から「大東亜」のこれからと向き合っていた。他の文学者と話が合わないはずである。

繰り返せば、春山以外の出席者は「日本精神発揮の手段」(「大東亜の思想」五〇)を考えているが、彼らの発言は何か重要な事柄を真剣に考えているように見えるだけで具体的には何も語っておらず、ポーズにすぎなかった。鈴木庫三の文学者への批判は、まさにこのような内実を伴わないにもかかわらず、知識人として、何か高尚な事を語っているのだと思い込んでいる鼻持ちならない態度に向けられていたのである。

ちなみに一九三七年の段階で春山は「戦争と出版」と題したエッセイを『早稲田大学新聞』に発表している。「現在の出版界に行はれているような、殆んど乱費に近い紙の消費は、国家経済の上からも、何らかの方法で統制されねばならないと私は考えている」(二)。一九三八年の『セルパン』六月号の「後記」では、「長期戦の現在は、パルプを出来るだけ輸入しない方針を立てねばならない関係上、当然紙が大切(一六二)になることを指摘し、「われわれ日本人は実にものを濫費する習慣を持っているが、特に紙の場合など気をつけて見れば見るほど無駄をしている」(一六二)と述べている。そして「我々は「愛国行進曲」によって士気を励ますと同時に、当然戦時経済政策の樹立を急ぐべきであった」(一六二)と語っている。つまり三〇年末の段階で、もし輸入が滞れば物資が不足する危険性を指摘し、だからこそ物資を「何らかの方法で統制」する必要があることを春山は指摘していたのである。

輸入による物資が一般的に制限されることは、勿論困ることであるが、この機会に消費に対する我々

の認識が改められ、無駄を生じる原因を合理的に除くことが出来れば、却って将来への有益な教訓になると思う。(一六二)

一九四〇年代になると春山が指摘した国家に物資の「統制」は実際に実施されることになる。思想面よりも物資から「大東亜」について考えること。つまり「戦時経済政策」を春山は重視していたことは疑いようがない。経済を強靱化しなければ「大東亜の思想」など脆くも崩れ去ってしまう。紙がなければ「大東亜の思想」を社会に伝えることもできない。一九四〇年一二月一三日の『都新聞』の「出版文化の新発見──配給の合理化」に配給の合理化」と題したエッセイでは題名が端的に示しているように、出版社への用紙の配給の無駄を解消することで用紙不足を解消すべきことが主張されている。戦後のエッセイ「私の『セルパン』時代」では、戦時下の用紙の確保について、「その頃は用紙の統制がはじまって、出版社は用紙の配給委員会に校正刷りを提出し、内容に応じて紙の割あてを受けていた。(中略)輪転機用の紙は周知のごとく巻取紙なので、それを手に入れるには特別なルートをみつけなければならないので、第一書房ではそれの専門の部門をつくった」(一二四-一二五)と述べられている。

春山は『セルパン』編集長として用紙の確保をおこないつつ、「南方の占領地帯」や「配給の合理化」について文芸批評で論じていた。それらは現実的で合理的な政策を提言していたようにさえ思われる。そもそも文学が植民地主義と深い関係があることを三〇年代末に春山は指摘している。一九三八年『新潮』二月号の「書評　武藤貞一著『英国を撃つ』」ではキプリングの小説を植民地主義的な観点から春山は読んでいる。

> プロパガンダによってはじめて批評的活動の積極性が発揮される状態が生じるのである。イギリスの小説家キプリングの印度小説が脚色された映画『軍使』の批評を読んだが、あらゆる映画批評家がシャーリイテンプル(ママ)の藝や、ジヨン(ママ)・フオードの監督ぶりだけを分析すること憂身を窶していることも、私には意外だった。あの映画に英国と印度とキプリングを見ることの方が私にはテンプル嬢やフオード監督を見ることよりも、もっと重要でなければならなかったからである。(二六九)

キプリング原作の映画の内容(シャーリー・テンプルの芸やフォードの監督ぶり)を分析するのではなく、「あの映画に英国と印度とキプリング」との政治的な関係に気づくことが重要なのだと春山は指摘する。帝国日本の植民地主義と近代日本の文学との関係については批判することはなかった/できなかった春山だが、近現代の英文学が、いかに植民地主義と深い関係を持っていたのかについては三八年の段階で認識していた。

イギリス文学だけではなくフランス文学と植民地主義との関係についても春山は指摘している。一九三九年、拓殖奨励館が発行していた『海を越えて』という雑誌に寄稿した「大陸・海洋文学の前途」で、「外地、植民地に対する関心」(二二三)は「文壇的な流行現象であってはいけない」(二二三)と述べている。「国家と時代との全体的な動きが敏感に作家に伝わり、その国の文壇が自発的にそういう文学領域を育くむようにならなければ本当ではない」(二二三)からだ。日本は植民地支配の歴史が浅いということもあるが、フランスの植民地文学は「フランス文学の中心的な伝統であり、フランス国民の血液」である。流行ではなく伝統として植民地文学を考えなければならない。もっとも、たとえば「ジイドが、フランスのコンゴ領で、植民政策に疑惑を感じたような結果を生むようでは、文学は国家と背理していた道を辿る運命に置かれ」（二五）てしまうこともある。さらに最近のフランス小説には「パリに住めなくなった青年が、乃至は職を求めても得られない青年が希望の夢を失って植民地へ流浪としていく」（二五）というタイプの作品が多く見られるようになっている。日本の植民地文学は最近のフランスの植民地文学に見られるような「流浪」をテーマとするのではなく、「外地と内地とに交流せしめる発展力を持ったものでなければならない」（二五）のだと春山は主張している。

イギリスとフランスの植民地文学の現状を踏まえつつ、日本では、たとえ植民地文学によって、「文学の新領域における生活環境や感覚の新しさを追求した作品」（二四）が書かれるとしても、それは「国家と背理」してはならない。一九四二年七月に大阪屋号書店から出版された戦前最後の著作である『満洲の文化』では「大東亜共栄圏と欧州の新秩序圏を比較すると、具体的な点で、種々の地域的な相違点が発見される」（五）と述べられている。「大東亜共栄圏」と欧州の「新秩序圏」（ナチス・ドイツを指していると思われる）の「相違点」が、「具体的な点」から検証されており、たとえば「新秩序圏」と「大東亜共栄圏」の資源の埋蔵量を比較し、「共栄圏内の生産地域の再組織によって、適正な計画経済が行われるであろう」（六）と指摘されている。

日本の植民地主義は欧米と同様、当然の権利であると春山は考えている。前述したように欧米の植民地主義の暴力的な構造を批判しつつ、日本の植民地主義については、西洋の植民地主義とは事情が異なるのだと述べている。

西洋文化に対する東洋文化といった、哲学的、思想的な部面での相違ということも、勿論、根本的な問題としてとりあげなければならないが、実はそれよりももっと重要な地域的な問題が、現実的な課題として存在しているのである。(六)

東洋対西洋といった「哲学的、思想的な部面での相違」について語る前に、「地理的な問題が、現実的な課題として存在している」のだと春山は言う。京都学派のように思想的に「近代の超克」を考えるのではなく、「大東亜」を各地域の「現実的な問題」として考えることで、満洲を含めた「大東亜」は日本の植民地ではないことが明らかとなる。「大東亜」は様々な国家の共同体である。しかしその共同体はヨーロッパの諸国家のように、「共通する水平線的、持続的な進歩を遂げ」(六)ているわけではない。「大東亜共栄圏」の諸地域は格差が大きいのが現状である。ヨーロッパのような共通性を「大東亜」は育んでいかなければならない。「ヨオロッパ(ママ)文化の修正は物質的な面に於いてよりも、理念的な面に重点が置かれているといえよう。ここでいう物質的という意味は、生活様式を構成する衣食住や、生産の基準となる科学や技術という意味である、そういう面はヨオロッパに於いては、中世以後一貫した共通的な高まりを持っている」(六)。ヨーロッパの各地域、各国は、その全体において生活基盤のインフラのレベルから文化、科学技術まで「水平線的」に同じレベルにある。しかし「大東亜共栄圏」の文化レベルは、ヨーロッパのそれと比べて建設途上の「低水準地域」を多く含んでいるのが現状である。

ところが大東亜共栄圏の文化は、徹頭徹尾建設のための文化である。勿論、その最高目標としての確固たる理念が中心であることはいうまでもないが、共栄圏内の文化水準は、その理念に到達せしめるのにすら不十分なほどの低水準地域を含んでいる点で、文化建設という意味はまったく初歩的な農耕、居住、医療、教育、娯楽といった部面からはじめられねばならない。即ちこの点で、欧州新秩序圏内の文化工作とは、根本的に相違した地域性を持っている。（七）

春山は、建設途上にある「大東亜共栄圏」には様々な問題点があることを直視していたように思われる。「大東亜共栄圏」の各地域の文化レベルには非常な格差がある。「文化という意味を、科学や哲学や芸術の意味にとるのは、その文化の基盤となる教育や医療や居住や農耕の文化が、充分に発達している場合にのみ成立ちうる」（七）のだとすれば、そのような文化を「大東亜」の国々は現状では共通して持っていない。「欧州新秩序圏内の文化工作とは、根本的に相違した地域性」が大東亜共栄圏にはある。哲学や芸術のような「文化」が高度に発達しているのは「大東亜共栄圏」では日本だけであると春山は指摘する。

東洋全体として見た現代文化が、欧米を一貫する西洋文化とどのような点で異なるかというような理念的な問題は、日本のような近代文化を垂直線的にも水平線的にも充分に発達させた国に於いて、はじめて問題となりうるのみであろう。（七）

「東洋文化」のなかで日本の「現代文化」は別格と位置づけ、「近代文化を垂直線的にも水平線的にも充分に発達させた国」であるアジアにおける日本の特権性を春山は疑うことはない。「近代化をするためには、最も新しい、進んだ近代文化の移入がますます必要となってくる」(二〇)ことは間違いないが、同時に欧米の「進んだ近代文化」をひたすら移入するだけでは駄目であり、日本のように、「移入文化は、国内の文化を高める国民的営為によって強力に消化され、根強く成長したときに、はじめて地域的な文化として生きていくといわねばならない」(二〇)のだと春山は語る。

日本における「近代文化」の発展を、春山は「垂直線的」と「水平線的」という言葉で説明しているが、これらの言葉はユージン・ジョラス編集のモダニズム詩誌『トランジション』経由でジョイスと共に春山にもたらされた言葉だった。前衛としてのモダニズム文学・芸術を象徴した「垂直線的」と「水平線的」という言葉は、日本の「現代文化」の他のアジアの国々に対する優位を示すために用いられるようになる。

満洲でさえも日本のような独自の文学はまだ生まれていない。「満洲国に独自な文学が生まれるのは、将来のことで、現在は日・満系作家の文学と、少数のロシア人の文学とが、それぞれの伝統によって創作されているに過ぎない」(三四一)。まずは文学のような上部構造ではなく、農業のような下部構造の産業を推進していかなくてはならない。日本はそのための手助けをまずはするべきだと春山は指摘する。

そもそも日本は欧米とは異なりその植民地政策は現地の人々に対して過酷な搾取をおこなうことはなく、満洲の例を見ればわかるように、内地からの移住が大規模におこなわれており、それは「移住植民地」(一〇)というべき形態であるのだと春山は日本の植民地主義を正当化する。イギリスのように植民地への過酷な搾取によって、宗主国への利益を何よりも目的とする欧米型の植民地政策ではなく、日本が「大東亜共栄圏」でおこなっていることは、そのすべての地域の文化水準を高めていく「新しい実験」なのだと春山はあくまでも主張するのである。

南方の文化水準を高めることができるかどうかは、東亜共栄圏（ママ）を建設する指導者たる日本が、歴史にいまだ記されなかった新しい実験に成功せねばならない大きな任務であるが、それはいわば東亜共栄圏の問題である。そのことはしたがって今後の日本に、縦の関係と横の関係との両様の対策が必要であることを意味して、横の関係のみを重視して、縦の関係を従属視した英米的な考え方と、根本的な相違を持っている。（傍線引用者、一四）

一九三〇年代前後の春山は、欧米のモダニズム文学の「新しい実験」に熱狂した。それから約一〇年後、春山は「東亜共栄圏」の「新しい実験」と「東亜共栄圏」における「縦の関係と横の関係」を肯定する。かつてのモダニズムの言葉は「東亜共栄圏」のための言葉となる。オーデンの中国旅行記を読み、日本軍の中国侵略の残酷さについてもある程度は知っていたとしても、春山もまた当時の文学者の例に漏れず「大東亜共栄圏」という理念と実践を批判することはなかった。

春山の場合、帝国日本の「新しい実験」を、なるべく客観的に分析しようとしたことも確かである。「大東亜共栄圏」とは「農耕の、土地の、気候の生活、医療の、動植物の、教育の、経済の、資源の、交通の、移住のその他それに関連した、対象としては最も一般的な一切の科学」（二〇）に関する「新しい実験」であり、それは国家の巨大な力を必要とする実験である。

それを実験し、具体化してゆくためには、政府との結びつきを必要とし、最後には、すべての者がそのような大きな仕事が必要であることを衷心から感じ、科学や文化を全体の力によって高めてゆくためには、絶えずこの気運を助け、激励してゆくことが必要である。（二〇）

かつての春山のモダニズム文学の実験において、検閲をちらつかせる「政府」は邪魔者でしかなく、「政府」は春山のような前衛的な詩人たちは好ましからざる者として烙印を押そうとした。実際、四一年にはシュールレアリストの瀧口修造と福沢一郎は特高警察によって逮捕拘禁されていた。そのような状況で春山は、満洲や大東亜共栄圏での様々な試みは、「科学や文化を全体の力によって高めてゆくため」の実験であり、「政府との結びつきを必要」とするのであり、その新しい実験によってヨーロッパにはない新しい共同体を構築していくのだと語っている。

新しい共同体としての「大東亜共栄圏」の構築のために春山が強調するのは「科学、哲学、文学」を一般の読者に伝える啓蒙活動の重要性である。ここでも春山の提案は現実的だった。

文化国の文化水準が、たとえば科学、哲学、文学の三つの水準に於いて、そのいづれかが個人の教養に於いてと同時に、知識層全体の教養に於いても欠けるところがあったら、その欠けた部分は、それだけその国の文化水準が低いということを意味する。（二一四）

「個人の教養」と同時に「知識層全体の教養」も底上げする必要がある。戦争によって「出版界の新体制が齎した第一のものは、近来科学書の出版が圧倒的に多くなったということである。現在のところは翻訳書、乃至少国民のための啓蒙書が数的には主位を占めているが、日本の科学者の独自な研究や日本科学史に関するものも、決してすくなくはないのである」(二四―二五)と春山は述べている。春山が翻訳した『アリューシャン列島』や『人間は発明する』は科学分野の啓蒙書として出版されたが、これらの翻訳は戦時下の日本の文化のアンバランスさを矯正しようとする試みといえた。春山は、これまでのような文学ではなく、「日本の科学者の独自な研究や日本科学」に、かつての文学＝モダニズムのような新しさを感じるようになっていた。

文化には多くの部面に於いて、つねに平均した進歩が必要である。私自身は文学から出た文化史乃至文明批評の研究者なので、日本に高度の文学が理解されていることに対しては、一応の賛意を示すことに吝かではないが、しかしその一方で、文化の歩みが不必要に文学に引きずられる現象には、賛意を表しない。(二五)

科学の分野における啓蒙は日本の文化全般のためにおこなわれなければならない。文化において文学だけが突出するものであってはならない。文化全般においては科学も文学も「平均した進歩が必要」である。このように春山が語る「文化」とは、まぎれもなく国家のための「文化」であり、「文化」の一要素である「文学」も国家に奉仕することはいうまでもない。しかし単純に「大東亜」を勇ましく、ただ観念的に語るのではなく、文化全体のレベルを文学以外の分野でも上げていくことが重要であると春山は考えていた。つまり戦時下の春山は、科学を含めた文化一般の向上を主張し、逆に日本の文化のために文壇を中心とした近代日本の文学の存在が過大評価されていることを批判したのである。

日本で文化という言葉が、ともすると科学とは別世界の、性格の弱い内容しか持ち得ないように見えるのも、その原因の一つは、文化並びに思想の過度の文学性による場合が多く、いままでの一般文化という概念のなかに、科学が正常な地位を占めていなかったことを意味している。
私が満洲国、北支を旅行して、そこに在住する日本の知識人が、どちらかというとこうした内地の文学万能的ジャーナリズムをその儘持込んでいるため、文化運動の第一歩が大抵文学者の団体であることに、奇妙な印象を与えられたことも、理由はそこにあった。(二五)

満洲への旅によって春山は近代日本の「文化並びに思想の過度の文学性」と、「内地の文学万能的ジャーナリズム」に気づかされる。『詩と詩論』時代から繰り返し批判した文壇(春山もそこである程度は中心的な存在だったが)という文学のシステムを外部から見ることで、その「奇妙な印象」に気づかされることになった。

戦前最後の著作で春山は日本における「文学性」を批判する。このような春山の文学批判は、人間とその環境の「法則」に注目し、「集団の力」としての「技術」とは何かを問うことを通しておこなわれた。その批判の言葉は、『詩と詩論』でのモダニズム文学の革新性を紹介しつつ、文壇の保守性を批判した言葉でもあった。

人間の叡智は自然の法則を知り、環境を個人の方から集団の力によって、経験から技術化への進歩によって、叡智的に支配するようになり、生活環境に於いては社会・経済・政治を、精神に於いては宗教・思想を、知識や技術に於いては科学を、思考と感覚の表現に於いては哲学・芸術をつくりあげることによって、民族的な力を養ってきた。(三一―三二)

「個人の方から集団の力」「経験から技術化」「思考と感覚」、これらかつてのモダニズムの言葉で「民族的な力」や「大東亜」は語られる。モダニズムの言葉によって、「大東亜」から合理的な用紙の配給、そして満洲への「女子送出の問題」といった様々な戦時下の問題を春山は語ることができるのである。

六―二　駱駝と海豚――「批評」としての「文学」

『満洲の文化』を執筆中の一九四三年に八月二五日から二七日かけて、第二回大東亜文学者会議が東京で開催されている。「この原稿を書いている間に、東京で大東亜文学者大会が開かれ、(中略)私は大会の準備委員と議員を命ぜられたので、東京駅に出迎えると、諸氏は共和会服に黄色い儀礼用の飾紐をつけて、元気な顔を見せた」(三四八)。大東亜文学者大会に出席した春山は満洲代表の文学者の古丁が藝文書房という出版社を経営していることを知る。その藝文書房のマークからイギリスのある出版社のマークを思い出す。

藝文書房のマークは緑色の円の中に駱駝が一匹いる図で、その意味は砂漠をゆく駱駝の意気ごみを表象するものだという。かつてヨオロッパに敏捷の象徴たる海豚をマークにした青年文学者の叢書があった。海豚はたいてい錨（沈着の象徴）と組合わされ、「敏捷にして沈着」あるいは「ゆっくり急ぐ」の意味を表すのが普通であるが、海豚叢書の連中はあっさり錨を解いて敏捷だけでやろうと計画したものらしい。

私はかつて熱河と北支で駱駝の隊商が広い中庭を持った町の宿屋に憩んでいたのを見たので、ついでに駱駝のことを調べたことがある。（中略）

海洋的な海豚の連中と、砂漠的な駱駝の連中とを比較すると、文学者の選ぶ表象にも風土的な性格があらわれるものだと思う。地中海から発した西洋的な表象と、中央アジアから発した東洋的な表象の持つ匂いの差だといってもいい。（三五〇）

春山が言う「海豚叢書」とは、プルーストの英訳やベケットのプルースト論で知られる一九三〇年から三二年にかけて出版されたDolphin Booksシリーズのことだと思われる。戯画化された海豚の表紙が特徴的な叢書であり、ベケットのプルースト論以外にも、マック・ギルビーのエリオット論、ロイ・キャンベルのウインダム・ルイス論などモダニズム叢書といってもよいラインナップだった。大東亜文学者大会について書きながら春山は一九三〇年前後の『詩と詩論』時代を思い出していた。イギリスやフランスやアメリカからの輸入が途絶え、厳しい検閲も加わり、最新の欧米文学については知ることができないなかでも中央アジアの駱駝のマークから海豚のマークを春山は連想してしまう。戦時下においても欧米の前衛としてのモダニズム文学を春山は忘れることはなかった／できなかった。

一九四一年、『詩と詩論』以降のモダニストたちの詩のアンソロジーである『新領土詩集』を春山は編集しているが、そこで選んだ自身の作品「ポンポンデリアが咲いている」「村」「ema」「背面」は主に『詩と詩論』時代の作品だった。戦時下になっても春山はあからさまな愛国詩的な内容の詩を発表することはなかった。近藤東、村野四郎、そして北園克衛といった『詩と詩論』時代から知り合いの詩人たちが戦争を強く意識した詩を発表するなかで、詩人としての春山は、戦時下に相応しい詩を書くことはなく、戦時下に出版された詩のアンソロジーに掲載された春山の詩の多くは『詩と詩論』時代の戦争が始まる以前の作品が再掲されている。当然、掲載された作品は他の詩人たちの作品に見られるような愛国的な内容ではない。

詩人の丸山薫は一九四二年に、「大東亜戦争」を契機とした「海洋国としての、海洋民族としての国民の自覚」（四三二）を促すために、萩原朔太郎、西川満、宮沢賢治、高村光太郎、草野心平、金子光晴など近代日本を代表する詩人たちの詩を収録した『日本海洋詩集』（海洋文化社、一九四二年）を編纂した。編集後記にあたる「日本海洋詩集刊行に際して」のなかで丸山は次のように述べている。「海が思想であって人生であるのは、なにも今日、詩人の上に始まったことではなく、実に肇国このかた、われわれ大和民族にとって始まっていたことだからである。大東亜戦争のあのかがやかしい戦果が挙がると、海洋ということがさかんに言われ出した」（四三二）。このアンソロジーには「広場」という春山の作品も収録されている。一九三三年雑誌『麺麭』に発表された作品で、一九四〇年に山雅房から出版された『現代詩人集』にも春山自選で所収されている。

雨の日

港の広場
正面には汽船と
ミシンの看板
道のはづれには教会
窓はみんなしまつて
空瓶のようにしづかだ
胡桃が枝をのばして
四角い塔をなでる
けむりはミルク色で
萵苣のようにかたまつて
ゆつくりマストを離れる
小供(ママ)が走つてくる
彼は葱のように
青いシャツを濡らす
蝙蝠傘は彼が追い掛ける

黒いボオルだ
銅像がほしい風景だが
この町からは偉人がでない
有名なのは自殺した
貧乏な画家だけだ
水夫が二人
歌いながら別れる
ラヂオ　ランプ
夕暮
もう人通りがない
少女たちは化粧して
林檎のパイを食べる

（三三一―三三三）

「汽船」「ミルク」「教会」「マスト」「水夫」「ラヂオ」「ランプ」。異国情緒漂う海辺の広場。ミシンや教会、ヨーロッパ原産の萵苣、林檎から水夫まで、様々な人やモノを受け入れる港という場の開放性と多様性を浮かび上がらせている。「広場」は港という国家の内と外の境界としての空間の特性を浮かび上がらせており、港という様々な国や地域の人々が出入りする場そのものを主題としている。

この作品は、広場という場の多様性が描かれつつ、同時に明確な中心的な奥行きのある構図を持たない。広場の正面の汽船とミシンの看板のようなマクロな視点は、突如、道の外れの教会へ移動し、そしてまた胡桃の枝のようなマクロなモノへと移動する。そして遠くの汽船の煙から、広場を走る子供へとクローズアップする。遠近法的な構図を拒絶し、前後左右の意味の繋がりを無視し、様々なモノとヒトに脈絡なく視点は移動する。看板のようなイメージから教会から水夫まで、様々なモノやヒトが、他のモノやヒトとは無関係なまま乱雑に並置化されている。その結果、広場はまとまりある空間として構成されることはない。遠近法を基にした明確な構図は破棄され、中心を欠いた広場。

つまり「広場」は、一般的な意味での広場の在り方を不穏にしているのである。遠くの対象から突如近くの対象への視点の移動は、銅像のような広場の中心的な存在＝権力の中心の欠如を明らかとする。同時に自殺した死者としての貧乏画家と、二人の水夫、そして人通りがないなかで化粧をしてパイを食べている少女たちはモノのように並置化されている。「広場」は中央集権的な秩序としての場に対する反秩序としての乱雑な場の可能性を示している。

このような春山の詩の不穏さを、戦前戦後を通して唯一指摘したのが保田與重郎だった。保田は春山の詩は、世界が世界であることの自明性を批判し、その不穏さを暴き出しているのだと指摘しているが、「広場」は海洋や港や船という存在を不穏にさせ、広場という場の在り方そのものを懐疑する詩人の態度が示されていた[33]。いわば一九三〇年代に、春山の詩は、広場＝港が国家に縛られることのない海洋の自由を象徴しつつ、広場の不穏さを示してもいたのだ。そして先に見た「熱河 Fragment」や「生活」といった三〇年代末、中国での体験に基づく詩には、モダニズム的な廃墟の創造性を示していた。春山は単に時代の風俗流行をいち早く取り入れた軽薄な詩人ではなかった。根源的なレベルで詩の可能性を、モダニズムを通して模索していたのである。

その文芸批評でモノの集積として満洲や台湾を描き、そして「太平洋文学論」では地政学的な観点から海と空の重要性を主張した。(34)詩では独特な世界を三〇年代初頭から構築していた。さらに四〇年代になっても春山はモダニストとして、新しい詩と批評の可能性を模索していたのである。

一九四三年に出版された戦前最後の著作『満州の文化』の最終章「地理と風土」では、半ば唐突に詩人・批評家・編集者としての春山自身の歩みが回顧されている。「地理と風土」には京都学派を思わせるような「地理的立場と文化史的立場」という副題が付けられているが、京都学派のような日本の近代化についての晦渋な議論ではなく、「批評家」の条件と批評家の可能性ついて手短に論じられている。なぜ満州の文化状況を語る著書の最後で「批評家」について語るのか。それは満州をめぐるアカデミックな専門家や満鉄関係者からの春山への反論に答えるためでもあり、同時に批評が、いかに創造的な営為であるのかを主張するためでもあった。

批評される対象がいままでに存在しなかった――換言すれば新しい、乃至創造的なかたちをとっている場合、それと他のおなじような対象のあいだに筋道をつけ、そこに法則的・原理的な働き、流れを発見する批評として、非常に大切となってくるのであり、批評がつねに新しいものを、創造的なものを鑑別し、擁護するはたらきとして重要であるという意味も、そこから生まれてくるのである。

(四三八)

批評家は「対象のあいだに筋道をつけ、そこに法則的・原理的な働き、流れを発見する」のだが、その発見は、「新しいものを、創造的なものを鑑別し、擁護する」ことである。春山にとって「批評」は慣例や伝統の自明性を懐疑していく試みだった。だから批評とは文学だけを対象とするのではなく、人間や文化全般のありようを根源的に考えていくことに他ならない。たとえ「文学」が新しさや創造性を失っても、それは春山に些細な問題だった。新しい「文学」を発見すればよいのだ。

> 旅行記をいかなる種類（ジャンル）にいれるかは、勿論その旅行記の目的と内容によるが、原則として文学者乃至文学系統の批評家の書いたものは、文学の範疇にいれ、それを文学書として見ることが慣例となっている。
>
> そこまではだれにも諒解できる事柄であろう。しかしその「文学」という意味が今日では変わってきたし、まだまだ変えてゆかねばならない性質を多分に持っている。（中略）
>
> しかし自然と人間の関係や、人間の生活をとりまく文化のかたちが変わり、それが昔よりも密接に広い範囲で我々に交渉を持っている今日、ただ昔の感じ方、書き方だけを踏襲したのでは、文学が現実からとりのこされてしまうということは当然のことであろう。
>
> 伝統の好きな人達に、そうした尚古的な雰囲気を残しておくこともよかろう。しかしながら我々の時代は、そうした人達の好みに文人趣味という札を貼り付けている。名物の羊羹はとりわけ大きな張札がつけられているように。（三七五―三七六）

文学に限定されず、戦争によって「自然と人間の関係や、人間の生活をとりまく文化のかたち」が急激に変容していることを春山は実感していた。春山は批評も含む「文学」の終わりを示唆している。「文学」という意味が、「今日では変わって」きたのであり、「ただ昔の感じ方、書き方だけを踏襲」する者は時代に取り残された「文人」でしかない。新しい「批評」によって、「文学」を、「まだまだ変えてゆかねばならない」のだと春山は考えるようになっていた。

「専門家への警告」（三七六）を、新しい文学と新しい批評から春山は実践しようとする。「文学者がいわゆる通俗的な文学の範囲で旅行記を書けば問題は生じないが、そこから一歩踏み出せば、当然いろんな専門領域に触れてゆく」（三七六–三七七）ことになる。一般的な意味での文学者の旅行記を越えた新しさとは何かを批評家が考えて示していかなければならない。「専門家の仕事の終わったところが、我々の仕事のはじまる点だといったらいい」（三七七）と春山は言う。

私は地理学者として旅行記を書いているのではない。地理学の領域について書いているが、同時に動植物についても書いているし、政治や経済の原則にも触れているのである。（三七七）

『満洲風物誌』や『満洲の文化』は、専門化され細分化された研究に対する批判である。これまでの春山の文芸批評とは異なり、ここで春山が言う「批評」とは、地理学と同時に動植物についても、政治についても、経済の原則をも包括する。つまり何かに限定された専門家が一つの観点を堅持しようとするのに対して、多様な世界のありようを束ねて新たな世界の見方を提供していくのが「批評」であり、さらにそのような批評の多様性を可能とするのが文学なのだと春山は述べる。文学を否定しつつ、しかし春山は文学を捨てることができなかったのである。専門家とは「鉄道でいえば支線である」、そして批評家は支線を束ねていく「幹線」であり、その「幹線」を保証するのが春山にとって根源としての「文学」なのである。

我々の仕事は支線を集め、支線をつなぐ幹線である。文学というものの人生や文化に対する本来の在り方がそこにはあるのであり、したがって一見文学の領域からはみだしているようでも、そのような広汎な専門領域を一つの立場から取り扱ったものは、究極的には文学の領域に入るのである。(三七八)

「広汎な専門領域を一つの立場から取り扱ったもの」は「批評」であるが、その広がりこそが「文学」なのだと春山は半ば断言する。満洲を始めとした「外地」への旅によって、春山にとって「文学の領域からはみだしている」ことが、これからの文学の条件となるのである。文学とは絶えず既存の文学的なものを破壊していく革新の歴史であり、まさに前衛としてのモダニズム的な理念を援用しながら戦時下の春山は、近代日本の文学の抜本的な変革を試みようとした。

新しい「批評」と「文学」とは何かを考えていた春山にとって、文学とは、「政治・経済、思想・芸術・技術」(三八〇)など様々なモノとコトと並置化したうえで、「文学」というジャンルそれ自体の破壊を促していく。そのような既存のジャンルをつねに懐疑し破壊しようと戦時下の春山は試みた。そのような破壊と新たな創造こそが春山にとっての「文学」だった。それは「文学以外の呼び名がつけられないという意味でもそうであり、文学者・詩人の究極のありどころが、そこにあるという意味でもそうなのである」(三八八)。

たしかに、戦時下の春山の文学論は総力戦のための文学論といえる面があった。用紙の配給から太平洋文学論までの春山の発言は、他のモダニストたちには見られない具体性があった。それはまた他の文学者たちと比べて反精神論的かつ反抒情的な点においてモダニズムに貫かれていた。瀬尾育夫は戦時下のモダニズムについて『戦争詩論一九一〇―一九四五』のなかで、「戦争権力を前にして、モダニストたちにはもはやなにひとつするべきことがない。なぜなら詩のモダニズムよりも戦争権力のほうが、一面でははるかに物質的で現実的な本物のモダニズムであって、詩のモダニズムに先立って、そのイデオロギーとテクノロジーによって、あらかじめすべての内在と抒情を、滅ぼしてくれたからである」(一二四)と述べている。たしかに戦時下の春山は「物質的で現実的な本物のモダニズム」に近づきつつあった。さらに瀬尾は戦時下のモダニズムについて、つぎのように続ける。

モダニストたちはつねに、朔太郎的《狂水病者》の内在性の病を滅ぼそうとして苦心してきたが、ふと気づくと戦争がすでに、彼らの周囲からすべての《狂水病者》たちを片付けてしまっていたのだ。

モダニズムが敗北してナショナルなものが露出してきたのではない。モダニズムは、帝国主義時代に獲得した方法の機能的な普遍性、かつては国民批判として機能したそのイデオロギーとフォルマリズムによってこそ、戦争時のウルトラナショナリズムに合流する。戦争詩は、抒情を敵として地方性・風土性を排除して、テクノロジーの「世界」性を加担してきたモダニズムの方法の、挫折でなく、完成なのである。（一二四）

このような瀬尾の指摘はまさに戦時下の春山の行動に当てはまる。『詩と詩論』時代からの一貫した萩原朔太郎への批判である、日本的なものへの批判を春山は戦時下も敢行しつつ、「テクノロジーの「世界」性を加担してきたモダニズムの方法」を駆使して、詩というジャンルを軽々と飛び越えて、対外的なプロパガンダ誌の編集に向かうことになるのである。

六―二　モダニズムと「文化宣伝」――東方社と『FRONT』

一九四一年の春に対外的な宣伝のために創立されたのが東方社である。[35] 対外的なプロパガンダ誌の制作を東方社は陸軍から委託されていた。北国克衛が中心となって創刊された同人誌『マダム・ブランシュ』に参加したモダニズム詩人の小林善雄は東方社に入社しているが、内堀弘による小林へのインタビュー「ゾノさんの時代――小林善雄さんに聞く」によると、東方社の身辺証には「参謀本部特殊機関東方社」（三三）と記されていたという。東方社は陸軍の宣伝機関といえた。東方社で働いていたグラフィックデザイナーの多川精一の著書『焼け跡のグラフィズム』によれば、春山の名は一九四二年の春頃に書かれたと推測される「東方社創立趣意書に載っていて、編集顧問」（三九）として春山は東方社の設立に関わっていたとされている。たしかに昭和一六年四月の日付がある「東方社創立趣意書」には春山の名が記載されており、春山が東方社の設立に深く関与していたことは疑いようがない。山口昌男の『「挫折」の昭和史』では、岡田桑三、林達夫、岡正雄など東方社の設立メンバーの関係が検証されているが、「企画編集には、以上の人々の外に、当代切っての博学な詩人春山行夫氏なども加わっている」(二〇)と述べられている。[36]どのような経緯で春山が東方社の設立メンバーになったのかは不明だが、『セルパン』編集長時代からの知己である林達夫からの慫慂の可能性が高い。

東方社は、春山、林、そして原弘といった戦後においても出版業界で活躍する者たちの才能が戦時下においても充分に生かせる場所であり、さらに様々な自由主義者や元共産主義者たちの避難所的な性格を持っていたことを多川は『焼け跡のグラフィズム』で証言している。「東方社にはいろいろの人たちが出入りしていたようだったが、軍とある程度関係のあったことが、憲兵隊の追求からの逃げ場所として、利用された面もあったようだった」(五八―五九)。憲兵隊や特高警察が東方社の動向をつねに監視していたが、東方社が参謀本部と関係していたために手出しができなかったのではないかと多川は推測している。

戦時下の春山が軍や政府に、本当のところはどのように評価されていたのかは不明である。イギリスやフランスやアメリカの文学・文化をよく知り、自由主義者としてナチス・ドイツに批判的だった春山が、特高警察や軍部に睨まれていた可能性はある。たとえば一九四三年八月一一日の東京新聞には当時情報局の文芸課長だった井上司朗の「復古と反省　大東亜文学者大会を前に」という記事が掲載されている。「日本の撃たねばならぬものは、米英の武力であると共に、その武力を発動せしめている米英の根本的の思想であり、世界観である」と語ったうえで、「米英の根本的の思想」を撃滅しなければならないと主張する。

主知主義、合理主義、唯物主義、個人主義、自由主義を基調として、東亜をその飽くなき搾取と攻撃の対象とすることによって成立する米英文化そのものを撃滅することこそ、その武力的侵略を根絶せしめる所以であることは、自明の理である。(五)

ここで井上が挙げている「唯物主義」以外の主義は、まさに春山のモダニズムの基本要素だった。春山が「米英の根本的の思想」を信奉している危険人物と当局から見られていた可能性はあり、東方社への参加は春山にとってもありがたい誘いだったと思われる。

東方社での春山の具体的な活動については、多川を始めとして当時の関係者の資料からある程度までは推測できるが、まずは春山が『FRONT』のようなプロパガンダ誌や戦争報道一般についてどのように考えていたのかを検証していきたい。

東方社で活動していた一九四二年二月の『映画技術』の「戦争報道映画の方向」で春山は、戦争報道を外国向けのものと国内向けのものがあると指摘している。それぞれに適した編集作業が必要であり、「したがっておなじフィルムでもそれを編集する上に、相当な手心が必要であることはいうまでもない。この手心が、換言すれば宣伝性、企画性の確立を必要とする」(一五)のだと主張している。

現代の戦争報道において、新たな「宣伝性、企画性の確立」が必要とされる。従来の戦争とは質量とも全く異なっており、「今度の戦争の意義や規模が全く新しい企画性を必要としている」(一五)のであり、「今後の戦争報道映画が、新たな企画性を必要としているという意味は、いままでの戦争報告映画の持っていた限界について検討が加えられ、そこから新たな領域に進むべき方向が、慎重に考慮されねばならないことを意味する」（傍点原文、一五）のだと指摘する。それまでの戦争とは全く質の異なる総力戦において戦争報道は国内外を問わず「新たな領域」へと進まなければならない。そのためには「宣伝するという以上は当然宣伝するものと方法、角度が想定されねばならない」（傍点原文、一六）のだと春山は述べている。

「宣伝するものと方法、角度」を想定すること。「方法」と「角度」という言葉は、『詩と詩論』時代の春山が好んだ言葉であり、詩作の方法論の方針の厳密化を思い起こさせるが、ドイツの宣伝のように「単に撮影者が集団行動を撮す訓練を与えられているという以上に、一定の方針と企画性が与えられていること」（一六）が重要であり、そしてその宣伝のための「一定の方針と企画性」は、「観衆に反映する心理的な影響についても、我々が感じる以上に、制作者側で相当の討議が加えられていることも考えておかねばならない」（一六）のだと春山は主張する。このような新たな「企画性」によって、これまでの宣伝とは異なる新しい宣伝が可能となる。ナチス・ドイツの宣伝は、「むしろ宣伝性が含まれているというような外面的な観方でなく、その宣伝性がいかなる点で特異性をもち、いままでの宣伝という限界乃至概念を破っているかを見ることの方が重要であり、その点に問題性が示されている」（一六）のである。ナチスの宣伝は周到に考えられており、それは「いままでの宣伝という限界乃至概念」を革新している。ナチスの戦争報道技術が、「いままでの宣伝という概念乃至概念を破っている」ことを春山は評価しつつ、ナチスの戦争報道映画についてつぎのように述べる。

単にカメラがその状況を忠実に記録しているということ以外に、それを見る者にどのような心理的影響を与えるかといったことに対して、無関心に提出されているとは思われない。非常に冒険で、危険なと思われる落下傘部隊が、颯爽と効果的に着陸する場面も、勿論作為という意味でなく自然のままに一定の安定感を与えることに成功している。

この点は、事実をそのまま宣伝するという、換言すれば宣伝すべき事実を持っている側の強みであろうと思われるが、いづれにしても事実的内容が豊富で多岐な点で、戦争そのものを取扱っていて、しかも戦闘以外に見るべきものを多く提出しているといい得られる。(一六)

春山は非常に注意深くドイツの戦争報道映画を観ていることがわかる。戦場を単純素朴に記録した「事実をそのまま宣伝」するのではなく、「見る者にどのような心理的影響を与えるか」といった宣伝効果を精緻に考えているドイツの戦争報道のスタイルを日本でも取り入れる必要があると春山は考えており、日本の戦争報道が、ドイツをすべて真似する必要はないが、「わが国の方針に適切な、わが国にとって必要な映画がつくられるようにならねばならない」(一六)のだと語る。

戦争報道の恣意性に注意しなければならないことは、すでに一九四一年一〇月号の『月刊ロシヤ』に寄稿した「独ソ戦とジャーナリズム」で次のように指摘されていた。「我々の日常生活で、外国のニュースを読むときそれが何処の電報であるかをたしかめてから見るといった習慣は、大部分の人が持っていないのでは、ないかと思う」(八〇)。「外国のニュース」の発信先に春山が注意深くあるのは、春山自身が戦争報道を作成する側だったたからだ。「私自身がどちらかというと制作者の側に属していて、正しい意味では批評家ではないので、私の採点はおそらくあまいと思われるかもしれない」(「戦争報道映画の方向」一七)

といった発言からも明らかだが、春山は東方社の活動に従事しており、春山自身が「制作者の側に属して」いることを仄めかしていたように思われる。

一九四一年の終わり頃にはすでに東方社で対外宣伝に春山は従事していた。そこで春山はいかなる活動をしていたのか。それを知る資料として平凡社の復刻版『FRONT』に掲載された、東方社にグラフィックデザイナーとして参加していた泉武治の「日記」を挙げることができる。

今泉の日記には春山に関する記述がいくつか見られる。春山の名がその日記に初めて現れるのは、一九四二年四月七日の「林達夫氏、春山行夫氏なども見える。「空軍号」と「満洲号」についての打ち合わせ」（二九）という箇所である。一九四二年から四三年の今泉の日記を検証してみると、四二年一二月二九日（火）「午前中、空軍号の態度・方向などを分けてタイプに廻す。午後は二時から会議。春山・田村・木村・原・渡辺・蓮池君だけで、小幡・林さんは不参」、一九四三年二月二日（火）「一時半から今度昭南から帰った中島健蔵氏（評論家）の話をきく（ママ）。岡・岩村・林・春山氏ほか全員」、四三年三月九日（火）「春山氏のシナリオ〝戦時下の東京号の披露〟。中々いい。」ちなみに「戦時下の東京号」とは、『FRONT』の「戦時東京号」ことである。

公開されている今泉の日記で『空軍号』の編集に春山が関与していたことが確認できるが、東方社で春山は、一般には入手できないUSSRのようなプロパガンダ誌から、ナチスの戦争報道映画までを参照しながら『FRONT』の製作に関わっていた。前述の多川の『焼け跡のグラフィズム』によれば、一九四二年の終わり頃にシンガポールで接収された『風と共に去りぬ』と『ファンタジア』を陸軍から参考資料として借りて社内で見ている。その「天然色映画」（一一九）に、それまでは白黒映画しか観たことがなかった多川は陶然としてしまう。春山がこれらの「天然色映画」を観たのかは不明だが、小津安二郎（小津は一九〇三年生まれ、春山の一つ年下ということになる）のシンガポールでのハリウッド映画体験とまではいえないとしても、戦時下の春山がアメリカの「天然色映画」を観ることができる環境にいたことは確かであり、日本とは比較にならないアメリカの国力の凄まじさを実感していたことは想像に難くない。

今泉の日記から春山がある程度積極的に『FRONT』の編集に深く関与していたことは明らかであるが、平凡社復刻版『FRONT』の解説のためのインタビューで今泉は、春山の『FRONT』編集部での印象を「いつも席に座っていまして、大して積極的じゃないけども話を出したという――一種の、アドバイス的な話があったようですね。あの人は特に編集するという立場じゃなしに、どっちかというと批評家的な――まあ、相談を受けた、という程度じゃないですか」（二〇）と語っている。前述した多川精一の『焼け跡のグラフィズム』にも東方社での春山についての貴重な証言がある。一九四二年、一月四日に働き始めてから数ヵ月後、職場にも慣れてきた多川は趣味の山歩きについて上司と話していた折のことだ。

新米の若造が者の偉い人と対で話せるのは、そんなことしかないから、その時山歩きの面白さを得々としてしゃべった。それを黙って聞いていた、社外から見える一見茫洋とした風貌の人が、「君はボヘミアンですね」と、ぼそっと言った。僕はその時ボヘミンの意味が分からなかったので、「は?」と返事したが、渡辺勉さんが後で、「あの人は春山行夫という有名な詩人だよ」と教えてくれた。春山さんの名が東方社創立趣意書に載っていて、編集顧問だったことは後で知った。（三九）

戦時下の春山の様子を知ることができる貴重な証言である。「一見茫洋とした風貌」の春山について、多川も今泉も戦後の回想では「社外」の人というが、今泉の日記によれば九月二九日の会議では「東方社の経営の下手なこと、特に業界へのつき合いを無視していることなど強い意見。春山氏などが具体的に考えて実行することになる」(一二三)と記されており、春山が東方社の経営に直接関与していた様子が窺える。

今泉の日記によれば、『FRONT』の編集会議はだいたい月末に開かれていたようだ。春山は一九四二年一一月二四日と一二月二九日の編集会議に参加している。[37] 編集会議においてどれほど春山が積極的に発言していたのかは不明だが、「偉大なる建国号」の後付けには春山の名前が記されており、先に見たように「戦時下の東京号」の編集にあたって木村伊兵衛や林達夫らと共に中心的な役割を果たしていた。今泉の日記によれば、一九四三年六月二八日に春山は『FRONT』の取材のために今泉と東京少年飛行兵学校を見学し、七月一日には熊谷飛行学校にも行っている。

『FRONT』の編集に確実に関わっていた一九四二年の夏、雑誌『宣伝』八月号の「大東亜共栄圏への宣伝工作」のなかで春山は、「雑誌(特にグラフ類)や映画は、広汎な読者乃至観衆の眼にふれ理解を深める点で、新分野ラヂオと同等に重要である」(一二)と述べたうえで次のように続けている。

事実上大東亜共栄圏が一丸となった今日、いままでの対外宣伝的編成は、新しい編成によって対応しなければならなくなった。むしろ、ならなくなったといったような、外部的な原因からでなく、大東亜建設という本質的な、基本的な立場に於いていままでの対外宣伝的編成が新しい段階に達したことを意味する。
ある意味で、こういう宣伝団が出来あがったということが、いままでの宣伝一般の概念には存在しなかったといってもいい。しかもそれはヨーロッパ枢軸国によるアジアによるヨーロッパ新秩序に対応して、アジアを一つのものとする重大な使命を担う日本にとっては、いままでの国内宣伝と対外宣伝の二分野とは別の、第三の宣伝団の出現を意味するし、同時にいままでの宣伝工作のどの公式にも属さない第三の視野を必要とする。(傍点原文、一三)

これまでになくやや興奮した論調だが、国内と国外の宣伝を統合した「新しい編成」による「第三の宣伝団」が必要であると指摘し、それは「同時にいままでの宣伝工作のどの公式にも属さない第三の視野を必要とする」ことを意味するのだと言う。「国内、対外両分野」を横断し、「一つのものに綜合」した「第三の宣伝団」を作るべきだと春山は主張している。

東方社という「第三の宣伝団」で、今までの日本にはなかったグラフ誌『FRONT』の制作に深く関与していた春山だが、「大東亜共栄圏への宣伝工作」が掲載された『宣伝』の巻頭を飾ったエッセイは春山以上に深く『FRONT』の編集に関与した原弘の「グラフの一つの形式として――FRONT紹介」だった。東方社の幹部二人が『宣伝』の巻頭を飾っていたことになる。原は『FRONT』第一号の「海軍号」を写真付きで紹介し、それがソ連の対外的なプロパガンダ誌である*USSR*と並んで「非商業主義的な国家的な宣伝機関を代表」(三)したものであると述べている。原と春山は揃って『宣伝』に登場し、戦時下における国内と国外を統合した新たな宣伝の重要性を主張していたことになる。

一九四二年一一月二三日に『帝国大学新聞』に寄稿した「現地の各読者層を対象に――対外文化宣伝雑誌の問題」では、対外宣伝雑誌の現状とその問題点について、様々な雑誌が対外的な宣伝を試みているが、宣伝雑誌のなかには無意味なものがあるので諸々の宣伝雑誌を統合して「強力なものに集約する必要がある」(六)のではないかと春山は指摘している。「現在の南方を中心にした東亜共栄圏の場合、かりに強力な雑誌ができるとしても、読者層がいくつにも分かれているので、単一化では十分な効果があがるとは思われない。高度の国防、産業、文化をとりあつかった雑誌と同時に、卑近な片カナを覚えこませるような雑誌も必要である」(六)。だからこそ「現地の要求を一番直接に満たそうとする時事グラフ的な雑誌」(六)が必要とされており、「強力な雑誌をつくるには、どのような企画や設備や機構が必要であるかという問題が第一で、これから統合の可能性乃至必要性が生じてくる」(六)のである。このような「統合の可能性」の一つとして、春山自身が編集に参加する『FRONT』のようなプロパガンダ誌を挙げることができる。もちろん、「強力な雑誌」を作ったとしても、配給網が完備されてなければ話しにならないのは当然である。

最後に編集者側からの感想を述べると、第一は今日の時局下における宣伝ということの技術と知識と研究が、いままでとは異なった角度から、急速に考えられ、学ばれ、追求されねばならないということである。第二は配給網の確立である。折角の雑誌ができても、現地の配給網が系統立っていなければ、十分の効果が生じない。(六)

「折角の雑誌ができても、現地の配給網が系統立っていなければ、十分の効果が生じない」と述べられているが、春山は、雑誌とは配給という出版システムによって成立しているという至極当然のことを指摘している。戦時下においても春山は空理空論にならず現状を合理的かつ客観的に捉えようとしていたことは明らかである。

「時局下における宣伝ということの技術と知識と研究」を活用しながら春山は一九四三年になっても『FRONT』の編集をおこなうが、八月には上野動物園の像などの殺処分がおこなわれる。明らかに敗色濃厚な気配が漂うなかで、八月八日から一一日まで四日間にわたって、対外宣伝雑誌に関する論考である「共栄圏の文化宣伝」を東京新聞に連載している。これは、春山が対外宣伝において何を重視していたのかがもっとも明確にわかる資料である。九日の記事「宣伝出版物の転換期」では、欧米に対する太平洋戦争までの対外宣伝は、「それをどこまでつきとめても、宣伝にはじまって宣伝に終わる性質のものである。その効果には一定の限界があって、宣伝にはそれ以上の任務はされていなかった」(四)のだという。だが「大東亜戦以来の東亜共栄圏に対する文化宣伝には、旧来の宣伝という概念には盛りきれないほどの任務が負わされ、範囲も拡大されてきている」(四)のである。

文化宣伝という意味が、相手の文化人に日本の文化を知らせるだけが役目ではなくて、東亜の文化を同化し、歩調を合させる啓蒙者として、指導者として、先駆者としての役目を果たさねばならないという永続的、基本的な任務に代わったことを意味している。

一冊の宣伝印刷物によって、相手に日本とはどんな国で、どんな風俗や文化や理想があるかを理解させるだけで目的が完了するのでなく、それを先駆として、日本の文化全体が相手の文化の糧と

して、母胎として渡らねばならない。(四)

「文化宣伝」とは、もはや「相手の文化人」に日本の文化を紹介することから、「東亜の文化を同化し、歩調を合させる啓蒙者として、指導者として、先駆者としての役目」へと変わっている。たんなる宣伝以上の役割が対外宣伝にはあると春山は指摘している。一〇日の記事「現在の南方向け宣伝物」では、『東光』『ニッポン・フィリピン』『サクラ』といった対外宣伝雑誌は、「いづれも独立した文化記事とそれに関連した写真を組み合わせた編輯で、記事の選択や頁数の比較的多い点で、大体高級知識層を目標としたものである」と評価しながら最後に「フロント」を紹介している。

同じような体裁の雑誌として「フロント」は、純然たるグラフ雑誌で、一雑誌一主題で、主題を中心として、日本の理念を強く明断に主導する点に力が注がれている。(四)

春山の指示かどうかは不明だが、一一日の記事の最後に『FRONT』の空軍号の表紙が掲載されており、『FRONT』というグラフ誌は「日本の理念を強く明断に主導する点に力が注がれている」と紹介されている。もっとも、『FRONT』は林達夫や原弘たちとの共同編集であり、紙面デザインは原弘や今泉のようなグラフィックデザイナーによってプランが決められていたようだ。春山が具体的にどのような形で編集に関与していたのかは、今のところは今泉の日記などを参照してもよくわからないことが多い。『FRONT』の編集について春山が述べているのは、わずかに一九四四年『日本写真』七月号の「対外グラフの重点『フロ（ママ）ント』の主張を中心に」（以下「対外グラフの重点」）だけである。

> 部門を異にする専門家が各自の分野から企画の根本を討議し、研究して、編集・美術（レイアウト）写真の各部全体と交流が行われ、根本の方針が決定される。そしてそれが、組織全体の動脈となっているところに、同誌の方向が理念的にも技術的にも、絶え間なく深められ、且つ高められる。『フロント』は単にグラフというものの内容をよくしただけでなく、それに高邁な見識を与えている。（二五）

『FRONT』は縦割りをやめてフラットな組織によって編集されていたことがわかる。編集者としても卓越した才能があった春山は、欧米の雑誌を参考にしながら内容面からデザインまで様々なアイデアを編集会議で提案していたと推測される。

『詩と詩論』の創刊によって春山は、それまでになかった尖鋭的な詩の世界を日本にもたらしたが、戦時下において春山は『詩と詩論』時代には考えられないような恵まれた環境で、林や原といった戦後も平凡社の百科事典の制作などで関係する才能ある者たちと新しい対外宣伝雑誌の制作に従事した。一九四四年七月二〇日の『文学報国』「一層の企画性を」で春山は「私は詩を安価に製造して、かりにも生活の足しすることが嫌だから職業人になっている」（二二）と語っているが、『FRONT』の編集を担う「職業人」として、皮肉にもこれまでにない前衛的で実験的なグラフ誌を誕生させることに寄与したのである。

前述の今泉の証言によれば『FRONT』の編集にあたってまずは設計図のような企画案が春山や林のような編集者によって示された後、その構図に適切な写真が選ばれていた。写真が主で添えられた解説は副次的に見えるが、実際には前もって作られたシナリオに沿って写真が選択されていたことになる。今泉の日記の「春山氏のシナリオ〝戦時下の東京号の披露〟。中々いい。」という記述は、春山のシナリオに従って「戦時下の東京号」が作られていたことを裏づけている。

共同制作である『FRONT』のどこに春山のアイデアが反映されているのかを知ることは大変困難であるが、実際に編集に関与している「戦時下の東京」号は、春山的モダニズムともいうべき構図がある。たとえば白い体操着姿の少年少女たちの幾何学的ともいえる整列は、「白い少女」という言葉だけで構成されたフォルマリズムの手法を用いた春山の詩の代表作「白い少女」を想起させる。「白い少女」が発表されてから一〇年後、対外宣伝のグラフ誌に白い少女は再登場した。少女たちの整列は、モダニズム文学の鮮烈なイメージから、帝国日本の統制された秩序を象徴するイメージへと横滑りしていたのである（【図1と2参照】）。

『戦時グラフ雑誌の宣伝戦――十五年戦争下の「日本」イメージ』で井上祐子は『FRONT』について「その斬新で迫力ある表現力は当時の各種グラフ雑誌のなかでは突出している」（二四〇）ことを指摘しているが、井上は『FRONT』の斬新なイメージについて、「その表現は現実に依拠しないからこそ可能だった」（二二六）と述べている。『FRONT』が描き出したのは、「現実の戦闘ではなく、演習の写真などから再構成された架空の「現実」だった」（二四〇）。現実＝戦場をそのまま反映させるのではなくフィクションによる「現実」が求められていたのだとすれば、春山は『FRONT』の編集において詩人兼編集者として関与したともいえる。

さらに春山が参加した初期の『FRONT』は、「「指導国家に」日本の実力・盟主性を表現できるか」（二二六）

【図1】『FRONT』「戦時東京号」の東京の少女たちの行進風景。春山の代表作「白い少女」のフォルムは戦時下において再帰する。(『FRONTO』平凡社復刻版より)

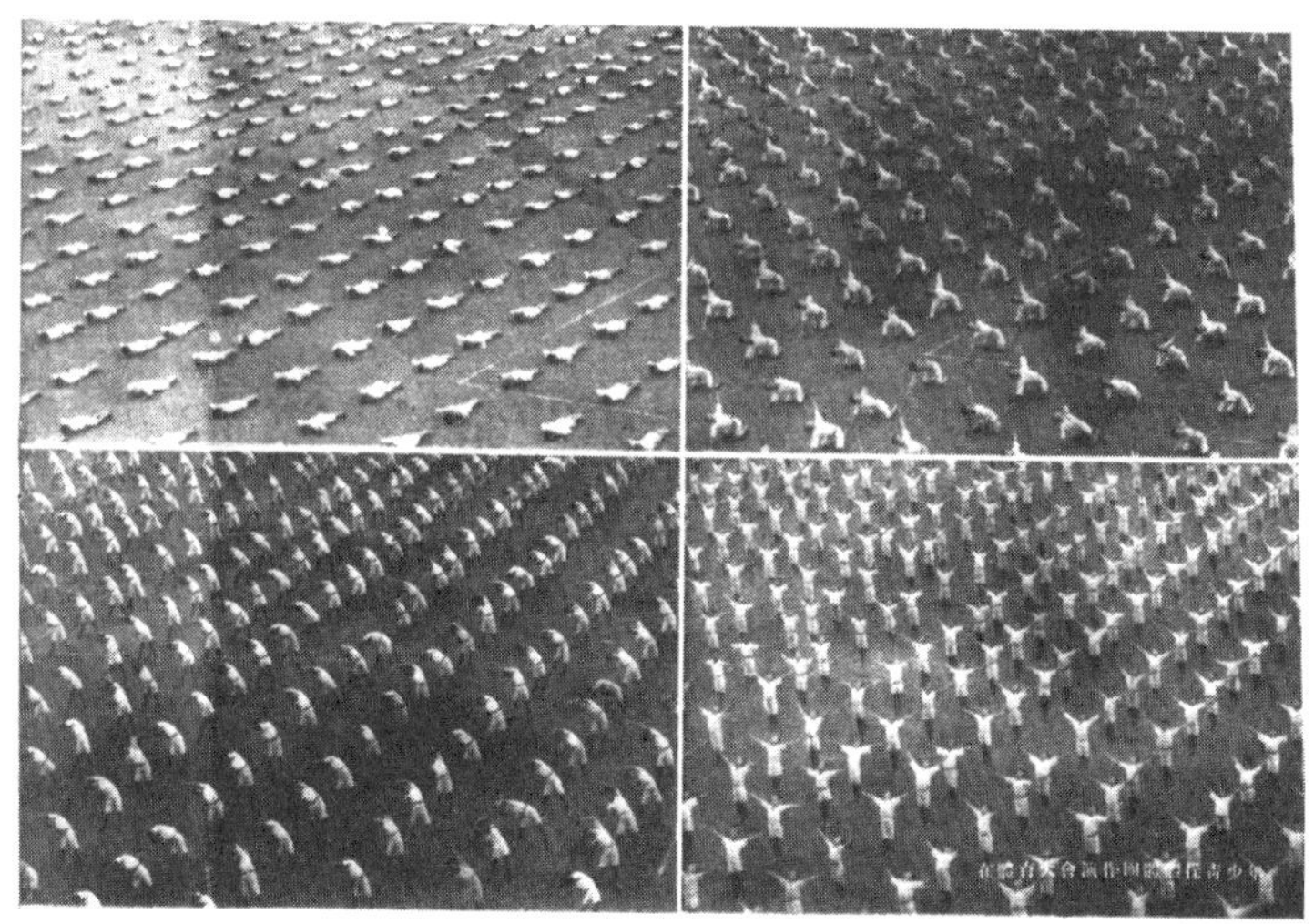

【図2】「戦時東京号」での少年少女の規則正しい整列風景は国体の健全さを表象する。そのような規則性は『詩と詩論』以降の春山的モダニズムの原理でもあった。(『FRONTO』平凡社復刻版より)

ということが何よりも重視された。それは「イデオロギー＝シナリオを優先させ、それを誌面化するスタイル」が『FRONT』の特徴だったことを意味する。シナリオという理論的な枠組みが誌面のデザインを決定する。イデオロギーを誌面で具体化するために必要とされるのは方法論の厳密化である。内容面ではなく方法論という形式面から誌面が構成される。このような方法論の重視は、かって春山が『詩と詩論』に掲載した詩論においてモダニズムの実験としてすでに実践していたことでもあった。

フィクションとしてのモダニズムが帝国日本の秩序を鮮烈なイメージを可能とするのである。さらに初期『FRONT』には言葉の面からも春山的モダニズムの痕跡を窺うことができる。『FRONT』別冊の「偉大なる建設　満洲国」のキャプションである。この号では満洲の発展が様々な写真によって紹介されているが、写真に附随している三つのキャプションに注目したい。引用文の傍線は引用者によるものである。

アジヤにあっては、現在の不法に歪められたる世界秩序がその本当の合理的なるそれによって完全に代らるるまで、アジヤの如何なる国が如何なる行動を起こそうとも、それがこれらのアジヤ侵略に向けられている限り単にその国の利益となるばかりでなく、同時に亦、全アジヤにとっても利益となる。自国を奪還すると同時に、アジヤを解放する――これが現在の世界史におけるアジヤ諸国の行動特殊性である。（二）

満洲事変の意義は、日本が日本のために戦うことは、同時に、満洲のために戦うことであり、全アジヤのために戦うことであるというアジヤの連帯性を再び強く自覚したことである。（七）

日本の目的こそ同時に満洲の目的であり、日本を支持することこそ万種を解放する所以であり、（一四）

これらのキャプションを誰が書いたのかわからない。しかしこの引用で繰り返し使われている「同時に」という言葉は、『詩と詩論』時代から春山の詩論にとって欠かすことのできない言葉だった。[38]もっとも、『詩と詩論』時代の春山の詩論に見られる「同時に」は、様々な実験を可能とするモダニズムの多様性と、インターナショナリズムとしてのモダニズムの開放性を象徴する言葉であり、近代日本の詩と詩論の保守的な状況への批判を込めて繰り返し用いられた言葉だった。

それに対して『FRONT』での「同時に」は、満洲を含めてアジア全域を日本が全面的に植民地化していくことを正当化するための言葉といえる。『詩と詩論』におけるモダニズムの「同時に」は完全に消滅し、代わって帝国日本の理念を示し言祝ぐために「同時に」という言葉は使われている。春山の『FRONT』への参加は、日本におけるモダニズムのある意味での到達点といえたが、それは戦争によって可能となったのである。

おわりに
あるモダニストの戦時下の肖像

「我々」と「遠い外国の作品」

一九四二年六月一日、ミッドウェー海戦で日本海軍は壊滅的な打撃を受ける。そんなことになるとはつゆ知らず、文学者たちも半ば強制的に、しかし半ば積極的に時局的な活動に参加していた。五月二六日『日本学芸新聞』の一面は約三〇〇名の文学者を集めて開催された日本文学報国会の設立会議の報告である。春山がこの会議に参加したのかは不明だが出席した可能性は高い。二ヵ月後の八月一日付けの『日本学芸新聞』には春山が評論随筆部会の常任幹事に就任したことが報告されている。その他の評論随筆部門の幹事は伊藤整、阿部知二、保田與重郎、中島健蔵、亀井勝一郎、新居格、そして小林秀雄。『詩と詩論』時代からの春山の仲間や論敵が勢揃いしていたことになる。幹事長は河上徹太郎であり、評議委員にはかつて春山が激しく批判した谷川徹三がいる。伊藤や阿部と共にモダニズム陣営（新居も春山の知友だった）と、保田や亀井のような浪漫派、そして戦前の春山が印象批評家と呼んで罵倒しつつも近代日本の文芸批評の主流派となりつつあった小林や河上まで、戦前の春山が様々な意味で関係した批評家たち——彼らは近代日本の批評を作ってきた者たちでもある——が日本文学報国会には集結している。

文壇の批評家として春山は大東亜文学者会議の準備委員としても活動している。八月一日付けの『日本学芸新聞』には大東亜文学者会議の準備委員会の名簿も掲載されており春山の名をそこに見ることができる。他の委員は川端康成、河盛好蔵、林房雄、飯島正、金子光晴。七月二一日に第一回の準備委員会が開かれている。委員会で春山がどのような役割を果たしたのかは不明だ。春山や川端のような文学者はお飾りで、おそらく事務方が会の運営を取り仕切っていたと推察されるが、春山は大会議員としても一一月三日の大東亜文学者会議に参加しており、大会に参加するにあたって一一月一日の『日本学芸新聞』に「大東亜文学者大会の力点」というエッセイを寄稿している。

大東亜文学者大会の第一の目的は、大東亜共栄圏も文化建設という重大な責任を持った我々文学者が、共同の責務と覚悟と努力を宣明し、そのための親和力を固め、交流を高めるための出発点をなすにある。私は特にここで、『我々』という意味が、この大会に参加するすべての代表者の共通の代名詞とならねばならない点を、敢えて強調したい。(四)

確認できる資料のなかで「大東亜文学者大会の力点」は春山によるもっとも時局的なエッセイである。日本の支配下にある地域の文学者は「日本の国体と文化」を理解し、個人的なつながりを発展させ「我々」として団結しなければならない。このような春山の主張について、松本和也の論文「第一回大東亜文学者大会の修辞学」では、「我々」には日本を頂点とした「序列が孕まれ」（七）ていると指摘されている。イギリスの植民地統治の狡猾さを指摘した春山だったが、松本が指摘するように「代表者として選ばれた文学者」を内地の文学者が指導していくことを自明視しているように見える。

代表者として選ばれた文学者に等しく日本の国体と文化を味解し、さらに大東亜戦遂行中のわが国民生活の力強い営みに親しく接して、物心両面の揺ぎない実状を知って貰うという機会を与えると共に、日本の文学者との個人的なつながりもできるだけつくって貰わねばならない。個人的親和が、さらに全体的に拡大されて、大会の目的に邁進する原動力とならねばならないという、二重三重もの重要な契機をさすものである。（八）

「代表者として選ばれた文学者」に「物心両面の揺ぎない実状を知って貰う」と春山は述べる。外地の文学者たちに「機会を与える」ことを当然のこととみなすことは、「大東亜」の「序列」を当然のこととみなすことでもある。松本の論文では、春山と並んで金子光晴のエッセイ「第一回大東亜文学者大会に就いて」のなかの「今日、我々は糧を与えねばならない幼稚な国々を周囲に持つことになった」という一文についても言及されているが、金子も春山と同様に明らかに外地に対して差別的な眼差しを持っていた。イギリスの植民地経営の過酷さやイギリス文学と植民地主義との関係を指摘していたにもかかわらず、春山はアジア各国と日本のいびつな関係性には無頓着なままだった。あれほど欧米文学について知悉していたにもかかわらず、欧米文学に内在する、アジアやアフリカに対する蔑視を、日本の文学もまた明治以降になると持ってしまったことに、春山は気づくことができなかったように見える。とりわけ明治以降の近代日本の文学のアジアに対する根深い偏見は、第二次世界大戦終結まで決して文学者に自覚的に矯正されることはなかった。つまり「我々」の欧米の文学に対する思いが、アジアの文学者が日本の文学に対する思いともなるかもしれないことに春山は気づくことはなかった。

遠くの他者に対する想像力を近くの者への想像力へと変換することが春山にはできなかったのだ。「大東亜」の人々に「機会を与える」ことをためらいもなく主張してしまう春山は、第一回大東亜文学者大会で詩について次のように発言していたことが一九四二年一一月一五日の『日本学芸新聞』の「議事録」で確認できる。

> 詩に付いていろいろの立場から御提案がありましたが、詩は非常に短い形で、一番簡潔に、その国の風俗や、思想や、生活を盛り、描写出来る点で、非常に大事な芸術だと思います。この大会には詩人で此方へ招聘された方が、非常に少なかったのですが、今後の会合の場合には、是非人選をなさいます時には、此方から向うへ派遣するにも、向うから此方に来て戴く時にも、どうか詩人の方も御銓衡なすって来て戴けるようにお計り願いたいと思います（一三）

「大東亜」の様々な「国の風俗や、思想や、生活を盛り、描写」するために詩を活用する。「詩は非常に短い形で、一番簡潔」に様々なことを描き出すことができるからだ。詩は「大東亜」を簡潔に効率よく描き出すことができる手段となる。(39) そのようなプロパガンダ的な手段は、詩の原理を探求した『詩と詩論』

時代の詩と詩論とは対極的な政治的で実利的な詩の活用方法といえるだろう。

欧米のモダニズムの文学の強い影響を受けて、日本語の詩の革新を探求し、『セルパン』編集長として欧米の左翼的な文学者の動向を紹介し、そして中国大陸への旅ではオーデンのようなマルクス主義に強い影響を受けた詩人たちを意識しながら満洲の旅行記を書いた春山は、非合理的な精神論とは対極的な客観的な思考を戦時下においても堅持し続けようとした。しかし、第一回大東亜文学者大会では詩を「大東亜」のために活用することを提案する。春山もまた戦時下において帝国日本の詩人兼批評家としての発言をせざるを得ない状況に追い込まれていった。

もっとも、四四年になっても『婦人公論』三月号に「戦争に勝つ数字――勝つためにこの数字を克服せよ」と題して、数字に焦点を当てて戦争に勝利するための方法を論じている。時流に流され、扇情的な言葉を用いることを可能な限り控え、春山はできうる限り合理的に戦争について語ろうとしていた。だからこそ春山は、徹底して数字やモノを対象とする。一九四一年の終わり頃ごろから、満洲や台湾の風物誌と、「椿　砂糖」「南方の花木」、「京阪の動植物園」、「鉄量・石炭」といった雑学的なエッセイを次々と発表するようになる。多くの文学者たちが精神論的な発言を繰り返すなかで、春山は精神論的かつ非合理的な言説を拒絶するかのように、様々な物の起源やその歴史を論じる。

もはやかつてのように欧米のモダニズムの文学について論じることなどできず、雑学的なエッセイを寄稿することしかできない。そのような状況において外国文学は、国文学者によって否定的な対象として論じられるにすぎない。

たとえば一九四三年五月一五日、『日本学芸新聞』に掲載された蓮田善明の「日本文学に於ける海洋」

ではジョセフ・コンラッドの海洋小説が言及されている。

しかしいぶかしかったのは、わが古典の文学に、例えばコンラッドに比すべきような海洋文学の一遍もないことであった。海洋に対しての進取開拓、天真の本能的冒険の感興、商略、猟奇的探検、その何れも我々を堪能させるに足るものに乏しい。（中略）そして海洋文学の乏しさということが、国民の能動的な精神に関して何か飽かぬ憂愁を與へがちであることも事実であった。（二）

蓮田のような国文学者（小説家でもあった）によって日本の海洋文学の未来は語られるようになる。蓮田がコンラッドの小説をよく読んでいたことは、コンラッドの海洋小説を単なる冒険小説ではなく、「商略、猟奇的探検」といった要素があることも指摘していることからも明らかだ。そのうえで蓮田は近代日本における「海洋文学の乏しさ」について述べている。「海行かば水漬ける屍」といった和歌を紹介しつつ、「この日本島根の者が海を忘れ海を怠っていたのではない。八百道の潮の海洋は眼に見らずして神意の文明として昭かに息通わされていたのである。かの海磯に立つ鳥居は、コンラッドのように見て書いて廻らなければならない文学と違う神の海を現に物語っている」（二）のだと主張している。

春山は、一九二〇年代半ばに、雑誌『文藝時代』でコンラッド作品のフランス語訳の状況を紹介していた。[40] 英語からフランス語へ、そして日本語へ。モダニズムを知る以前から春山にとって文学とは一国一言語的なナショナリズムの文学への批判をつねに内在していた。翻訳を通して文学は、遠くのもの、近くのもの、過去、現在、未来といった物理的、空間的、時間的な違いを越えた出会いをもたらす自由がつねにあることを春山の文芸批評は明らかにしようとしてきたのである。

蓮田のようなコンラッド論は、春山の文学観からすればとても受け入れることができない。論争家として知られた春山だが、かつてのような激烈な批判など不可能である。四三年ごろになると春山ができることは、雑学的なエッセイを発表することと、「戦時経済政策」をなるべく合理的に語ること、そしてプロパガンダ誌のなかにかつての前衛的な方法を反映させることだけだった。

一九四三年九月一日、『日本学芸新聞』から名称変更した『文学報国』に「満洲文学の一特性」と題したエッセイを春山は寄稿している。「日・満の関係は、政治・経済・産業・文化その他のあらゆる部面で、今日、並びに今後の大東亜共栄圏を緊密に一体化していくうえでの現実の見本を示している」(一一)のだと指摘し、「大東亜共栄圏」の「一体化」の例として満洲での日本文学の満洲語への翻訳の状況などを紹介し、「満洲国文学界が大東亜文学界に示している最も理想的な手本でなくてはならない」(一一)と述べている。

敗戦近くになっても、「作家の仕事を紹介しあうという意味での翻訳」(一一)が「大東亜文学」に必要だと春山は述べていた。しかし春山が夢見たインターナショナリズムとしての「翻訳」とは正反対の、国策としての翻訳について春山は語ることしかできない。「熱と力の雄叫び」といった言葉が頻発する『文学報国』の記事のなかで、春山の「満洲文学の一特性」も「大東亜共栄圏」を賞賛しているエッセイのように見える。

遠い外国の作家の作品を伝えるというのでなく、日常顔を合わせている作家の作品を、乃至は大東亜文学者大会のような会合で共に一堂に会して意思を披瀝し合った作家の仕事を紹介しあうという意味での翻訳、それが今日の大東亜文学に必要な基調となってきている。（二）

「遠い外国の作家の作品」を伝えることはなくなった。たしかに春山が親しんだ欧米の文学は本当に遠くなってしまった。上京した若き春山は「遠い外国の作家の作品」への熱い思いに突き動かされていた。未知の「外国の作家の作品」との出会いによって、市橋渉（春山の本名）は私たちが知る春山行夫となった。母語だろうが外国語だろうが文学とは、自由で創造的な営みであり続けることを春山の軌跡は私たちに教えてくれる。しかしもはや「外国の作家の作品」について述べることは許されず、「大東亜文学者大会のような海外で共に一堂に会して意思（ママ）を披露し合った作家の仕事を紹介しあうという意味での翻訳」（二）について述べることしかできない。

残念ながら終戦間際の春山の動向は殆どわからない。東方社は四三年頃には林達夫が退き中島健蔵が中心となって運営されていたが、春山がいつ東方社を辞めたのかは不明である。一九四四年になっても『婦人画報』や『文学報国』などに間歇的にエッセイを寄稿していることは確認できる。二月一〇日の『文学報国』二面に「読書指導の課題」という小さな特集が組まれている。「国民読書委員会」を設置し、戦時下における国民にふさわしい読書のありようを指導するために設置される読書指導員について、「それぞれに経験ある三氏の方にご意見を訊く」（二）ことを目的としていた。「三氏」の一人である春山は「綜合的な方法　計画性と機関の問題」と題した記事を寄せている。「最小限六ヶ月位の間、毎週一日でも、きまった会社なり工場なりに専属して、読書をしている間に起きた疑問や、書物の選択や、その他について相談に乗るといった仕事が理想的」(二)であるという当たり障りのない回答をしている。五月二〇日『文学報国』の「街頭初見」という街中の状況を報告する欄に、「青少年、特に中学生の生活に我々の時代の持たなかった力強さが感じられ、頼もしさと同時に羨望を感じます。都会へ出て町を歩いている農村人の教育については、農村指導階級の一段の努力を望みたい」(二)と春山は述べている。

もはやすべてが終わったような状況下で、それでも春山は新たな著書を書き続けていた。膨大な蔵書の疎開を徐々におこないつつ、最低限の資料を手許に置きながら台湾をテーマとした本の完成を急いでいた。『民族台湾』を出版していた台北の東都書籍から一九四四年一一月に出版予定だった『台湾の自然誌』は、校正刷り二部を残したまま未刊となり春山は終戦を迎えることになる。

個別と総体――「兵隊さんの顔」と「鉄塔」

一九四九年の「一般該当者名Ｉの部」には、本名の「市橋渉　雑誌セルパン編集長」(一三七)という記載が見られる。公職追放の理由は『セルパン』編集長としての活動が問題とされたようだ。もっとも、春山は戦時下において村野四郎のような愛国的な詩や、北園克衛の「郷土詩論」のようなナショナリズムが強調された詩論を書くこともなかった。一貫して「太平洋文学論」のような地政学的な観点から文学について合理的に考えていたことは見てきたとおりだ。

『FRONT』の編集や文学報国会への参加があったとしても、戦時下の春山の軌跡は、体制側か反体制側かを区分することができない当時の複雑極まりない状況そのものを示している。つまり単純に春山の戦時下の軌跡を裁断することはできない。

春山の死から二年後、一九九六年に嶋岡晟は、「昭和詩論への一視点」と題されたエッセイで、『少国民詩　年刊1』（一九四四年）に春山が発表した児童詩「鉄塔」と、北園克衛の「郷土詩論」を、戦時下における「昭和モダニストたちの〈後退〉の引証」（八）としている。見てきたように戦時下の春山が無辜の存在だったわけではない。日本文学報国会や大東亜文学者大会を始めとして様々な形で軍部に協力したことは疑いようのない事実である。しかし「鉄塔」を、戦時下の春山の活動をモダニズムの「〈後退〉」だと「引証」することは妥当なのか。

ほぼあらゆる文学が「〈後退〉」していた戦時下、春山は自らも含めた文学者たちの「〈後退〉」を冷静に受け止め、戦時下の情勢を可能な限り合理的に分析しながら用紙の配給から太平洋までを、モダニズム的な観点から考察していた。たしかに北園克衛の「郷土詩論」は、戦時下の北園の日本回帰を考えるうえでもっとも重要な作品の一つである。だが、詩における日本的なものとは何かをテーマとした「郷土詩論」と、春山の「鉄塔」を戦時下のモダニズムの後退として並べて「引証」するのは無理があるように思われる。

一九四一年、『少年倶楽部』一月号に「兵隊さんの顔」という作品が掲載されている。『満洲風物誌』では描かれることのなかった戦場について報告した児童詩であり、「天津から北京へゆく途中に郎坊という駅」（二七六）に駐留する日本兵の姿が描かれている。ちなみに「郎坊という駅」とは盧溝橋事件の直後に起こり日中戦争のきっかけの一つとなった「廊坊事件」の現場近くの駅である。

事変が起きた時、まっさきに戦闘があったところで、
プラットフォームには現在その時の戦死者の墓が立っている。
石の墓でなく、背の高い気の柱に
工兵上等兵　及川今朝巳　田中吉久　戦死の地
工兵上等兵　倉重傳　戦死の地
と書いてあり、
ほかにもまだ五人の勇士の墓がある。
汽車がとまるとみんなが降りておまいりする。
私も帽子をとってお辞儀をした。
ふと建物に目をやると
窓に兵隊さんの絵が貼ってある。
クレヨン画で、ひどい髭もじゃ顔だ。
小学生が慰問袋へいれて送ったのでしょう。
そこへ記者から降りた兵隊さんがいた。
よそからきた兵隊さんらしく、
はじめて窓の絵を見たのです。
ハッ　ハッ　ハッ、
子供の絵はおもしろいね。

かいたのは尋常二年生の男の子だよ。
君はいい絵をもらったね。
と出迎えの兵隊さんと話しました。
私はもう一度お墓にお辞儀をして、それからクレヨンの絵をみた。
兵隊さんの髭もじゃの顔が笑っているようにみえた。
みなさんも兵隊さん絵を送って下さい。
町の絵でも、畑の絵でも、姉さんや弟をかいた絵でもいいです。
それから絵と一緒に手紙も書いて下さい。[41]（太字原文、一七七）

太平洋文学論が、俯瞰的で包括的な観点から、海と空も含めた総力戦のリアリズムを合理的かつ客観的に示そうとした試みだとすれば、「兵隊さんの顔」は、ミクロなレベルで中国戦線の日常を描き出している。戦闘のあった場所を訪れた春山がまず見たのは「背の高い木の柱」で出来た「戦死者の墓」であり、一人一人の戦死者の名を春山は太字で記録する。一人の死者も一〇〇万の死者も数字で記録され、兵士は戦争の道具でしかないことに反発するかのように春山は個々の死を記録する。『詩と詩論』時代に発表された春山の詩の代表作である「白い少女」は、白い少女という単語の反復だけで成立した作品だったが、その徹底したフォルマリズム的な手法によって「少女」が、たんなるモダニズム的な方法論のための道具＝記号でしかなかった。非-人間的ともいえるモダニズムの手法によって「少女」は記号化されてしまっていた。それに対して「兵隊さんの顔」では、一人一人の兵士の墓とその名が記される。つまり「兵隊さんの顔」では、戦死者は個別にその名が記されることで、兵隊も当然一人の人間であり、一人一人の顔を持っていたことを読者に思い起こさせる。駅舎の窓に貼られている「クレヨン画で、ひどい髭もじゃ顔」の「兵隊さんの絵」は、まさに一人の兵士という人間が実存している／していたことを如実に示している。「兵隊さんの顔」は、戦場の個々の兵士の生と、そして個々の死を想起させる。新聞や雑誌の戦場報道にはない、一人の兵士のかけがえのなさが前景化されている。「兵隊さんの顔」という詩で春山は、戦場のリアリズムを描き出していたのである。

　嶋岡が「昭和モダニストたちの〈後退〉の引証」（八）としている「鉄塔」は、一九四四年二月に発行された『少国民詩　年刊1』に所収されているが、戦前戦後を通して春山の盟友だった近藤東も「満洲の墓」という作品を寄稿している。「満洲の墓」では、日露戦争以降に立てられた満洲に点在する日本人の墓は中国大陸へと拡張していく帝国日本の象徴となっている。「満洲はおかげで　日に日に　よい国になっていく。日本はおかげで　日に日につよくなっていく。」（二二七）のだと述べられている。そして詩の最後では「今も白いちいさい　あのはかたち(ママ)よ　今ごろはさびしいでしょう。今ごろは　ひとりぼっちでさびしいでしょう。」と語られている。「レイニンの夜」で春山を震撼させたモダニズムの詩人の姿をこの作品の中に見ることはできない。近藤は満洲の墓を擬人化し、抒情的にその「はかたち」の「さびしさ」を語るだけである。近藤の「はかたち」は不特定多数の寂しい「はか」として全体性を強く帯びることで「日本」の「はかたち」となっている。それに対して春山の「墓」は一つ一つの墓であり、客観的かつ合理的に戦地をリアルに描き出すことで、一人一人の兵士の生と死を描き出す。二人のモダニストのどちからが優れているといったことを指摘したいわけではない。戦争によって二人のモダニストは、まったく対極的な観点から墓について語ることになってしまったのである。

児童詩で春山は一人一人の死者と向き合いながら戦場を描き出していた。モダニズム由来の合理主義を徹底させることで、逆説的にリアルな「兵隊さんの顔」が浮かび上がってくるのである。それは精神論的、非合理的、国粋主義的に戦争を語ることへの批判でもあった。その反抒情的な眼差によって、一人一人の兵士の墓に春山に注目することができた。春山の児童詩（「鉄塔」「兵隊さんの顔」「地図」「カモッセン」など）をモダニズムの「後退」と容易に批判することはできない。戦時下においても春山は戦場の一人一人の兵士の死を描き出し、そして鉄塔という物資の重要性を指摘したのである。戦争を徹底して合理的に見つめようとする醒めた眼差しを持つことができたのは、春山が根っからのモダニズムの詩人であり批評家であり編集者だったからだ。

一九五八年に発表された四季派批判として夙に知られる「『四季』派の本質――三好達治を中心に」のなかで吉本隆明は、「大学においてフランス文学を習得し、フランス文学を日本に移植し、また、モダニズム文学の一旗手であった詩人」（二七二）である三好の戦時下の詩を、「総力戦・物量戦を呼号した太平洋戦争の実体は、三好の詩では、「鐘」とか「牧人の鞭」とかいうような、花鳥風月にモダニズムの衣裳をきせた暗喩でしか触れられていない」（二六二）と批判している。そのうえで吉本は「第二次世界大戦期の欧米の戦争詩は、鉄量と放火と生命の危機のなかで、戦争とメカニカルに対立している人間主体の過酷なすがたを、鮮やかに詩に定着してみせている」（二六二）と指摘している。吉本が欧米の詩人の誰を指しているかはわからないが、戦時下の欧米の詩人の一人として当然オーデンも含まれるはずだ。

見てきたように春山は三〇年代の終わりにすでにオーデンの時代に対する危機意識を共有し、そして繰り返し総力戦下における物資の重要性を具体的な数字から語っていた。吉本の言葉を借りれば「もうまいな前近代意識の組織化が、いかに大規模におこなわれた太平洋戦争期」（二六八）において、総力戦における近代的な組織化の重要性を詩人たちのなかで例外的に春山は主張していた。なおかつ三好のみならず村野のようなモダニストも含めて、「かれらが戦争期にはいってとくに使用した擬古語と擬古定型」（二六八）を春山は戦時下、一切使わなかった。伝統的な形式への先祖返りを春山は拒絶した。吉本は強い調子で多くの詩人に起こった復古的な変化を、「西欧近代社会の特質と、西欧的な発想について、無知であるはずもない知識人が、太平洋戦争において、封鎖的な無知な排外意識と同等の地点に平然と移行しえた、ということはおどろくべきことである」（二六六）と批判しているが、戦時下においても春山にとって文学とは、「西欧的な発想」による理知的な営為であり続けた。

たしかに吉本が指摘するように欧米のモダニズムから多大な影響を受けた日本のモダニストたちは、戦時下になると愛国的で戦意昂揚的な詩や批評を次々と発表するようになる。[42] 吉本は『高村光太郎』のなかで「モダニスト村野四郎」（一一六）の愛国詩について言及しているが、鶴岡善久著『太平洋戦争下の詩と思想』では、戦時下の村野について、「村野四郎におけるかつてのモダニズムはまったく崩壊しつくしていたといわねばならない」（一九二）と指摘されている。[43] 四季派から村野のようなモダニストまで、戦時下になると彼らの作品には「きわめて正統的なむしろ風土的な表現」（一九二）が見られることを鶴岡も指摘している。詩だけではなく北園克衛の『郷土詩論』のような地域主義的な詩論も含めて、吉本の「四季派の本質」を援用すれば、戦時下においてはモダニストたちでさえも「モダニズム的な教養として得た論理と論理とが通じあう世界は、こんどは封鎖的な伝統感覚を掘り下げるために使用された」ということができるだろう。日本的なものへの回帰。このような状況に春山は抵抗していた。他のモダニストと同じように戦争そのものに反対することはなかったが、春山にとっての「世界」は、あくまでもモダニズム的な「世界」を意味していた。モダニズムだから「後退」したのではなく、春山はモダニズムから戦争を一貫して見つめていたのである。嶋岡が批判した「鉄塔」（初出は一九四一年『少年倶楽部』三月号）も、電力の重要性を指摘しており、モダニズム的観点から戦争におけるテクノロジーと物資の重要性を強く示唆した作品といえるのである。

春がきたので僕等は郊外へでる。
遠くの山山がはっきりと見え
そこからみどりの麦畑をこえて
鉄塔の列が一直線に都会に向かっている。
あの電線には強い電流がながれている。
それは自然のめぐみと科学の誇りを結んで
工場の機械や電気機関車を動かし
交通信号のあかりとなって重い役目をはたす。
また放送局の高いアンテナからは
たのしい歌やお話の放送となって

発電所のひとたちのところへもかえってくるし
海をこえた戦場の勇士にも
元気な子供たちの合唱で
「兵隊さん、ありがとう」と挨拶する。（六二）

前述したように「鉄塔」の初出が掲載されたのは一九四一年三月号の『少年倶楽部』だった。その目次を見ると、「鉄塔」の前後には、「翼賛一家さぶろう君」（中島三郎著、大槻さだを画）、「たくましい日本人になれ」（大倉邦彦）、「勲章のおしえ」（平出英夫）といったタイトルが並んでいる。そのなかで「鉄塔」は、電線、電流、科学、工場、機械、電気機関車、交通信号、放送局、発電所といった近代のテクノロジーによって、はじめて「海をこえた戦場の勇士」に子供たちは挨拶することができることを示した作品である。もし「鉄塔」がモダニズムの「後退」として指摘されるのだとすれば、北国の「郷土詩論」と並置されるのではなく、「鉄塔」そのものと比較したうえで「後退」について考察しなければならない。どういうことか。

嶋岡が「引証」している「鉄塔」は『少年倶楽部』の初出ヴァージョンの「鉄塔」である。じつは「鉄塔」は四二年二月に発行された『少国民詩』ヴァージョンと四四年九月に出版された『少国民のための大東亜戦争詩』ヴァージョンがある。このヴァージョンは四一年の初出と同じである。『少国民詩』ヴァージョンも、『少国民のための大東亜戦争詩』ヴァージョンもほぼ同じ内容だが、ある箇所だけ異同がある。『少国民詩』ヴァージョンでは「それは自然のめぐみと科学の誇りとを結んで」となっている。七ヵ月後に出版された『少国民のための大東亜戦争詩』ヴァージョンでは、「自然の力と科学の力が一しょになって生みだされた電流は」となっている。「自然のめぐみ」と「科学の誇り」から「自然」も「科学」も「力」に変更されている。変更というよりも、四一年の初出に回帰したといったほうがよいだろう。自然と科学を分けるのではなく、同じ「力」として捉えること。「誇り」のような観念として自然や科学（電気）を捉えるのではなく、抽象化された「力」として自然と科学との関係を、ある種のモダニズム的かつ唯物論的に春山は捉えようとしていた。初出への回帰、それは、「誇り」ではなく、最終的に春山が物資と科学の「力」をその詩で選択し、そのうえで、戦争と対峙していたことを意味する。

テクノロジーの発展と豊富な物資こそが総力戦に勝利することができることを春山は熟知していた。戦時下の春山は合理的に戦時下の日本の状況を語ろうとした。科学とその技術の必要性から、用紙の計画的な配給システムの構築の重要性まで、モダニズム的な合理主義に基づいて時局について考えていた。つまりモダニズム的な眼差しで一貫して戦争を眺め、そして語ったのである[44]。

戦時下の春山の主張は、単純素朴で精神論的で愛国主義的な主張が席巻するなかで異質なものといえた。春山本人は「鉄塔」を愛国的な作品だと思っていたかもしれないが、あくまでも「鉄塔」という物資の重要性がそこでは示されていた。『少国民のための大東亜詩』には「鉄塔」と共に「地図」という詩が所収されている。「平野はみどりいろで／黒い梯子のやうな鉄道がはしっている。ぼくらの住んでいる土地を探してみよう。それから忠勇な皇軍によってまもられた／広大なアジアと太平洋の地図をひらいてみよう。（中略）全アジアの中心となった日本の偉大さ！　その日本を背って立たねばならないぼくらだ！」（一五五）

「忠勇な皇軍」と「全アジア」を代表する「日本の偉大さ」。この詩は、ある程度まで、そして唯一、春山による国威発揚的な詩といえるかもしれない。しかし、この詩も最後は次のように述べられている。

そして鉄道や汽船が手紙や慰問袋をはこんでいく
途中の都会や港をしらべてみよう。（一五六）

春山と『詩と詩論』時代から親交があった詩人の阪本越郎が「山本元帥国葬」を寄せ、近道東が「原っぱ」で日本兵がいかに中国で「いさましくたたかった」のかを語るのとは対照的に、春山は電力から手紙の配送されていく都市や港の重要性を児童詩でも指摘した。戦時下の春山はロジスティックスに強い関心があり、文学者というよりは有能な官僚・軍人のような観点（モダニズム的合理性）を失うことがなかった。

戦後、春山は戦時下の自身の状況について原稿依頼が無くなったと語っているが、見てきたように、本人の言い分とは逆に、モダニストとして戦時下の春山は精力的に様々なエッセイを発表しており、著作も次々と刊行している。瀧口修造のように軍部から徹底的に監視されることはなく、その執筆量を見れば、春山は軍部や政府から好ましい人物と見られていた可能性は否定できない。春山がどのように軍部や政府から評価されていたのかはさらなる調査が必要であるが、公開されている戦時下の春山の作品（児童詩や絵本から文芸批評まで）は、戦争とは「総力戦・物量戦」を意味することを様々な形で示していたのである。

一九四三年から四四年になっても春山の執筆活動は旺盛だった。四三年、九月一五日発行、「初版一〇〇〇〇部」と奥付で示されている『マチエキタバス』（画は松山文雄）は戦時下とは思えないオールカラーのとても美しい絵本である。[45] 往来するバスの途上の長閑な田園の風景から、工場の活況、百貨店の賑わい、そして港の活況まで、戦時下であることを忘れさせるような風景が本には描かれている。その時々の風景に春山はコメントしている。「ヤア　タクサンノ　マド　ダ。ギンカウ　クワイシャ、シンブンシャ」(一二)。カタカナによる街や港の風景は、『詩と詩論』時代から春山が詩のなかで繰り返し描いた風景だった。たとえ戦時下であろうと、その詩には以前と変わらぬ春山的モダニズムが踏襲されていたのである。なおかつ街を俯瞰し、街を構造的に捉えていくことで、近代都市の有り様を合理的に理解しようとする。このような春山の詩のモダニズムが、『マチヘキタバス』のような児童文学においても変わらなかったことは本文に附随された「お母さまがたへ」を読めば明らかである。

作者の望むところは戦時下に於ける都会の役目や、都会に行われている生産施設や集団生活を、いままでの都会を見る眼とはちがった角度から、全体的に描きだしたいということにあるのです。(中略)たとえば朝のバスやなぜ急行であるかとか、新聞社の伝書鳩がどんなはたらきをするかとか、戦地へ行く貨物自動車が、なぜ国防色に塗られているかといったこと、路面電車は停留所ですが、郊外電車は駅と呼ぶことなど、気づいた点を、子供の年齢に応じて解説していただくことも、作者の希望したいところです。(二四)

『マチヘキタバス』での試みは「都会に行われている生産施設や集団生活を、いままでの都会を見る眼とはちがった角度から、全体的に描きだしたいということにある」と春山は言う。「生産施設や集団生活」に焦点を当て、「なぜ国防色に塗られているか」に注目する。停留所と駅の違いについて知る。バスを通して国力について知る。様々なシステムの総体としての国家の仕組みを知る。つまり非合理的な精神論で戦争は勝てるわけがないことを春山は『マチヘキタバス』で暗に主張していたのである。

明確な反体制的な言動を春山の戦時下の作品のなかに見ることはできない。繰り返せば、春山は様々な国策的な団体に参加した。しかし同時に春山は戦争について非合理的、精神論的に声高に語ることはなく、あくまでも合理的に戦争について考えようとしたのである。このような一貫してモダニストであり続けた戦時下の春山の言葉の数々は、唐突だが、かつて小林信彦が、ある本で渥美清について語った言葉を思い起こさせる。

> 渥美にはモダニズムというか、〈おかしな感覚(ファニー)〉があった。その〈感覚〉ゆえに、渥美は役者として生きのびたのである。(四二五)

戦前のみならず戦後を通して春山行夫にも「〈おかしな感覚(ファニー)〉」があったように思われる。渥美とは異なるモダニズムだったとしても、どこか世間と相容れない感覚を、すでに戦前から春山は持っていたように見える。モダニズムを、たんなる流行現象として取り入れたのではなく、生き方として春山は構築したのである。たとえそのモダニズムがおかしなものと他人から思われようと気にしない精神の強さが春山にはあった。

もう一度言う。春山も帝国日本が引き起こした戦争そのものを批判することはできなかった。同時に、戦時下、沈黙することでは飯が食えない状況でも、春山はモダニストとしての矜持を捨てない希有の存在でもあった。このような春山が直面した戦時下の過酷な状況は、私たちとは直接関係がなく、今から八〇年ほど前の人間の生き方を検証することに何の意味があるのかと思われるかもしれない。しかし、戦後四〇年間を私たちは春山と共に生きてきたのだ。春山行夫は私たちと同時代人だった。戦時下の春山の軌跡を検証することは、私たちを支配している／いく時代の力に対して、いかに考え、いかに批判的に私たちは行動するのかを考えることでもある。

戦前の春山を襲った様々な国家統制は、戦後になって消滅することはなく、しぶとく生き残り続け形を巧みに変えて今また復活しつつある。戦時下においても可能な限り合理的に日本の現状を考えようとしていた春山が直面した数々の非合理的な出来事は、私たちの前に回帰している。春山行夫の戦時下の軌跡を検証することは、私たちの時代の危機的状態について考えることでもある。戦時下の春山行夫の軌跡は私たちの軌跡でもあるのだ。

註

（1）春山行夫の過小評価ともいえる状況に対する異議申し立てとして、戦前の春山行夫の文芸批評家としての独自性を拙著『降り坂を登る――春山行夫の軌跡 一九二八―三五』（以下『降り坂を登る』）は明らかにしている。

（2）『詩と詩論』の編集によって、編集者としての卓越した才能が広く知られるようになった春山は、一九三五年から第一書房の『セルパン』の編集長に就任する。春山の編集長就任後の『セルパン』は、総合誌として最新の国際情勢の特集を次々におこない多くの読者を獲得するようになる。『セルパン』は、『中央公論』『文藝春秋』『改造』といった総合誌とは一線を画す編集で若者に支持されるようになる。『セルパン』については中井晨『荒野へ――鮎川信夫と『新領土』――（1）』（春風社、二〇〇七）を参照。

（3）『詩と詩論』時代の春山の詩論の可能性とその限界については『降り坂を登る』の第一章を参照。

（4）春山は詩作において時代の変化だけを重視していたわけではない。たとえば『新領土』六号に発表された「詩論」で一九三五年に出版されたF・O・マシーセンの *The Achievement of T.S. Eliot* を参照しながら次のようにのべている。「社会的、ヒューマニスト的批評家が詩人の作品を見ないで人間だけを見ること、社会的記録としてのみ見て、芸術の作品たることを忘れていること、そのために詩の基本的な要素が不明瞭にされていることを指摘し、エリオットの詩のみでなく、詩全般は、そのテクニックに緊密な注意を払うべきことを警告しているのは、今日の詩の状態をよく物語っていると思う。」（三九一）

（5）『降り坂を登る』第一章を参照。

（6）従軍ペン部隊については五味渕典嗣「文学・メディア・思想戦――〈従軍ペン部隊〉の歴史的意義」『大妻国文』四五号、二〇一四年、九三―一一六頁を参照。

（7）すでに『セルパン』九二号でペン部隊について春山は言及している。九二号では中野好夫、高橋健二、佐藤朔がイギリス、ドイツ、フランスの「戦争小説」について論じた特集が組まれているが、九二号の「後記」で春山は、「ペンの従軍部隊によって戦争小説に関する関心が高まった」（一四一）からだと述べている。九二号には「現地報告」という特集があり、フランスからウラジオストック、そして台湾まで、現地の状況をジャーナリストが報告している。

（8）オーデンとイシャウッドの中国への旅については Carpenter, Humphrey. *W.H Auden : a biography*. Allen & Unwin, 1981 の第一部第七章の「Traveller」を参照。

（9）『新領土』第四三号の「後記」で近藤東が海軍の観艦式の予行を見学した記事の最後に「海軍省検閲済」と記されている。

（10）「収穫期」の初出は一九三九年の『蝋人形』一〇（一〇）である。

（11）一九三九年一一月、『新領土』第三一号の「後記」で春山は旅の計画を次のように述べている。

新京まで六十時間ブッ通しで、米原から下関、釜山から平壌あたりまで二夕晩汽車の中で睡ることになる。新京からハルピンへ出てハルピンから黒河へ行こうかどうしようかと考えている。ハルピンから黒河へ行って帰ってくるだけで五日間かかる。ソヴエトを対岸に見るのも興味があるが、五日間の犠牲は大きい。（中略）熱河では二日位いるつもり。チベット式のラマ建築を撮して来よう。（七五）

旅行直前の春山の興奮が伝わってくる。さらに第三三号では、「『新領土』は詩人の雑誌なので、とりあえず私のプラベートな報告を書く意味で、覚書を書いてみた。出発に際して『新領土』の諸兄が駅まで出て送って下さったのでその答礼をこの一文で果したいと思っている」（一九一）と述べている。

（12）一九三九年（昭和一四）、一二月一七日から二〇日まで『都新聞』で連載した「満洲文化の印象」という記事でも「満洲国の印象」と同じ内容の書籍蒐集をめぐる箇所がある。一九四〇年六月に出版された『海を越えて』（第三巻六号）の「開拓地の生活と自然誌」の九一頁にも「新京、大連、奉天の本屋（主として古本屋の方が材料を多く持っている）」という箇所がある。帰国後の『新領土』第三九号の「後記」でも以下のように語っている。

満洲国と支那関係の本がたまったので、本棚を買って入れたら丁度一杯になった。いろんな珍しい出版物を送って貰うので、その書物を挙げておきたい。

満鉄の観光著書の新刊としては、衛藤利夫氏著『日満の古き国交』、千田萬三氏著『奉天を中心とせる外人伝道師の足跡』。（中略）ハルビン図書館から『十九世紀初頭の露西亜学術出版』（ルミヤンツェフ時代）、『ソ連邦図書館事情』（一）、『ロシア最初の印刷者、イヴアン・フヨードロフ』、『北満鉄路中央図書館の接収』『更生の哈爾濱鉄路図書館』「第卅一回全国図書館大学記念露文図書展覧会目録」『北満鉄路に関する露文書目』（中略）

購入した文では、「大陸科学院研究報告」中の北川政夫氏著『日満セリ科植物小記』（三）、森為三、趙福成両氏共著『満洲国の蝶類』、齋藤道雄、渡辺政敏両氏共著『満洲国に産する野生の飼料学的研究』（中略）

太平洋の旅行記では、イソベル・ウイリ・ハッチスンというイギリスの女流植物学者のアリユーシャン群島の観察記“Stepping stories from Alaska to Asia”Blackie 1937. 12と中村正利氏の『太平洋風土記』（一・八〇。大東出版社）が新しくふえた。この外、“Nova Scotia”というアラスカの紀行と、マーチン・シヤーウツドの『Tai-Mo-Shan号の航海』という香港、アリユーシャン、メキシコの航海記を書店で見つけたが、いづれも北太平洋に関係があるので触手が動く。（一六六―一六七）

(13) 美学研究者のロザリンド・E・クラウスは『視覚的無意識』で、モダニズムと海との関係について次のように述べている。「海はモダニズムの特別な種類のメディウムである。その完全な孤立性、社会的なものからのその分離、その自己疎外感、そしてとりわけ、なにかしら高度の純粋な視覚的充満性へのその開かれ、無へと、感覚的剥奪の非空間へと誘う、無限定の広がりと同一性への開かれのゆえに。」(一一)。クラウスは海とモダニズムとの特別な関係を明らかにするためにジョゼフ・コンラッドの作品『ロード・ジム』や「タイフーン」における海洋表象を分析しているが、春山は一九二〇年代の半ばにコンラッド作品について現在から見ても非常にマニアックな紹介をおこなっていた。春山のモダニズムはつねに欧米のモダニズムと連動しており、クラウスがいうモダニズムの海は、春山の詩にも批評にも流れ込んでいた。

(14) 『戦争への旅』を寄稿した『新領土』第三四号の「後記」では、「海水着の風俗を見ても、二十年前の流行は今日から見たら decorative な存在以外ではあり得ない」(二五六)と述べられている。

(15) 『降り坂を登る』第一章の九八頁を参照。

(16) 当時、三好は報知新聞の記者だった。三好の経歴については酒井大蔵『日本人の未来構想力――三好武二と「五十年後の太平洋」』(サイマル出版会、一九八三年)を参照。

(17) 春山のアメリカ文化と文学に対する見解は『降り坂を登る』第二章を参照。

(18) 『降り坂を登る』第八章参照。

(19) 『セルパン』には「新刊紹介」という無署名の欄があるが、たとえば伊藤整の随筆集『四季』について、「私自身が随所に描かれているので面映ゆい」(「新刊紹介」『セルパン』昭和一四年八月号、一九四)といった一文によって春山が主に執筆していたことが分かる。ある「新刊紹介」では一九三九年二月に生活社から出版されたカントロウィチの『支那制覇戦と太平洋』を、日本とアメリカとの関係を太平洋から考えていく書物であると紹介しており、「それが海上のものであろうと、空中のものであろうと、そのいずれも海洋文学に包括される点に於いては変わりない」(「プロムナアド3」一九四)と述べている。次の戦争では春山は飛行機も重要な戦力となることを予想していた。三月三一日付けの『国民新聞』に「クリッパーの航空路」と題した記事がある。この記事でも「プロムナアド3」の箇所とほぼ同じ内容であるが、これからの輸送手段としての飛行機の重要性について論じている。

(20) 一九四二年『新映画』九月号に発表した「航空映画随想」では、「戦争は飛行機を近代的武器の第一線に置いた。支那事変以前にはあまりにも知られなさすぎた飛行機の知識が、今日ではあらゆる部面から紹介され、一般化されている」(四二)と述べられている。

(21) 戦後、伊藤整の自伝『若い詩人の肖像』では春山について「春山行夫は百田宗治と親しいらしく、特に寄稿という形で『椎の木』に雑文を連載していたが、私の詩集には一言も言及しないでいるのを私は心に留めていた。そんな詩集が出たかね、という態度で彼は自分の詩や自分の生活について書いていた。この『蜂の小舎の生活』は、それにも拘わらず私には面白かった」(三〇九)と回想しているが、若き伊藤も、春山の「詩や自分生活について書いた」エッセイに魅了されていた。

(22)「熱河」の初出は『文芸』8(6)、一九四〇年。

(23) 大陸開拓文芸懇話会については、板垣信「大陸開拓文芸懇話会」昭和文学研究、二五号、一九九二年、八三―九二頁を参考。

(24) 一九三〇年代末から四〇年代にかけての春山は、満洲の現状を知悉した評論家として広く知られるようになっていた。「外地」からも様々な雑誌が春山に送られてくるようになったことは、以下の一文からも知ることができる。

どういうわけか、私は東亜文化のなにかの一役を命ぜられたかのように、近頃は外地からの色んな雑誌を貰うようになった。『セルパン』が幾分そういう色彩を持っているせいもあろうと思うが、大陸へ渡って何か編輯をやろうというような新人は何を措いても自分のところへ報告する気持ちになるのであろう。その気持ちは実に有難いもので未知の友人が現在では大陸の到処に散らばっている。（「後記」『新領土』三五号、三〇七）

（25）『出版・読書メモランダム』「古本夜話116 第一書房版『我が闘争』と小島輝正『春山行夫ノート』」を参照。https://odamitsuo.hatenablog.com/entry/20110720/1311087658

（26）一九三七年『セルパン』七月号の「編集者の言葉」には、「我々雑誌の編集者の如きも、検閲制度によって内務省で検閲を受ける外、警視庁からも、所轄警察からも、いろんな部面で取締りを受けている」（一五八）という一文がある。

（27）パール・バック『大地』の翻訳については小田光雄「古本夜話1474 パアル・バック『大地』と深沢政策」『出版・メモランダム 出版と近代出版文化史をめぐるブログ』（二〇二四年一月八日、https://odamitsuo.hatenablog.com/entry/2024/01/08/000000）を参照。

（28）金亨燦については、長谷川郁夫『美酒と革嚢』（筑摩書房、二〇〇六年）三六八―三七一頁を参照。金の戦前についての証言の信憑性は疑われる箇所があり、慎重に検討する必要があることをつけ加えておく。金の在職中、春山は『セルパン』の編集長だったが、春山はすでに辞職していたと金は証言していることについて、長谷川は、「春山退社時についての記憶違い」（三六七）と指摘している。金は一九三九年から第一書房で働き始めたと証言しているが、様々な資料から春山は一九四〇年九月までは第一書房に在籍していたことが確認できる。佐藤卓己『言論統制―― 情報官・鈴木庫三と教育の国防国家　増補版』では、金が「岩波茂雄と鈴木少佐との直接対決という虚構のドラマを書き残している」（四一七）と指摘されている。ちなみに『言論統制』第四章では戦時下、当局によって作成されたブラックリストである「(秘)評論家一覧」に関して検証されている。佐藤によれば、戦時下において「情報局には執筆者を制限するための論壇・文壇のブラックリストが存在」(三五〇)していた。佐藤は鈴木家の遺品から発見されたブラックリストについて調査している。二八二名がリストには記載されている。佐藤先生に春山行夫の名前が記載されているのかをメールでお尋ねしたところ、春山の名はないことが判明した。突然の連絡にもかかわらず、早々にご返信くださった佐藤先生に深く御礼を申し上げます。

(29)春山は一九三七年の段階で、「紙」と題したエッセイを『日本読書新聞』(九月一五日)に発表している。「雑誌の編集をやるようになってから、私は無意識的に紙を大切にするようになった。特に最近、製紙工場を見てきてからは、原稿用紙一枚も無駄にできないようになった」(七二)。

(30)中村洋子作成の年譜では一九四〇年には「PR」という会社の顧問にも就任している。中村によればこの会社は「アメリカが日本に向けて放送している短波を受信し翻訳するのが仕事」(二六五)とされているが、残念ながらPRという会社の詳細については不明である。

(31)前述した大陸開拓文藝懇話会に関する板垣の論文では、春山は大陸開拓文芸懇話会の設立委員として指導的な役割をしていたとされている。しかし春山が『セルパン』編集長時代に第一書房に勤めていた小説家の福田清人(板垣は福田に当時のことをインタビューしている)の「昭和文壇私史」では、伊藤整や田村泰次郎や高見順、そして福田によって大陸開拓文芸懇話会が設立されたと述べられている。「昭和文壇私史」の三〇二頁を参照。

(32)「社告」『日本学芸新聞』昭和一七年五月一日、一頁参照。

(33)『降り坂を登る』第五章、二八九頁―二九五頁参照。

(34)『日本海洋詩集』に所収された「広場」が発表された一九三三年から一〇年後の一九四三年の『満洲の文化』まで、春山はたびたび自身の内なる「海」を語っていた。そしてそれについて本人は無自覚だった。

(35)東方社を含めた戦時下の陸海軍によるプロパガンダについては、井上祐子『戦時グラフ雑誌の宣伝戦――十五年戦争下の「日本」イメージ』(青弓社、二〇〇九年)を参照。

（36）『「挫折」の昭和史』のなかで山口は林の「趣味」について述べている。「林はもともと出版社に出入りする趣味があったらしく、同じ鵠沼に住んでいた大田黒元雄の肝煎りで、これも鵠沼族であった長谷川巳之吉の「第一書房」にも出入りして色々と助言を与えていた」（五〇）。林の在住していた鵠沼の家と、春山も度々通った長谷川巳之吉の鵠沼海岸の家は歩いて行ける距離にあり、林と長谷川は近隣のよしみもあったと思われる。ある時期までの第一書房は、林達夫と春山行夫という非常に癖のある批評家をブレーンとして抱えていたことになる。

（37）平凡社から復刻された『FRONT』の付録は今泉の日記のすべてが掲載されていない。付録では紹介されなかった時期の日記のすべて閲覧することは本書の執筆においてはできなかった。そのため東方社での春山の活動に関する本書での検証は、ある時期に限定されたものである。東方社での春山の活動の全貌は少なくとも今泉の日記をすべて検証する必要がある。

（38）『降り坂を登る』第八章、四七四頁参照。

（39）一九四三年四月の「米英撃滅と文学者の実践」と題して開催された日本文学報国会大会では議長が「次に『外国文学翻訳の態度』と云うのがありますが、春山さん如何ですか、後四十分位しかないのですが」という発言を促したが、「他の人の発言に差支えなければ」（『日本学芸新聞』一九四三年五月一日、一一）と述べるに止まる。議長は春山に代わって川柳の村田周魚に発言を求めている。

（40）『降り坂を登る』五六三頁の註［40］を参照。

（41）原文は適時ルビがふってあるが引用に当たって省略した。漢字とひらがなの表記は初出のまま。

（42）戦時下の詩人たちの児童詩や絵本への関与については櫻本富雄『少国民は忘れない』（社会評論社、一九八二年）を参照。

（43）前掲の鶴岡によれば、すでに一九三七年『新領土』五号に発表した村野四郎の詩「二つに折られたカット」には、「情報部から無数の鳩がとびだし　バンザイ　バンザイといって　銃剣をとり　鉛の青年たちが戦場に流されていた」（一九〇）といった表現が見られる。このような表現は「もはやモダニズムはおろか最低の詩的表現からも逸脱しているといわねばなるまい」（一九〇）と鶴岡は批判している。「最低の詩的表現」といえるのかはわからないが、少なくとも春山は、「無数の鳩がとびだし」という大げさな表現を四〇年代の児童詩でしなかったということは指摘できる。

（44）『少国民詩・年刊1』の編集委員は、記載順に、小林純一、佐藤八郎、佐藤義美、巽聖歌、丸山薫、村野四郎、百田宗治、与田準一である。『少国民のための大東亜戦争詩』の編者は巽聖歌、佐藤義美、小林純一、与田準一である。同じ編者であるにもかかわらず、「鉄塔」には異同がある。春山が寄稿するときに初出の語句に戻した可能性は高いと思われる。戦時下の春山の児童詩は他にも「マンシュウノコドモ　カモツセン」『コドモノクニ』（二一（八）、一九四二年）などがある。

（45）表紙タイトルは『マチヘキタバス』、奥付のタイトルは『マチヘ　キタ　バス』と印刷されている。松山文雄は『日本美術年鑑』（昭和五八年度版）の二六八頁を参照すると、一九〇二年長野に生まれ一九八二年に死去。春山と同世代である。『戦旗』に連載していた徳永直『太陽のない街』の挿絵を書いた。一九三一年共産党入党。その後、治安維持法で逮捕された。戦後、共産党に再入党し『赤旗』に政治漫画を書いた。春山との合作である『マチヘキタバス』の時は、転向後の活動時期にあたる。

引用文献

◉春山行夫

【著書・翻訳書】

『新しき詩論』第一書房、一九四〇年。
『アリューシャン探検』I・W・ハッチスン著、新潮社、一九四二年。
『現代世界文学概論』新潮文庫、一九四一年。
『台湾風物誌』生活社、一九四二年。
『人間は発明する』ヴァン・ルーン著、新潮社、一九四二年。
『マチヘキタバス』帝国教育会出版部、一九四三年。
『満洲風物誌』生活社、一九四〇年。
『満洲の文化』大阪屋号書店、一九四三年。
『日本の詩歌』二五、中央公論社、一九六九年。

【詩・批評・新聞記事】

（『新領土』の「後記」は煩雑さを避けるため引用文献には記載されていない。）

「アネモネと人間――アルス・ポエチカ」『新領土』五（二九）、一九三九年、
「アルス・ポエチカ　海のスミレ」『新領土』一（四）、一九三七年。
「E氏の狐狩り」『新領土』三〇号、一九三九年。

「犬と安息日」『新領土』一(五)、一九三七年。

「英米の戦争文学」『新領土』二六号、一九三九年。

「鉛筆とノート――満支の旅から」『婦人画報』二月号、一九四〇年。

「覚書」『新領土』二〇号、一九三八年。

「開拓地の生活と自然誌」『海を越えて』三(六)、一九四〇年。

「街頭所見」『文学報国』二六、一九四四年。

「海洋文学の条件」『国民新聞』三月二七日、一九四〇年。

「共栄圏の文化宣伝」『東京新聞』三一〇、八月八日、一九四三年。

「芸術の素材として見た飛行機〈航空文化の諸問題〉D」『国民新聞』七月一五日、一九四〇年。

「クリッパーの航空路〈太平洋問題　E　文学四〉」『国民新聞』三月三〇日、一九四〇年。

「現在の南方向け宣伝物〈共栄圏の文化宣伝三〉」『東京新聞』三一二、八月一〇日、一九四三年。

「現地の各読者層を対象に　対外文化宣伝雑誌の問題」『帝国大学新聞』一一月二三日、一九四二年。

「後記」『セルパン』三月号、一九三七年。

「後記」『セルパン』九三号、一九三八年。

「後記」『セルパン』六月号、一九三八年。

「後記」『セルパン』一月号、一九三九年。

「航空映画随想」『新映画』二(九)、一九四二年。

「合理主義の立場から「文学革命の方向とその原理」に答えて」『経済往来』一〇(一二)、一九三五年。

「国外宣伝の政治背景と日本の海外宣伝」『早稲田大学新聞』九月二八日、一九三八年。

「国策と文学者」座談会『文学者』一(八)、一九三九年。

「近藤春雄氏著「ナチスの厚生文化」を読んで」『日本学芸新聞』一三〇、四月一五日、一九四一年。

「雑誌編集の前途」『帝国大学新聞』八三〇、一九四〇年。

「詩が出来上がるまで」『月刊文章』三（一一）、一九三七年。

「私生活から《近影二葉》」『新潮』三六（六）、一九三九年。

「自然と社会」『月刊文章』一二月号、一九四二年。

「詩論」『新領土』六号、一九三七年。

「詩論 モダアニズム（ママ）」七『新領土』一三号、一九三七年。

「白色のギター」『新領土』二三号、一九三八年。

「収穫期」『新領土』三三号、一九四〇年。

「出版文化を語る座談会」『日本評論』四月号、一九四一年。

「抒情詩の本質」『新領土』一（一）、一九三七年。

「書評　室伏高信著「大英帝国主義批判」武藤貞一著『英国を撃つ』」『新潮』三四（二）、一九三八年。

「新体制と雑誌ジャーナリズム」『日本評論』九月号、一九四〇年。

「人民戦線以降の文学」『フランス現代文学の思想的対立』第一書房、一九三七年。

「宣伝出版物の転換期〈共栄圏の文化宣伝二〉」『東京新聞』三一一、八月九日、一九四三年。

「戦争への旅行——オーデン・イシャウッドの新著」『早稲田大学新聞』一五〇号、一九三九年。

「戦争への旅行　オーデン&イシャウッド　海外文学散歩」『新領土』第三四号、一九四〇年。

「戦争と出版」『早稲田大学新聞』八三、一九三七年。

「戦争に勝つ数字——勝つためにこの数字を克服せよ」『婦人画報』四八一、一九四四年。

「戦争報道映画の方向」『映画技術』三（三）、一九四二年。

「創刊の思出　セルパン」『新聞之新聞』九月二三日、一九三八年。

「「対外グラフの重点　『フロント』(ママ)の主張を中心に」『日本写真』七月号、一九四四年。

「太平洋問題　E　文学二」『国民新聞』三月二八日、一九四〇年。

「大東亜戦争と満洲国」『日本学芸新聞』一二八、三月一五日、一九四二年。

「大東亜共栄圏への宣伝工作」『宣伝』八月号、一九四二年。

「大陸・海洋文学の前途」『海を越えて』二（六）、一九三九年。

「大陸科学振興策」『日本学芸新聞』、一九四二年。

「大東亜の思想」座談会『新潮』四〇（五）、一九四三年。

「大東亜文学者大会」議事録『日本学芸新聞』一四三、一九四二年。

「文学報国大会」議事録『日本学芸新聞』一五二、一九四三年。

「大東亜文学者大会の力点」『日本学芸新聞』一四二、一一月一日、一九四二年。

「台湾」『新領土』五一号、一九四一年。

「地理」『新領土』四三号、一九四〇年。

「地理」『新領土』四四号、一九四一年。

「鉄塔」『少年倶楽部』二八（一）、一九四一年（一九四三年に『少国民詩　年刊1』帝国教育会出版部と『少国民のための大東亜戦争詩』国民図書刊行会に再掲）

「投機の制圧〈出版文化の新発足一〉」『都新聞』一二月一一日、一九四〇年。

「どうして義勇隊の花嫁を送るか？」座談会『開拓』六（一二）、一九四二年。

「独ソ戦とジャーナリズム」一〇月号、『月刊ロシヤ』、一九四一年。

「読書指導の課題・総合的な方法——計画性と機関の問題」『文学報国』一七。

「ナチスの政治技術」『日本学芸新聞』四月一五日、一九四二年。

「熱河 Fragment・生活」『新領土』四四号、一九四一年。

「「人間学講座」に対する疑問〈新刊月評〉」『新潮』三五（一二）、一九三八年。

「配給の合理化〈出版文化の新発足三〉」都新聞一二月一三日、一九四〇年。

「葉書回答」『日本読書新聞』九月二五日、一九四一年。

「編集者として考える」『日本学芸新聞』五三号、一九三八年。

「編集者の椅子」『セルパン』八月号、一九三八年。

「編集者の角度」『セルパン』五月号、一九四〇年。

「編集者の角度」『セルパン』七月号、一九四〇年。

「編集者の言葉」『セルパン』九月号、一九三七年。

「飛行機と映画——南方飛行その他」『文芸』五（六）、一九三七年。

「美神への報国」『セルパン』三月号、一九四〇年。

「広場」『日本海洋詩集』丸山薫編、海洋文化社、一九四二年。

「文化局の役割〈出版文化の新発足二〉」『都新聞』一二月一二日、一九四〇年。

「文化国策に寄す　文化省の要望——理論よりも実際的問題として——」『文学者』一（一）、一九三八年。

「文化と国民生活」座談会『新潮』三八（三）、一九四一年。

「文学上の風習　Palla 島の船渠は黄色い」『新領土』三一号、一九三九年。

「兵隊さんの顔」『少年倶楽部』二八（一）、一九四一年。

「編集と配給の問題〈共栄圏の文化宣伝四〉」『東京新聞』三一三、八月一一日、一九四三年。

「編集者の言葉」『セルパン』九月号、一九三七年。

「編集者の必要――わが後に来るものへ――」『文芸』八（一一）、一九四〇年。

「プロムナアド」『新領土』第三八号、一九四〇年。

「プロムナアド2」『新領土』三九号、一九四〇年。

「プロムナアド3」『新領土』四〇号、一九四〇年。

「プロムナアド4」『新領土』四一号、一九四〇年。

「プロムナアド5」『新領土』四二号、一九四〇年。

「プロムナアド6」『新領土』四三号、一九四〇年。

「プロムナアド7」『新領土』四四号、一九四一年。

「プロムナアド8」『新領土』四五号、一九四一年。

「北洋を描いた作品〈太平洋問題　E　文学三〉」『国民新聞』三月二九日、一九四〇年。

「北海道の印象」『セルパン』九二、一九三八年。

「満洲国の印象」『セルパン』二月号、一九四〇年。

「満洲国の印象二」『セルパン』三月号、一九四〇年。

「満洲国の印象三」『セルパン』四月号、一九四〇年。

「満洲国の印象四」『セルパン』五月号、一九四〇年。

「満洲国文化映画を語る」『文化映画』一（二）、一九四一年。

「満洲文学の一特性」『文学報国』二、一九四三年。

「用紙の制限――一知識人の非常識な見解」『都新聞』九月四日、一九三八年。

「私の『セルパン』時代」『第一書房長谷川巳之吉』日本エディタースクール、一九八四年。

「Fragments」『新領土』六号、一九三七年。

「Fragments」『新領土』九号、一九三八年。

「「P・C・Lと芝刈――前田夕暮氏の印象」『短歌文学全集　前田夕暮編　月報五』一九三六年。

「Politica」『新領土』一（二）、一九三七年。

「W・H・オーデン　アイスランドからの手紙〈海外文学散歩〉『文学者』一（三）、一九三九年。

【書籍】

Carpenter, Humphrey. *W.H Auden : a biography*. Allen & Unwin, 1981.

伊藤整『四季』赤塚書房、一九三九年。

井上祐子『戦時グラフ雑誌の宣伝戦――十五年戦争下の「日本」イメージ』青弓社、二〇〇九年。

岩村正史『戦前日本人の対ドイツ意識』慶應義塾大学出版会、二〇〇五年。

『オーデン詩集』深瀬基寛訳、筑摩書房、一九五五年。

小島輝正『春山行夫ノート』蜘蛛出版社、一九八〇年。

櫻本富雄『小国民は忘れない――「空席通信」より』マルジュ社、一九八二年。

佐藤卓一『言論統制　情報官・鈴木庫三と教育の国防国家　増補版』中公新書、二〇二四年。

瀬尾育生『戦争詩論――1910-1945』平凡社、二〇〇六年。

総理庁官房監査課編『公職追放に関する覚書当該者名簿』日比谷政経会、一九四九年。

多川精一『焼け跡のグラフィズム　『FRONT』から『週刊サンニュースへ』平凡社新書、二〇〇五年。

坪井秀人『声の祝祭――日本近代詩と戦争』名古屋大学出版会、一九九七年。

鶴岡善久『太平洋戦争下の詩と思想』昭森社、一九七一年。

中井晨『荒野へ――鮎川信夫と『新領土』（1）』、春風社、二〇〇七年。

中村洋子『人物書誌大系24　春山行夫』日経アソシエーツ、一九九二年。

長谷川郁夫『美酒と革嚢——第一書房・長谷川巳之吉』（筑摩書房、二〇〇六年）

畑中繁雄『覚書　昭和出版弾圧小史』図書新聞社、一九六五年。

広津和郎『広津和郎全集』第十二巻、中央公論社、一九七四年。

『FRONT』平凡社復刻版、一九八九年。

ミシヨオ、レヂス『フランス現代文学の思想的対立』春山行夫訳、第一書房、一九三七年。

山口昌男『「挫折」の昭和史』岩波書店、一九九五年。

吉本隆明『高村光太郎』『吉本隆明全集』第五巻、二〇一四年。

脇田裕正『降り坂を登る——春山行夫の軌跡一九二八—三五』松籟社、二〇二三年。

『日本近代文学大事典』講談社、一九八四年。


【論文・雑誌・新聞記事・詩】


鮎川信夫「今日のモダニズム」『新領土』四五号、一九四一年。

板垣信「大陸開拓文芸懇話会」『昭和文学研究』二五号、一九九二年。

井上司朗「復古と反省　大東亜文学者大会を前に」『東京新聞』八月一一日、一九四二年。

今泉武治「日記」『FRONT』復刻版解説、平凡社、一九八九年。

小田光雄「古本夜話1474 パアル・バック『大地』と深沢政策」『出版・メモランダム 出版と近代出版文化史をめぐるブログ』（二〇二四年一月八日、https://odamitsuo.hatenablog.com/entry/2024/01/08/000000）

オーデン、W・H「一九三九年九月」阿比留信訳、『新領土』三三号、一九三九年。

河上徹太郎「審査部」『日本学芸新聞』一三五号、一九四二年。

クルツィウス、E・R「ジェイムズ・ジョイスと彼の『ユリシーズ』」『ヨーロッパ文学評論集』川村二郎他訳、みすず書房、一九九一年。

黒田秀俊『昭和言論史への証言』弘文堂、一九六六年。

五味渕典嗣「文学・メディア・思想戦——〈従軍ペン部隊〉の歴史的意義」『大妻国文』四五、二〇一四年。

小林善雄「ゾノさんの時代——小林善雄さんに聞く」『彷書月刊』二〇七号、二〇〇二年。

近藤東「満洲の墓」『少国民詩　年刊1』帝国教育会出版部、一九四四年。

「原っぱ」『少国民のための大東亜戦争詩』国民図書刊行会、一九四三年。

嶋岡晨「昭和詩論史への一視点」『昭和文学研究』三三（〇）、一九九六年。

志茂太郎「後記」『新領土』第五二号、一九四〇年。

志茂太郎「後記」『新領土』第五三号、一九四〇年。

田村隆一「ある演説から　W・H・オーデン」『田村隆一全集1』河出書房新社、二〇〇一年。

陳琁「日中両国におけるW・H・オーデン受容の比較研究——日中戦争期を中心にする」『研究論集』一九、二〇一九年。

蓮田善明「日本文学に於ける海洋」『日本学芸新聞』五月一五日、一九四三年。

福田清人「昭和文壇私史」『福田清人著作集』第三巻、冬樹社、一九七四年。

松本和也「文学（者）と思想戦——　第一回大東亜文学者大会の修辞学・補遺」『文教大学国際学部紀要』二九（一）、二〇一八年。

ルイス、C・D「詩に対する希望」春山行夫訳、『新領土』一号、一九三七年。

「現代詩人の出発点」安藤一郎訳、『新領土』三号、一九三七年。

吉本隆明「『四季』派の本質——三好達治を中心に」『吉本隆明全集五』晶文社、二〇一四年。

あとがき
生きるためのモダニズム

戦前最後のモダニストたちの詩誌の一つである『新領土』には寄稿者たちの住所録が定期的に掲載されている。『新領土』が明らかに戦時下の雑誌であることを気づかせるのは、住所録のなかの「応召中」という言葉である。増え続ける「応召中」の文字と共に徐々に「戦死」の文字も現れてくる。戦時下の春山の軌跡を検証するなかで、私は若きモダニストたちも多くの若者と同様に兵士として遠くの地へと向かったことに気づかされることになった。

戦地でモダニズムの詩を思いだし、詩作を試みたかもしれない若きモダニストたち。戦後、春山は多くのモダニストたちを見送ったが、すでに戦時下において若きモダニストたちを見送っていたことになる。『新領土』に発表された若きモダニストたちの詩を読めば、無残にも国家によって命を落とした若きモダニストたちにとってのモダニズムは、たんなる軽薄な流行現象でも、欧米の文学の猿まねでもなく、生きるためのモダニズムであったことがわかる。『新領土』の若きモダニストたちに焦点を当てた、生きるためのモダニズムに関する書物を書かなければならない思いに私は駆られている。

春山のモダニズムもまた生きるためのモダニズムであった。戦後になって春山が「文学」を放棄してしまった要因は様々に考えられるが、戦時下の文学をなかったかのようにして、戦後という時代とその文学を言祝ぐ文学者たちに対する侮蔑が春山にはあったように思われる。戦後になってもあくまでも春山はモダニストであり続けようとしたのであり、春山の戦争は戦後になっても終わることはなかったのだ。

本書は前作『降り坂を登る――春山行夫の軌跡』に続く二作目の著作に位置づけられるが、春山行夫という世界的に見ても傑出したモダニストの生涯を描き出すことで、これまで見逃されてきた近代日本のありようを示すことができるという思いを私はますます強くしている。モダニズムを通して初めて見出される近代日本の姿。本書でもその一端が垣間見えたが、国家は戦時下において人々を容易に沈黙させることができる。もしくは国家に阿る言葉のみを使用することを許可する。戦時下において春山が直面した環境は、そのような典型といえるものだった。そのような環境は、あからさまな形ではないとしても、広く私たちの環境にも浸透しているように見える。

そう遠くない時期に出版されるはずの、戦後の春山の軌跡に関する次作によって、戦前戦後、モダニストとしてあり続けた春山の「シンセリティー」が私たちの前に現れるだろう。春山のモダニズムを考えることは、戦前から現在に到る隠微で狡猾な力の存在を明らかにし、それに勇気を持って向き合うことを意味する。それによって春山のモダニズムは決して終わったわけではなく、それどころか生きるためのモダニズムとして、私たちのモダニズムでもあることが明らかになるだろう。

※

前作と同様に本書を執筆するにあたって様々な方のお世話になった。本書のある箇所を書きあぐねていた時期、幸運にも田尻芳樹先生と定期的に文学全般について語り合い、色々とアドバイスをいただくことができた。師はいつまでも師である。そして友はいつまでも友である。佐藤元状との定期的な会話は春山行夫を研究することの意義をつねに喚起してくれた。また近藤康裕にも色々と愚痴を聞いてもらい、時に虚無感に襲われる執筆を救済してくれた。福西由実子先生と小田悠生先生の変わらぬ優しさも私にとって激励となった。校正のため山中湖畔のとても快適な場を提供してくれた、大場俊憲、恵、真琴にも感謝します。管理と効率が大手を振るう大学で私が研究を続けられることができているのは師や友のおかげである。そして今回、出版を快諾していただいた小鳥遊書房の高梨治氏になによりの感謝を申し上げます。最後に妻と娘に感謝。娘が将来、父の著書を読んでくれるのかという、いくばくかの不安と楽しみを抱きつつ、新しい環境でも書き続けていきたい。

本書を、遠くの地で亡くなった若きモダニストたちに捧げる。

二〇二四年一〇月六日

脇田裕正

◉ヤ行

◉ラ行

◉ワ行

◉マ行

◉ナ行

◉ハ行

◉タ行

◉サ行

◉カ行

人名索引

※「春山行夫」は、ほぼどのページにも頻出するため、頁数を割愛した。

◉ア行

【著者】

脇田 裕正

（わきた ひろまさ）


立命館大学大学院文学研究科修士課程修了。博士（東京大学、学術）。

専攻は比較文学。

慶應義塾大学法学部、中央大学商学部・法学部非常勤講師。

主な業績：『降り坂を登る——春山行夫の軌跡 一九二八–三五』

（単著、松籟社、2023年）、

「ロマンス・マドロス・コンラッド」（遠藤不比人編著『日本表象の地政学——海洋・原爆・冷戦・ポップカルチャー』所収、彩流社、2014年）、

「ある系譜学：帝国日本のウルフ受容について」（『ヴァージニア・ウルフ研究』24巻所収）

など。

春山行夫と戦時下のモダニズム

数・地理・文化

2024年12月25日　第1刷発行

【著者】
脇田 裕正

発行者：高梨 治
発行所：株式会社**小鳥遊書房**
〒102-0071　東京都千代田区富士見1-7-6-5F
電話 03-6265-4910（代表）／FAX 03-6265-4902
https://www.tkns-shobou.co.jp
info@tkns-shobou.co.jp

装幀　宮原雄太（ミヤハラデザイン）
印刷　モリモト印刷株式会社
製本　株式会社村上製本所

ISBN978-4-86780-064-5　C0095